D坂杀人事件

[日] 江户川乱步—著

潘越—译

时代文艺出版社
SHIDAI WENYI CHUBANSHE

图书在版编目（CIP）数据

D坂杀人事件 / (日) 江户川乱步著；潘越译. --
长春：时代文艺出版社，2023.8（2024.5重印）
ISBN 978-7-5387-7062-9

Ⅰ.①D… Ⅱ.①江… ②潘… Ⅲ.①推理小说－小说
集－日本－现代 Ⅳ.①I313.45

中国版本图书馆CIP数据核字(2022)第180519号

D坂杀人事件
D BAN SHAREN SHIJIAN

[日] 江户川乱步　著　潘越　译

出 品 人：吴　刚
选题策划：刘瑀婷
责任编辑：刘　兮　孟宇婷
封面绘制：张宇欣
装帧设计：黄鑫妍　陈　阳
排版制作：陈　阳

出版发行：时代文艺出版社
地　　址：长春市福祉大路5788号　龙腾国际大厦A座15层　（130118）
电　　话：0431-81629751（总编办）　　0431-81629758（发行部）
官方微博：weibo.com/tlapress
开　　本：880mm×1230mm　1/32
字　　数：226千字
印　　张：10.5
印　　刷：三河市万龙印装有限公司
版　　次：2023年8月第1版
印　　次：2024年5月第2次印刷
定　　价：45.00元

图书如有印装错误　请寄回印厂调换

目录

目 次

D坂殺人事件

D坂の殺人事件　ディーざかのさつじんじけん

这看似安稳的人世间，不知隐藏着多少意外又凄惨的秘密。命运的捉弄，实在是太过残酷了。

上篇　事实

　　事件发生在九月中旬一个闷热的夜晚。我正坐在经常光顾的一家位于 D 坂大街中间位置的名为"白梅轩"的咖啡店中，品尝着一杯冰咖啡。当时我刚从学校毕业，也没找到工作，就成天躺在借宿屋里面看些闲书，看腻了之后就漫无目的地到处散步，光顾那些平价咖啡店都快成了我的每日功课了。这家白梅轩咖啡店距离借宿屋比较近，而且我无论去哪里散步都必然会路过这里，因此我去得最多的咖啡店就是这家了。但我这人有个坏习惯，就是哪怕只喝点儿咖啡也要长坐很久。原本我就食欲不振，再加上囊中羞涩，所以我什么吃的也不买，只把便宜的咖啡两杯、三杯地喝下去，就能消磨掉一两个小时。我倒不是被女招待给迷住了，想要调戏什么的。[①] 只因为这里比借宿屋要气派得多，让我感觉更舒适而已。那天晚上我同往常一样，坐在面向街道的位子上，慢慢品着一杯冰咖啡，茫然眺望着窗外。

---

① 日本的咖啡店在二战前后有一定区别。战前的咖啡店名义上经营咖啡点心，却以卖酒水为主要收入来源，且咖啡店女招待往往穿着暴露，常与男顾客打情骂俏来赚取小费。

　　说起这家白梅轩所在的 D 坂大街，过去是人们观赏菊人形^①的好地方。事发当时，这条曾经颇为狭窄的街道刚经过市区改造工程的改造，被拓宽成了十多米宽的大街，街道两旁有不少空地，比起现在来说是相当冷清的。白梅轩正对面是一家旧书店，虽然算不上什么值得观赏的景色，但我却对它特别感兴趣。要说为什么，这与我最近在白梅轩相识的一位奇妙男子有关系。他叫明智小五郎，与他说话能感觉到此人实在很古怪，而我却被他聪慧的头脑深深吸引了。他也非常喜欢侦探小说，而且我还听他说他与那家旧书店的老板娘是青梅竹马。我在那书店里买过两三本书，据我的印象，那位老板娘是个大美人，而且莫名具有某种非常吸引男性的性感气质。她每天晚上都会在店里面看店，今晚想必也是如此。可那不过是家宽四米左右的小店而已，我却以目光寻遍也没看到有人。我想她总归是要出来的吧，于是就一直盯着那家店等待着。

　　但是那位老板娘却迟迟没有出来。我有些不耐烦了，正要把目光转到隔壁的钟表店去，这时，我突然听见书店里店面与里间之间的纸拉门上的格窗"啪"一声关上了——那不是普通的纸拉门，建筑专家将其称为"无窗"。普通纸拉门中央是糊的纸，而这种门换成了双层细密的纵向格子窗，这样可以实现开闭——算是个相当新奇的东西。旧书店是个经常遭窃的地方，所以就算并没有在营业状态，里屋的人也要一直通过纸拉门的缝隙向外张望。

---

① 菊人形：日本始于江户时代的一种用菊花装饰身体，只露出头和手足的人偶。

然而此时屋内的人却将拉门上的格窗给关了，这可颇为奇怪。若是寒冬时节也就罢了，但此时刚到九月，晚上闷热，将拉门完全关上实在不正常。这样想想我感觉旧书店里应该是发生什么事了，就更不愿意移开视线了。

关于旧书店的老板娘，我之前也曾听此家咖啡店的女招待们讲过一些奇怪的流言——无非是她们在公共澡堂的更衣间里听来的传言。"那位旧书店的老板娘那么漂亮哦，但是脱下衣服一看，身体上却是伤痕累累，明显就是又打又抓留下的痕迹。看他们夫妇二人关系不错的，怎么会这样呢？真是奇怪。"又有别的姑娘接话说："还有隔壁卖荞麦面的旭屋家的老板娘，也是经常受伤，看上去也是打伤的没错……"这些流言意味着什么，当时我并没有特别在意，只认为是她们的丈夫为人不正罢了。但是读者们，事情并不那样简单。实际上此事与整个事件具有莫大的关联，我到后来才明白。

总之，我就那样盯着同一个地方足足三十分钟。我的心中好似有种感觉，只要转移视线去看别的地方就会错过什么事件，所以我就一直保持着凝视。刚才提到的那位明智小五郎，此时穿着他那件总是不离身的粗条纹浴衣①，晃动着肩膀恰好从窗外经过。他看到了我，于是点头打了个招呼进到店里来，点了一杯冰咖啡放在桌上，然后坐在我的旁边，与我一样面朝着窗外。他发现我只盯着一个地方看，于是追寻我的视线，也开始观察起对面的旧

---

① 浴衣：日本人夏季常穿的简易和服。

书店。而且不可思议的是，他似乎也因为某种原因而产生了兴趣，同样目不转睛地盯着那个店面。

我们两人好似有默契一般，边盯着同一个场所看，边聊了不少话题。到底聊了些什么话题，我几乎都忘了，而且和本故事没有太大关系，因此可以忽略。我只记得其中也有跟犯罪和侦探相关的话题，这里我举一个具有代表性的例子。

明智说："是否存在绝对不会被发现的犯罪呢？我认为这种犯罪还是有存在的可能性的。比如说谷崎润一郎①所著的小说《散步途中》②，其中所描述的犯罪从理论上来说就是不会暴露的。虽说小说的结局还是让侦探揭发了真相，但那是作者运用了超凡的想象力才导致的结果。"

"不，我的意见与你相反。实际问题暂且不论，仅从理论上来说，就没有侦探无法侦破的犯罪。只不过现在的警察都不如《散步途中》里面的侦探那么厉害罢了。"

我们两人就这样闲聊着，突然在某个瞬间，我们又好似商量好了一般，同时沉默了。因为我们在闲聊的同时目光没有离开过那家旧书店，那里发生了反常的事情。

"看来你也注意到了。"我小声对明智说。而他立刻回答："是偷书贼吧？实在是奇怪，从我坐在这里到现在，这已经是我看到

---

① 谷崎润一郎（1886—1965）：日本小说家，日本唯美派文学主要代表人物之一，代表作有《细雪》《春琴抄》等。

② 《散步途中》：小说中的侦探通过与死者丈夫对话，寻找其是否故意引导妻子死亡的证据。案件中充满了偶然的小概率事件。

的第四个贼了。"

"你来这里还不到三十分钟，三十分钟四个贼，真有点儿奇怪。我在你来之前也一直盯着那里，大约一个小时前，你看那店里有个纸拉门吧，那上面的格子窗突然关上了，从那之后我就一直注意着那家店。"

"店里的人是不是已经出去了？"

"但是那个纸拉门一次都没有打开过。如果说店里的人出去了，那就只能是从后门走的了……三十分钟了都没人看店，确实奇怪。怎么样？我们要不要过去看看？"

"好吧，就算那里面没有什么特别情况，说不定店主在外头发生了什么事呢。"

我从咖啡店走出来时还在心中默想，如果发生了犯罪事件那可就有意思了。我觉得明智也是同样的想法，他的神情看上去就有点儿兴奋。

这家旧书店的店面很普通，整个书店并没有铺地板，店铺正面和左右两面的墙壁都置有高达天花板的书架，还有为了拿书方便、高度到书架中间的台子。在店中间有一个长方形的平台，如同一座小岛般，上面堆积着大量书籍。在正面书架的右侧，有一条约一米宽的通道通往里间，之前说的纸拉门就设置在此处。纸拉门前面有半张榻榻米①，平时老板夫妇就坐在上面看店。

---

① 榻榻米：日本常见的铺在地上供人坐卧的生活用具。日本房间也常以能铺多少张榻榻米来计算面积。一张榻榻米的尺寸是长约1.8米，宽约0.9米。

明智和我走到榻榻米前，试着大声呼喊了一下，没有任何回应。看起来真的没人。我稍微拉开一点儿纸拉门，从缝隙中看里间，那里面没有灯光所以很暗，但感觉似乎有人倒在角落里。我觉得颇为蹊跷，又喊了一声，仍然没有回应。

"不管了，我们进去看看吧。"

于是我们二人迅速进了里间，明智伸手按下了电灯开关，接着我们俩同时发出"啊！"的一声惊叫。只见被电灯照亮的里间角落中，躺着一具女性尸体。

"她就是这里的老板娘。"过了好一会儿我才开口说道，"看样子应该是被掐死的吧？"

明智走近尸体，审视了一番，然后说："看来已经是救不活了。必须立刻通知警察。我去找个公用电话，你在这里看守一下。最好不要让邻居们知道，破坏了现场就不好了。"

他以命令的口气说了这么一番话，便飞奔出去找五十米外的公用电话了。

虽说我平常谈论起犯罪、侦探之类的话题也算是头头是道，但实际面对这样的事却是头一遭，根本不知道该做什么，于是我只能环顾四周，打量着房间里的情况。

这是一间六张榻榻米大小的房间，再往里面，右侧有一条约两米宽的狭窄廊道，旁边有个六七平方米的庭院和一个厕所，庭院边缘是木板墙。正值夏天，房间拉门都敞开着，所以这些都能看见。房间左半边有扇拉门，门后面是约两张榻榻米大小的木板间，可以看出那是一个狭窄的洗衣间。其后侧还有四扇关闭的纸拉门，在那后面似乎有通往二楼的楼梯以及储物间。这里看起来与一般长屋①的形制并无区别。

尸体靠着左侧墙壁倒在那里，头朝着店面的方向。我首先是不想破坏犯罪现场，其次也感觉有些恶心，因此完全没有靠近尸体。但这个房间太狭窄，尽管我不想看，然而目光还是会落在尸体上。这女人穿着款式普通的浴衣，仰面躺在地板上，浴衣下摆卷到她的膝盖以上，大腿几乎全部露出来了，但看不出有抵抗的迹象。虽然不是很明显，但她的脖子上依稀能看到因被人掐过而留下的紫色伤痕。

外面的大街上依旧人来人往，许多人高声说着话，有人穿着日式木屐"咔嗒咔嗒"地行走着，还有人喝醉了酒哼唱着流行歌曲路过，简直是个太平盛世。而仅仅隔着一扇纸拉门的此家店中，有一位女子惨遭杀害，横尸当场，这多么讽刺啊。我的内心忽然有些伤感，只能继续茫然呆立着。

"警察就快来了！"明智气喘吁吁地回来了。

"嗯，知道了。"我也不知道该说什么好，我们两个人就只能静默着面面相觑。

不一会儿，一位穿着制服的警察与一位穿着西装的男人赶来了。后来得知那位穿西装的就是K警察署的司法主任，而另外一位，从其面容和所持物品可知他应该是同一警察署的法医。我们

---

① 长屋：日本传统集合住宅的一种，每户有自己的入口、庭院等，一户连着一户，形成狭长的集合体。

把整个事件向司法主任大概讲述了一下。之后我又补充了几句话："这位明智君进咖啡店的时候，我恰好看了下时钟，差不多是晚上八点半，所以我想这个纸拉门上的格窗关闭的时间大致是在八点左右。那个时间点里间确实是亮着灯的，说明至少在八点的时候，这个房间里还有活人在。"

司法主任听着我们的陈述并记录在随身笔记本上，另一边法医对死尸的初步检查也已经结束了。他等我们陈述完毕之后就立刻接口说："很明显死者是被人掐死的。请看这里，脖子上有紫色的指痕，而这里出血的地方恐怕是被指甲抓伤的。因为大拇指印痕是在脖颈的右侧，所以罪犯是用右手作案的。看这个状态，死亡时间应该不超过一个小时，但是无论怎样已经没有救活的希望了。"

"凶手是在上方压着死者吧？"司法主任经过一番思考后说道，"不过有些奇怪的是没有抵抗的迹象……恐怕凶手是以非常快的速度下手的，而且力道很大。"

然后他转头询问我们两人这家店的老板在哪里。我们当然并不清楚。明智当机立断，去把隔壁钟表店的老板给叫了过来。司法主任与钟表店老板的问答大致如下：

"这家店的老板去哪里了？"

"这家店的老板每天晚上去夜市摆摊卖旧书，总是要到夜里十二点左右才会回来。"

"那个夜市是在哪里呢？"

"他一般是去上野的广小路那边，不过今晚他去了哪里，我就不知道了。"

"差不多一个小时前，你有听到这里有什么动静吗？"

"您指的动静是？"

"肯定有声音的吧？比如这个女人被杀时的喊叫声，或者有人打架的声音……"

"我并没有听到类似的声音。"

他们还在问答当中，附近的街坊邻居听闻出事都聚拢过来了，道路上挤满了看热闹的人，旧书店外面挤得水泄不通。那些人中有隔壁日式袜子店的老板娘，和钟表店老板一样，她也来做证称什么声音都没有听到。

这期间邻居们商量之后，似乎派了一个人跑去找旧书店的老板了。

接着外头传来刹车声，随即又有几个人迅速进屋来。他们中有接到警方通报之后紧急赶来的法院工作人员，恰好同时抵达的K警察署署长，以及当时在社会上被人尊为名侦探的小林刑警等。当然我也是日后才知道小林刑警的身份的，因为我有位朋友是司法领域的记者，与负责这起案件的小林刑警颇有交情，日后我就从这位记者朋友那里打听了不少这起案件的情况。先抵达的司法主任把事件概况对这些人大致说明了一遍。我们两人也把刚才那番陈述重复了一回。

"把店面的门关起来！"

突然，一位穿着黑色羊驼毛上衣和白色裤子，外表有点儿像公司职员的男人大声喊道。于是立刻有人把门关上了。这位就是小林刑警，他把看热闹的人群驱散之后，便开始进行现场勘查。他的工作状态完全是旁若无人的，就像身边的检察官和署长不存在一样，从头到尾始终是他一个人在勘查，其他人就只是旁观着他颇为敏捷的行动。首先他检查了尸体，特别是对脖颈部分进行了非常仔细的检查。

"这个手指印痕并没有特别之处。也就是说，除了有一个人拿右手掐了死者的脖子外，并没有其他线索。"

他对着检察官这样说道。接着他又说想看一看尸体的完整裸体。这个时候就好像召开秘密会议一般，旁听的我们两人被赶出了里屋，只能待在店面一侧。因此他们在里屋又有了什么发现，我们就无从知晓了，但我猜想他们一定会发现死者的身体上有很多伤痕，正如咖啡店女招待们传言的那样。

终于，里面的秘密会议结束了，不过我们仍然不确定能否再进里间去，所以只能坐在店面与里间之间的榻榻米上，努力往里面张望。所幸我们两人是事件最早的发现者，而且之后警方必须要提取明智的指纹，因此直到最后都没有把我们彻底赶出去。或者说我们两人其实等于是被暂时软禁在这里了。那位小林刑警的调查范围当然不止是里间，而是要对屋里屋外进行全面的调查。只能呆坐一处的我们原本是没法儿知道他调查的进展的，不过他忙活的时候，检察官待在里间始终没有动过，于是刑警每次进进出出都要把调查的发现进行报告，因此我们得以把报告内容毫无遗漏地听到了。检察官听了这些报告，将调查信息记录在笔记本上。

首先，刑警在尸体所在的里间进行了调查，无论是遗留物品、足迹，还是其他能引起注意的东西，似乎都没有发现，但只有一样东西除外。

"电灯开关上有指纹。"这位刑警正在往黑色硬橡胶材质的开关上撒某种白色粉末，同时说道，"综合各种情况来看，把电灯关掉的肯定是凶手。之后是你们当中的哪一位把电灯又打开的呢？"

明智回答说是自己。

"是这样啊，那么等会儿需要采集你的指纹。这个电灯开关不能再让人碰了，直接拆下来带走吧。"

然后这位刑警就上二楼去了，好一段时间都没下来，等到终于下来了，又立刻说要搜查小巷子，就走出去。他大概花费了十分钟的时间，随后他一只手拿着亮着的手电筒，带着一个男人回来了。这个男人穿着脏兮兮的绸衬衫和卡其色长裤，四十来岁，蓬头垢面。

"足迹完全没法儿调查。"这位刑警向众人报告，"那个巷子里面因为平日晒不着太阳，非常泥泞，到处都是木屐印，完全没法儿分辨。不过这个男人，"他指了指刚带回来的男人继续说，"他是在这条小巷出口的拐角处开冰激凌店的商贩。如果凶手是从这间房屋后面逃走的话，小巷出口就一个，这个男人必定会看到。喂，你把刚才我问的问题再回答一遍。"

刑警和这位卖冰激凌的店主的问答如下。

"今晚八点前后，这条小巷有人进出过吗？"

"没有任何人进出过。从太阳下山到现在，我连一只猫都没看见过。"这位店主以确定的口吻回答,"我在这里开店已经很长时间了,到了晚上,这里面长屋的老板娘们是很少出来的,毕竟这条小巷泥泞不堪,在晚上走就更要命了。"

"光顾你店的客人会不会走到巷子里去?"

"不会的,所有客人都是在我的店面买了冰激凌就原路返回,都这样,绝不会有错。"

这样一来,如果相信这位店主的证言,那么凶手就算是从这个旧书店的后门逃走的,由于后门只通向这唯一一条小巷,所以他肯定不是从小巷跑掉的。但凶手肯定也不是从正门逃走的,因为我们两人坐在白梅轩咖啡店里面一直盯着这里。那么凶手是怎么消失的?按照小林刑警的推测,凶手可能是潜入这条小巷两侧的长屋里躲起来了。但他是躲在哪户呢?或者转换下思路,凶手是否就是长屋住户中的某个人呢?说起来,从书店的二楼跳到屋顶上也可以逃走,不过从对二楼的勘查结果来看,靠大街一侧的窗户上面都安装着栅栏,没有丝毫破损,而店后面的窗户因为天气闷热的缘故,每家每户都敞开着,有不少人在楼上晾晒衣物,因此从这条道逃跑想来也是很难的。

于是调查人员就下一步的调查方案进行了协商,协商后决定分头对附近的邻居进行盘问。这周围的长屋加起来只有十一户,调查起来不是难事。同时,刑警从地板下到天花板上,对这个旧书店的所有角落都无遗漏地再次搜查了一遍,结果非但没有找到什么线索,反而有让案件更扑朔迷离的发现。原来,在旧书店隔壁有一家点心店,店老板说他从太阳落山开始直到刚才都坐在楼上晾衣台上吹尺八①，他始终坐在可以完全看清旧书店二楼所有窗户的位置上，没发现有任何突发事件。

　　诸位读者，案件这下子是越来越有趣了，凶手到底是从哪里进到书店的，又是从哪里逃出去的呢？既不是后门，也不可能是二楼窗户，当然更不可能是正门。他是从一开始就完全不存在，还是如一股轻烟般消失于无形了？简直太不可思议了。还不止这些，小林刑警又带回两位学生在检察官面前做证，他们说出的话更是奇怪。他们两人是借宿在巷子后侧的长屋中的工业学校学生，看上去都不是会胡说八道的人，但是他们两人所做的陈述，令整个事件愈发令人难以理解了。对于刑警的问询，他们是这样回答的：

　　"我大约是在今晚八点左右吧，进了这家旧书店，拿了那个台子上的杂志翻看。就在那时我听见里间似乎传来某种声音，我就抬起头看向这个纸拉门。虽然纸拉门是关着的，但是这个格窗却是开着的，我透过格子间隙看到里间站着一个男人。但我刚看了一眼，那个男人马上就把格窗给关闭了，因此更详细的细节我也说不清，但从那人和服的腰带来看，肯定是个男人。"

　　"那么除了那是个男人之外，你还注意到什么了？例如他身高多少，和服上有什么花纹？"

　　"我只看到了他的腰部以下，所以身高多少完全不清楚，和服是黑色的。或许是有细条纹或斑点样式的和服吧，反正我看到是

_____

① 尺八：一种管乐器，竖吹，竹制，因管长一尺八寸而得名。

黑色的。"

"我与他是朋友，一起来这里看书。"另一位学生也开口道，"我同样也听到了声音，也看到了那个格窗被里面的人关上了。但是，我看到那个男人穿的是白色和服，没有条纹或斑点之类的，就是纯白色的。"

"这也太奇怪了吧？你们当中肯定有一个人看错了。"

"我绝对没有看错！"

"我肯定没说谎！"

这两位学生所做陈述如此不可思议地完全相反，究竟意味着什么呢？恐怕敏锐的读者已经察觉其中的内情。事实上我也有所察觉，但是检察官和警察似乎对这件事都没有进一步深入思考下去。

不一会儿，死者的丈夫，即旧书店老板，得到通报后终于赶了回来。那是个身体羸弱的年轻男子，看上去倒不像是开旧书店的。可能是性格软弱的原因，一见自家老婆的尸体，他什么声音都没发出来，眼泪却扑簌簌地直往下掉。小林刑警等他稍微平静下来就开始问讯，检察官也在一边协助问话。然而令他们失望的是，这位丈夫对于谁是凶手毫无头绪。他边哭边说道："我们从来都没有做过招人怨恨的事情。"接着他又看了看房间器物，确认这不是窃贼所为。接着刑警又对丈夫过去的经历、死者的身份等不少事进行了问讯，并无任何疑点，因此相关的问答此处就省略了。最后，刑警询问这位丈夫，为何他夫人身上有那么多的伤痕。但无论刑警怎样反复追问，丈夫都吞吞吐吐，不予明确回答。由于他晚上外出摆摊是有人证的，所以就算夫人身上的伤痕确实是被他虐待所致，他仍然不存在杀人嫌疑。刑警如此考虑，就没有继续深究伤痕的事情。

至此，当夜的调查取证告一段落。我们给警方留下了姓名和住址，明智被采集了指纹，然后我们就离开回家了，此时已经过了午夜一点。

如果警方的调查并没有漏洞，而证人中又没有人说谎的话，那这起案件就实在是匪夷所思了。我事后得知，从第二天开始，小林刑警又继续想尽办法进行调查，但毫无线索，调查陷入了僵局。警方还赶赴死者的家乡进行了调查，也没发现任何线索。至少那位小林刑警——如前所述，他是被大众奉为名侦探的——已经尽了全力进行调查，但只能得出此案没有任何合理解释的结论。还有一件事也是我事后听说的，即小林刑警手上唯一的一件证物就是那个电灯开关，警方颇怀希望地将此物带回去，但令他们万分惊讶的是，开关上除了明智的指纹之外没有发现其他人的指纹。也许当时明智很慌张，所以在那上面留下了很多指纹，总之验证结果表明上面的指纹全是他的。警方推断，或许是明智的指纹恰好把凶手的指纹给覆盖了。

诸位读者，看到这里恐怕您已经联想到爱伦·坡①的《莫格街

---

① 爱伦·坡（1809—1849）：美国作家、文艺评论家，作品充满恐怖气氛，被誉为"侦探小说的鼻祖"。

凶杀案》①或者柯南道尔②的《斑点带子》③了吧？也就是说，这起案件中的凶手同样并非人类，也许是大猩猩，也许是印度毒蛇，总之会让人联想到这一类东西。我实际上也这么联想了。然而，案件毕竟发生在东京市内的D坂，怎么可能有这类奇异之物存在，再者已有证人做证说从纸拉门格窗的缝隙处看到里间有男人的身影。况且，即使是大猩猩之类的也不可能不留下痕迹，不可能躲过所有人的视线。再者说，死者脖颈上的掐痕摆明是人类造成的，并非蛇类缠脖子而留下的印痕。

这些胡乱联想暂且不谈，那天深夜我和明智走在回家的路上，心情仍然很激动，于是又说了不少话。其中有一段是这么说的：

"你应该知道爱伦·坡所著的《莫格街凶杀案》和勒鲁④所著《黄色房间的秘密》⑤，创作原型来自于巴黎的萝丝·蒂拉寇杀人案⑥吧？那起案件发生至今已过了百年，仍然是未解之谜，真是不可

---

① 《莫格街凶杀案》：一般被认为是全世界最早出现的侦探小说。小说讲述了一对母女在门窗紧锁的寓所内被杀，而凶手是一只猩猩。

② 柯南道尔（1859—1930）：英国侦探小说家，塑造了成功的侦探人物夏洛克·福尔摩斯，被誉为"英国侦探小说之父"。

③ 《斑点带子》：福尔摩斯探案系列中的一篇。故事中，一对双胞胎姐妹中的姐姐被继父利用毒蛇杀害。

④ 勒鲁：即卡斯顿·勒鲁（1868—1927），法国记者、侦探小说家，代表作有《剧院魅影》等。

⑤ 《黄色房间的秘密》：推理史上第一部密室杀人长篇经典，讲述了一起发生在上锁房间的凶杀案。

⑥ 萝丝·蒂拉寇杀人案：19世纪初发生在巴黎的杀人案。一位名为萝丝·蒂拉寇的女性被杀死在家中，由于门窗从内部上锁，该案成为典型的"密室杀人案"，始终没有被侦破。

思议的杀人案。我刚才就联想到了这起杀人案。今天这起案件和它一样，凶手也是莫名就消失了，不觉得太过相似了吗？"明智说道。

"嗯，我也觉得非常不可思议。有不少人说，在日式建筑里，外国侦探小说中经常描述的那种犯罪是无法发生的，但我并不认同这种观点。如今眼前不就发生这样的案件了吗？虽然我也不知道能起到多大作用，但我还是打算尽我所能，努力破解一下这起案件。"

就这样，我们两人走到某个路口就告别了。我转弯前瞧了瞧明智那奇怪的晃悠肩膀走路的姿态，他快步走着，身上的条纹浴衣在黑暗中闪现，这一场景至今还烙印在我的脑海之中。

下篇　推理

杀人事件过去大约十天之后，我前往明智小五郎的住所拜访。在这十天内，明智与我各自对这起案件进行了哪些调查，有哪些思考，又得出了哪些结论，各位读者就请看以下记录的那天我与他之间的谈话内容吧，到最后一切便可明了了。

说起来，在这之前我与明智一直是在咖啡店里见面的，去拜访他的住所这是头一遭。由于我预先已经打听清楚位置了，因此并没有费周折便找到了。我先找到一家似乎是烟草店的店铺，询问老板娘明智现在是否在住所内。

"啊,欢迎光临。我这就去叫他,请你等一下。"老板娘这么说着,就走到里面的楼梯口,向上面大声呼叫明智。明智就借宿在这家店铺的二楼。接着,从上面传来一声奇怪的"哦",然后明智就"嘎吱嘎吱"踩着楼梯下来了。看见是我来了,他带着惊讶的神色打招呼道:"哦,是你来啦。"随即我就跟着他上了二楼。不过就在我毫不客气地一步踏入他房间的时候,却被吓了一跳。这个房间里面的景象太惊人了。虽然我知道明智就是个怪人,但他能把房间弄成这样,也实在奇怪得过分了。

只见仅仅只有四个半榻榻米大小的地板上简直是书山书海。在房间正当中还稍微能看见点儿榻榻米,其他地方则全部堆满了书。这些书堆沿着四面墙壁和纸拉门,从下方由宽到窄犹如小山峰般直达天花板。除此之外没有任何生活物品。我简直想象不出他在这么一个房间中是如何睡觉的。现在房间里进了主客二人,连足够坐下的地方都没有,而且我感觉似乎身体稍微动弹一下,这周围的书本堤坝就可能会溃堤,把我们两个都给压扁在底下。

"抱歉,地方实在太小了,就连坐垫也没有。对不住了,你找一本软点儿的书垫着,将就坐一坐吧。"

我好不容易穿越书山,终于找到一个可以坐下的地方。坐下之后我仍然没有平复惊讶的心情,继续环顾着四周。

在此,对于这位实在奇特的房间的主人明智小五郎,有必要介绍一番我所知道的关于他的情况。因为我与他相识的时间并不长,所以他过去经历如何、平日生活状况、人生在世有何志向等,我是一概不知的。可以肯定的是他并没有一份很正式的工作,身份类似于游民，再勉强点儿说就是一介书生，但真要说是书生的话，也是个颇为怪异的书生。他曾经对我说："我正在研究人类！"当时我并没有理解他这话是什么意思。不过我知道他对犯罪和侦探之类的事兴趣十足，而且拥有丰富到惊人的知识量。

他年纪与我相仿，不超过二十五岁，身材看着有些偏瘦。前面也说过他走起路来有摇晃肩膀的习惯，不过那姿态绝不是英雄豪杰那样的，非要拿个名人打比方的话，大概会令人联想到那位单手有残疾的说书大师神田伯龙。明智从长相到声音，确实都很像神田伯龙——如果读者没有见过伯龙本人，那就请在内心中想象一位并非美男子，但总有些惹人喜爱，看起来又很睿智的男人——然而明智的头发要更长一些，而且还很蓬乱。他与人说话的时候，总是习惯性地用手将已经很乱的头发抓得更乱。他穿衣服也不讲究，总穿着一件木棉和服，用一根皱巴巴的兵儿带①系紧。

"你来得正好。那天之后一直没见面，那个D坂杀人案现在如何了？我听说警察那边并没有找到任何和凶手相关的线索。"明智一边抓他的头发，一边盯着我的脸如此说道。

"实际上，今天我就是想来与你谈一谈这起案件。"这个时候我一边想着该如何将想说的话都说出来，一边感到有些迷茫，"我在案件发生后也尝试进行种种思考。而且我不仅思考，还模仿侦探去进行实地调查了。然后，我得出了一个结论，今天就想向你

---

① 兵儿带：男士和服腰带的一种。

汇报一下……"

"哦，那真是太好了，愿闻其详。"

我注意到在他的眼中闪过一丝了然的神色，这神色中还带有轻蔑与安心的成分。这对我原本有些犹豫的内心起到了刺激作用，于是我就不管不顾地讲述了起来。

"我有一位朋友是新闻记者，他与负责这起杀人案的小林刑警颇有交情。于是我通过这位新闻记者，详细了解了警方在此案上的进展，然而警方连搜查方向都还没能确立。当然他们也采取了各种行动，但就是找不到突破口。比如那个电灯的开关，完全没法儿成为线索。在那上面就只发现了你的指纹。按照警方的想法，大概是你的指纹恰巧遮盖了凶手的指纹。得知警方也已经陷入困境，我反而更加热心地进行调查了。最终我得出了结论。你认为是怎样的呢？在我把这个结论报告给警方之前，你觉得为什么我要先来找你汇报呢？

"这些问题暂且放一边。总之我从案件发生的那天开始，一直对一件事相当在意。你也记得吧？就是那两个学生的证言中，疑似凶手的男人所穿和服的颜色完全不一样，一个说是黑的，一个说是白的。就算人类的眼睛再不可信，完全相反的黑白两色都能搞错也太奇怪了吧？虽然我不知道警方对此是作何解释的，但我认为这两个学生的证言都没有错。你明白吗？就是说那凶手穿的是黑白相间的条纹和服……就类似那种有粗黑条纹的浴衣，在一些旅馆里经常租借给客人的……至于为什么一个人看见的是纯白色，另一个看见的是纯黑色，那是因为他们都是通过那纸拉门上的格窗去看的。就在那片刻间，其中一人的视线正好是穿透格子看到和服上白色条纹部分，而另一个人却正好是看到黑色条纹部分。这可能真的是非常偶然的巧合，但绝非完全不可能。而且就这个问题而言，也没有其他更好的解释了。

"然而，虽然知道了凶手所穿和服的条纹样式，但单凭这条线索来缩小调查范围还是远远不够的。所以就需要提到第二个证据了，就是那个电灯开关上的指纹。我拜托刚才提到的那位记者朋友帮忙，让他拜托小林刑警，允许我把那个指纹，也就是你的指纹，好好地调查了一番。结果令我愈发觉得自己的思考是没错的。话说，你现在手边有砚台吗，有的话可否借我一用？"

于是我就做了一个实验给他看。首先，我摆好砚台，然后在右手大拇指上涂一层薄墨，从怀中取出一张纸，按一个指纹在上面。然后等这个指纹干了，我在同一个手指上又涂了一层墨，在原来的指纹上改变了手指的方向按下去。就这样，纸上清晰显现两个交错在一起的指纹。

"警方所做的解释是你的指纹重叠在了凶手的指纹上，于是将凶手的指纹覆盖了，但通过这个实验就能证明那不可能是事实。指纹这个东西是由很多线条组成的，无论如何用力按下去，必然还是会残留前面一个指纹的痕迹。假设前后两个指纹是完全一样的，而且按下的位置也毫无变化，由于这个时候指纹的每条线都重合，或许后面的指纹可以将前面的指纹给盖住。但这种情况发生的可能性小到几乎没有，所以这种假设实在不影响我的结论。

"也就是说，如果关掉那个电灯的是凶手，那么他必然会在开关上留下指纹。我还怀疑是不是警察将残留在你的指纹线条之间的凶手指纹给看漏了，于是自己进行了认真检查，但是一点儿痕迹都没有发现。也就是说，无论在事发前还是事发后，那个开关上都只有你按下的指纹——为什么旧书店这家人的指纹反而没在上面，这点我也搞不明白，大概是因为那家人总是开着那个房间的电灯，一次都没有关过吧。

"你应该明白以上这些说明了什么吧？我是这样推测的：有一个身穿粗条纹和服的男人——那个男人大概是被害者的旧相识，杀人理由我猜想可能是失恋之类的——知道旧书店的老板每天晚上去夜市摆摊，就趁机袭击了被害者。之所以没有发出声音，也没有抵抗的迹象，是因为被害者很熟悉这个男人。这男人达成目的之后，为了拖延尸体被发现的时间，逃走时关闭了电灯。但是这个男人所犯的第一个错误，是一开始没发现那个纸拉门上的格窗还开着。他发现之后立刻惊慌地将其关上，但还是被站在书店中的两个学生瞥见了。接着男人逃到了外面，却突然又想到自己关掉电灯的时候肯定在开关上留下了指纹。这个指纹是必须要清除掉的，然而原路返回再潜入那房间实在是太冒险了，于是这个男人想到一个绝妙的办法，那就是把自己变成杀人案的发现者。这么做有两点好处，一是可以自然地用自己的手开灯，之前留下的指纹就可以被排除出怀疑对象之列了，而更重要的是，任何人都不会想到报案者竟然就是凶手。就这样，他装作完全不知情的样子看着警方调查的全过程，甚至大胆地提供证言。结果是他完全得逞了。过了五天，过了十天，没有任何人前来逮捕他。"

　　明智小五郎听我这番话的时候会是怎样一副表情呢？我本来以为我说到一半，他就会脸色大变，立即打断我的话。然而令我惊讶的是，他脸上始终毫无表情。就算他平常就是不把内心所想表现在脸上的人，但平静到这种程度也太不正常了。他一直在抓自己的头发，一言不发。我一边想这人多么厚脸皮啊，一边把最后一段推理说出来。

　　"你自然会反问我，在我这番推理中，凶手究竟是从哪里进入，又是从哪里逃离犯罪现场的呢？确实，如果这个疑点不解决，其他事情就算都搞明白了，也没有任何用处。但遗憾的是，这个疑点也被我解决了。那天晚上调查的结果，看上去就好像犯人完全没有进出过现场。但是既然发生了杀人事件，犯人就不可能没有进出过现场，只能认为警察的调查中存在疏漏。虽然警察们看上去也是竭尽全力的样子，但不幸的是，他们连我这一介书生都比不上。以下所说的事虽然有些无聊，总之我是这么思考的。因为警察进行了那样周密的调查，首先可以确定邻居们都没有问题。那样的话，凶手到底是用了怎样的方法，以至于在进出现场的时候被人看到了也没有被怀疑是凶手呢？也就是说，就算当时有看到他的人，也完全不会感觉有什么问题。那么，凶手就需要利用人类注意力的盲点——与我们的视力有盲点一样，注意力也是存在盲点的。就好像变戏法的人能够在观众面前把一个很大的东西给莫名其妙地藏起来一样，凶手可能是把自己给隐藏了。按这个思路，我注意到了那家旧书店旁边隔着一家店的那个名为旭屋的荞麦面店。"

旧书店右侧是钟表店和日式点心店，左侧是日式袜子店和荞麦面店。

"我于是去询问那个店老板，在那天晚上事件发生的八点左右，有没有一个男人前来店中借用厕所。那个旭屋想必你也知道，从店面可以一直往里面走进去，一直走到店后的木门那里，而厕所就在木门的旁边。所以凶手可以借口上个厕所，以便从后面木门出去到小巷，潜入旧书店中实施犯罪，然后又返回来。那个卖冰激凌的是在小巷出口的拐角处营业，当然不会发现小巷里面的人。因为旭屋经营的是汤面，所以客人在那家店里借用厕所也是很平常的事。而且我又打听到，那天晚上面店老板娘不在，只有老板一个人看店，凶手借机行事正合适。喂，你不认为如此犯罪简直是精彩至极、天衣无缝吗？

"询问结果不出我所料，旭屋面店老板称在那个时间点确实有一位男性顾客曾借用过厕所。只是遗憾的是，老板对于那个男人长相如何、所穿服装式样如何都毫无印象了。我立刻把这件事告诉那位朋友，请他转达给小林刑警。于是刑警亲自去荞麦面店也调查了一番，但没有得到更多的线索——"

我在此稍微停顿了一下，想给明智发言的机会。以他的立场，到这个时候不可能保持一言不发了吧？然而，他照旧还是抓着头发，紧紧闭着嘴巴。我之前为了保持对他的尊敬，一直使用旁敲侧击的办法，但接下来不得不改为对他发起正面进攻了。

"明智君，你一定听懂了我说的意思了吧？铁证如山，且都指向你一个人！老实讲，我在内心深处无论如何都不想怀疑你的，但面前摆着这么多证据，也是毫无办法了……我还想万一在那长屋附近有别的身穿那种条纹浴衣的人呢？于是费尽辛苦又调查了一圈，结果没有任何人有那种和服。这个结果也合理，因为就算别人有条纹和服，但能够和那个格子窗缝隙正好吻合的和服也太过稀有了。然后还有在指纹这件事上所做的手脚，以及巧借上厕所来实施犯罪的妙计，实在是精妙，不是像你这样的犯罪学者是绝对想不出来。而且你还有最可疑的一点，就是你对我说过你和那位死去的老板娘是从小就认识的，然而那天警方调查老板娘身份的时候，我在旁边根本没有听到你提及此事。

"现在，你唯一可以依靠的就只有不在场证明了吧？但是这个也是靠不住的。你应该还记得，那天晚上回去的时候，我曾经问你来白梅轩之前在哪里，你说之前一个小时左右的时间自己是在附近随便散步。就算你散步的时候确实被其他人看到过，但散步途中去借用一下荞麦面店的厕所也是办得到的。明智君，我所说的这些有错吗？如何？可以的话，我想听一听你究竟如何辩解。"

各位读者，我如此向他步步紧逼的时候，你们觉得这位奇人明智小五郎会作何反应？是不是以为他会惭愧万分地低头认罪了？然而他的反应却完完全全出乎我的意料，简直是让我惊破了胆。只见他突然放声大笑起来。

"哈哈哈，失敬失敬，不好意思，我绝不是想取笑你。只不过你说得这么认真，我实在忍不住。"明智辩解似的说道，"你这番推理实在是好有趣啊。我能交到你这样一位朋友，太值得高兴了。不过可惜的是，你的推理太流于表面，而且完全停留在物质世界。

比如说我与那位女性的关系吧，虽说我们小时候就相识，但你有没有深入地从心理层面进行调查呢？我和那位女性之间曾有过恋爱关系吗？或者如今我对她有怨恨心态吗？你是没法儿推理到如此深度的吧？为何那天晚上我不说出其实我认识她的事实，原因非常简单：我提供不了任何可供警察参考的信息。还没等上小学，我和她就已经不再见面了。直到最近，我才偶然知道她是我小时候的玩伴，其后我们两人也就说过两三次话而已。"

"那么，指纹的事情你又想如何解释？"

"你是不是以为我在案件发生之后什么事都没做呢？其实我也做了不少事，每天都跑到 D 坂那边去到处晃悠，拜访次数最多的自然是旧书店，我不停地纠缠老板打探所有细节——我还把过去认识他夫人的事也坦白了，这给我带来了不少便利。就像你是通过新闻记者朋友知道警察调查的情况那样，我是从旧书店老板那里打听到了很多事情。最先听到的就是指纹的事情，我也觉得很奇怪，于是又仔细调查了一番……哈哈哈，其实事实很可笑。我们进里间的时候灯没有开，是因为电灯泡的灯丝断了，不是被人关了。我当时去按开关，以为电灯被我按亮了，其实不是的，是当时慌里慌张地触碰到了灯泡，结果那已经断了的灯丝恰好又接上了。所以那个电灯开关上当然就只有我的指纹。那天晚上，你说你通过纸拉门的缝隙看到里面有电灯的光亮，这么说来，灯丝断掉是在此之后发生的。那就是个老旧灯泡，随时可能发生这种灯丝断掉的事。至于凶手所穿和服颜色的问题，在我解释之前，你不如先看看这个……"

他一边说着，一边开始在身边的书山里面到处翻找，终于找出一本颇老旧的西洋书籍来。

"你读过这本书吗？闵斯特伯格[①] 所著的《心理学与犯罪》，请把'错觉'这一章开头十行左右的内容读一下看看。"

我听着他充满自信的反驳，内心渐渐意识到自己的想法错了，于是顺从地从他手里接过那本书开始阅读。书中那段所写的内容大致如下：

过去曾经发生过一起与汽车相关的犯罪事件。在法庭上，一位宣誓决不做伪证的证人说事发当时道路是完全干燥的，而且尘土飞扬，但立刻有另一位证人做证说当时下着雨，道路泥泞不堪。前一位证人说出事的汽车是缓慢行驶的，后一位证人又说从没见过有汽车行驶得那样快。前一位证人说事发地是一条乡村道路，路上只有两三个人，后一位证人却说道路上有男人、女人、小孩儿很多人。这两位证人都是受人尊敬的绅士，歪曲事实对他们当中任何一人来说都毫无益处。

我读完这一段之后，明智立刻凑过来把这本书翻到别的页面，说："这是实际发生的事情。请看'证人的记忆'这一章，其中有一个实验，正好涉及服装颜色问题，请耐心再读一读。"这一段所

---

① 闵斯特伯格：即雨果·闵斯特伯格（1863—1916），德国心理学家、美学家。

记载的内容如下：

（前略）试举一例，前年（这本书出版于1911年）在哥廷根①举办了一场有许多法律学家、心理学家和物理学家参加的学术会议。云集于那会场上的人，都是一些擅长对事物进行观察的学者。会议期间，那座城市恰好正在举办嘉年华活动，热闹非凡。就在会议进行当中，大门突然打开，有一个穿着鲜艳服装、化着妆的小丑疯了一般闯了进来。大家一看，他身后紧跟着一个拿着手枪的黑人，正拼命追赶他。这两人在会场中央停下脚步，恶语相向，结果小丑突然瘫倒在了地板上，那黑人就往他身上跳。接着手枪发出"砰"的一声响，他们两个又迅速跑到屋外去了。这整个过程连二十秒都不到。所有人都震惊了，除了会议主持者之外，没有任何人能想到这两人的语言和动作都是事先练习过的，刚才这番景象也都被拍摄下来了。因为有"暴力事件"发生，会议主持者就理所当然地宣布，刚才所发生的事情经过过后将提交给法庭，因此需要会议参加者各自写一份准确的记录。（中略，内容是会议参加者的记录充斥着怎样的错误，并用百分比表示。）事实上黑人的头上什么都没有戴，但是四十个人当中只有四个人写对了，其他的人或

---

① 哥廷根：德国著名的大学城。

者说黑人头戴着高礼帽，或者说他戴着丝绸帽子。对所
穿服装的记录也是如此，有说是红色的，有说是褐色的，
有说是黑白相间的，也有说是咖啡色的，还有各种其他
颜色的说法。但其实，那个黑人穿着黑色上衣、白色裤
子，打着一个红色的领结。（后略）

　　"正如聪慧的闵斯特伯格在书中一语点破的这般，"明智开始
解释道，"人类的观察和记忆实际上非常靠不住。在这个实验中，
那些学者们甚至连衣服的颜色都说不清楚。所以我认为，那天晚
上两个学生看错了和服的颜色实属正常。他们确实看到了一个人，
但是那个人应该并没有如你所推测那样穿着带条纹的和服——当
然那人并不是我。能够想到从格窗缝隙看和服，会因角度不同得
出不同的观察结果，你这个着眼点确实有趣，但这种事情不是太
过巧合了吗？与其相信如此偶然至极的事情，你还不如相信我的
清白更可靠一点儿。最后，关于那个借用了荞麦面店厕所的男人。
其实我曾与你有同样的想法，无论怎么看，凶手进出作案现场的
通道只有旭屋。于是我去那里实地进行了调查，结果很遗憾，我
得出了一个完全相反的结论——并不存在那样一位借用厕所的男
人。"

　　读者们应该都已经注意到了，明智这一番解释否定了证人的
证言，否定了凶手的指纹，连凶手的必经之路也否定了，以此证
明他自身的无罪，但如此一来他岂不是连犯罪的事实本身都要否
定了吗？我对于他究竟是如何思考的完全想不明白。

"那么，你已经找出凶手是谁了吗？"

"找到了啊。"他抓着自己的头发说，"但我调查的方法与你并不相同。对于物质性的证据，可以有很多种方法进行解释。最好的侦探方法是从心理出发，看透人心，但这就要考验侦探自身的能力了。总之在这起案件中，我试着将重点放在心理层面。

"一开始引起我注意的是旧书店老板娘身上有很多伤痕。那之后不久，我又听说荞麦面店的老板娘身上同样也有很多伤痕。这些事你也是知道的吧？但她们的丈夫看上去都不像是行为粗暴的人。旧书店老板和荞麦面店老板，都是看起来很老实、通情达理的男人。可我总有点儿怀疑，在其外表之下，潜藏着某种秘密。于是我先纠缠旧书店老板，想从他的口中探听出那个秘密。我坦白说与他死去的夫人是故友，因此他也就信任我了，我们谈话时他就比较放得开，于是我打听到了一件很古怪的事。然后我又转去找荞麦面店老板，他却与外表相反，骨子里相当谨慎，探他的口风实在是费了我一番周折。不过我的方法最后到底还是成功了。

"你知不知道，现在心理学上的联想诊断法已经开始运用于犯罪调查方面了。这个方法就是向嫌犯抛出大量简单的词语，测试嫌犯产生联想的快慢程度。不过我想这种方法其实并不需要如心理学家所说的那样，一定使用诸如'狗'啊、'家'啊、'河川'啊之类的简单词语，当然也并非一定需要精密的测量仪器。只要能够把握联想诊断法的精髓，就没必要拘泥于一定的形式。证据就是，过去被人称颂的名法官啊、名侦探啊之类的人，在其所处的时代心理学肯定不及今日这般发达，然而这些人可以凭借天赋，在不知不觉间把心理探案的方法付诸实践。大冈越前守①便是这些人中的一员。拿小说来讲，爱伦·坡的《莫格街凶杀案》中有一位杜邦侦探，他注意到朋友做出的一个举动，就推理出了其内心所想的事情；柯南道尔对此加以模仿，在《住院病人》中让福尔摩斯运用了同样的推理方法。从某种意义上讲，这些都属于联想诊断法。心理学家创造出种种分析的方法，就是为了提供给那些并非极有天赋的人运用的吧。话说到这里有些偏题了，总之我便是运用此种方法，对荞麦面店老板进行了联想诊断。具体来说就是我和他谈论了很多话题，全都是些无聊的事，然后观察他在心理层面上的反应。这涉及相当微妙的心理问题，极为复杂，详细情况等有空我再跟你细说吧。总而言之结果就是，我已经找到凶手了。

"然而我并没有任何实际的证据。因此，我无法向警方指控此人。就算是去指控了，警方恐怕也会置之不理吧。我明知凶手是谁却袖手旁观，其实还有一个理由，那就是这起犯罪其实并不带有任何恶意。这么说似乎太奇怪了，但这起杀人案件，其实是在凶手和被害者彼此同意的基础上发生的——不，甚至可能就是出于被害者的愿望才发生的。"

我虽然在头脑中拼命思考，但仍然搞不明白他究竟是怎样想的。我已经忘却了自己推理失败的羞耻感，只仔细倾听他所做的奇怪推理。

---

① 大冈越前守：即大冈忠相（1677—1752），日本江户时代的人物，擅长断案。

"我推理的结论是，凶手就是旭屋的老板。他为了隐藏自己的罪行，撒谎说有个男人曾经借用厕所——不，事实上这个谎言并不是他的创意，而是我们两人犯了错。你和我都跑去反复向他询问那时候有没有这样一个男人，等于是提醒他有这么个男人，他以为我们两人是便衣刑警什么的。那么，他又为何会犯下杀人罪呢？……我通过这起案件，看到了这看似安稳的人世间隐藏的意外又凄惨的秘密。这简直就是在噩梦中才可能存在的秘密。

"这位旭屋的老板，承袭那位欧洲萨德侯爵①的遗风，是一位无可救药的色情虐待狂。而命运又是多么乖张啊！他发现与他仅仅相隔一家店铺的旧书店中，竟然有一位女性受虐狂。旧书店老板娘作为受虐狂的变态程度，不在他之下。于是这两个人以变态者特有的小心谨慎，躲开所有人的视线，暗地通奸……你明白所谓在彼此同意的基础上杀人是什么意思了吧……这两个人之前都只能依靠各自正常的夫妻关系来勉强满足变态欲望，旧书店老板娘和旭屋老板娘身上的伤痕就是证据。但是可以想见，这两人必然是无法得到真正满足的。因此，当他们发现咫尺之间就存在着自己渴求的人之后，不难想象两人必定一拍即合。然而命运的捉弄实在是太过残酷了，这两人一个施虐一个受虐，行为越来越疯狂，终于在那个夜晚，发生了谁都不愿意发生的悲剧……"

我听着明智这番令人震惊的结论，不由得身体发颤。这起事

---

① 萨德侯爵（1740—1814）：法国贵族、作家。他的情色小说中多有性虐待描写，后来学者将主动的虐待症称为"萨德现象"。

件是何等不幸啊！

正在此时，下面开烟草店的老板娘把晚报拿上来了。明智打开报纸，看了一眼社会版新闻，便发出一声叹息。

"唉，果然是承受不了心理压力，最终还是去自首了。这也真是巧合啊，正好我们在说这件事，就看到了结案的报道。"

我看向他用手指着的地方，看到报纸上有一则简短的报道，不过十行左右文字，内容是荞麦面店的老板已向警方自首了。

心理测试

心理試験　しんりしけん

是时候使出撒手锏了，面对这两名嫌疑人，他决定实施以往曾收获过无数次成功的心理测试。

一

蒲屋清一郎究竟为何会毅然决定实施我将要记述的这起恶行呢？详细动机并不清楚，而且就算弄清原委也与本案没什么关系。从他半工半读上大学的情况来看，有可能是迫于学费的压力。他天资聪颖又非常勤奋，为了凑学费不得不在无聊的兼职上浪费时间，导致无法专心读书和思考，确实让人感到遗憾。不过没有谁会因为这样的理由就犯下那样的重罪吧？恐怕他本来就是天生的坏人，不单是为学费，或许他还压抑了其他各种欲望。这先按下不表，却说他产生那个念头已经过去了半年，其间他一再犹豫，考虑再三后终于下定决心要实施犯罪。

一次偶然的机会，他和同年级的斋藤勇亲近了起来，这便是整件事情的开端。当然，刚开始他没有什么想法，但是慢慢地他开始抱着一种模糊的目的去接近斋藤，而且随着彼此距离的不断拉近，那个模糊的目的也逐渐清晰。

就在一年前，斋藤在山手区某个偏僻住宅区的一户人家那里租了房子，房主是一位官员的遗孀，是一位年近六十岁的老婆婆。她靠出租亡夫留下的房产为生，生活过得很滋润，不过却没有子孙福，常常对别人说"就指着这些钱过日子了"。通过把钱贷给靠谱的熟人从而慢慢增加自己的存款，这是她最开心的事情。至于把房子租给斋藤，可能是因为老婆婆一个女人家自己住多少有些不放心，另一方面必定是考虑到，多了房租每个月的存款也会增加。她是个少见的守财奴，这守财奴的心理古今中外都一样。听说她除了明面上的银行存款，背地里还在自家某个地方秘密藏了一大笔钱。

蓣屋被这些钱诱惑了。那个老婆婆拿着这么一大笔钱有什么用呢？拿来给他这样前途光明的青年交学费不是再合适不过的吗？简单来说，这就是他的逻辑，所以他通过斋藤尽可能地收集关于老婆婆的信息，想打听出那笔钱到底藏在哪里。但是在他听斋藤说偶然发现了那笔钱的藏身之处之前，他并没有产生什么确定的想法。

"我跟你说，我对这个老婆婆可真是心生佩服啊。说起藏钱的地方，我们能想到的可能也就是房檐下面、天井里面，等等，但老婆婆选的地方有点儿特别。在里间的壁龛里，那里不是有一个大型红叶盆栽吗，钱就藏在那个盆栽底下。你想，哪个小偷会想到钱竟然藏在盆栽下面呢？要说这个老婆婆，真是个地地道道的守财奴啊。"

当时斋藤这样说，还甚感有趣地笑了。

自那以后，蓣屋的想法越来越详细具体，关于怎样用老婆婆的钱给自己交学费，他想要在所有可能性中思考出最安全的方法。但这比想象中难得多，和这个一比，多么复杂的数学题都不值一提了。正如刚刚所说，他单是整理这个想法就花了足足半年时间。

难点自不必说，就是如何逃过刑罚。道德伦理层面的障碍，也就是良心上的苛责，对他来说不是问题，毕竟拿破仑发动大屠杀在他看来都不是什么罪恶，对这件事他甚至带着一种赞美的心情。他想，一个有才青年为了培育自己的才能而牺牲已经一只脚踏进棺材的老婆婆，这不是理所应当的嘛。

老婆婆不怎么出门，整日默默窝在里间的坐垫上，即使偶尔出门，也会有乡下来的女佣奉命认真看守家门，可怜蔀屋煞费苦心也没能在老婆婆那里发现一丝可乘之机。最初蔀屋是这样想的：找准老婆婆和斋藤都不在的时候骗女佣出去跑腿儿，然后趁机从盆栽里偷走那笔钱。可是这个想法未免缺少考量，就算只是一小会儿，但后续一旦自己被发现曾经单独待在老婆婆家，那么仅此一点就会带来极大嫌疑。就是类似这种愚蠢的方法，他在脑海中想到又打消，想到又打消，花了足足一个月的时间。再比如设个圈套，把罪行嫁祸到斋藤、女佣或者别的小偷身上；又或者想个办法，趁只有女佣一个人的时候轻手轻脚潜入家中，避过她的视线偷出钱；再或者半夜趁老婆婆睡着的时候悄悄动手；等等。他思考了所有可能的方法，但是无论哪种，被察觉的可能性都很大。

最终他得出了一个恐怖的结论——无论如何都要把老婆婆杀掉。虽然不知道老婆婆到底有多少钱，但不论从哪个角度来看，那笔钱应该都没有多到让人不惜冒着杀人的风险。为了那点儿钱而杀害一个无辜的人，这未免太过残忍。不过即使在旁人看来那不是一笔巨款，但对贫穷的蔀屋来说已经让他十分满足。而且在他看来，问题不是金额的大小，而是如何完美隐藏自己的犯罪事实，为此无论需要他付出多大的代价都没关系。

乍看之下，杀人只是比盗窃再危险几倍的事情罢了，但这其实是种错觉。确实，如果预想到罪行要被揭穿的情形再去犯罪的话，那么杀人无疑是所有犯罪中最危险的一种。可是如果不按照罪行轻重，而是按照被发现的难易度来考量的话，有时（比如蒌屋这样的情况）盗窃反而是更危险的事情。与此相反，把目击者杀掉虽然残忍，但不必担心事后被揭穿。从古至今很多枭雄都是淡定地手起刀落，他们能逍遥法外，不正是跟这种大胆的杀人行为有很大关系吗？

那么杀掉老婆婆真的一点儿危险也没有吗？蒌屋思考了数月这个问题，在那漫长的时间里他是如何逐渐完善想法的呢？随着故事的不断推进，读者朋友自会明白，所以此处先按下不表。总之，经过常人无法想象的深入分析及整合，他思考出了天衣无缝、绝对安全的方法。

现在只需要等待时机，不过事实上它来得比想象中更快。有一天，斋藤去了学校，女佣也被差遣出去，可以确定两人傍晚前都回不来，这刚好是蒌屋结束最后准备工作的第二天。所谓最后的准备工作是这样的（这一点有必要提前说清楚）：现在距离斋藤告诉他钱藏在哪里已经过去了半年，所以他需要采取行动确认钱是否还在那里。那天（即杀死老婆婆的两天前）他去斋藤那里做客，顺带第一次进到最里面老婆婆的房间里和她闲聊了很长时间。闲聊时他逐渐将话题往一个方向拉，屡次提到老婆婆的财产，说到关于她把钱藏在某处的传闻。实际上在每次提到"藏"这个字时他都不动声色地观察老婆婆的眼神，而她的眼神正如他所预料的那样，每次都会悄悄落在壁龛里的盆栽上（那时盆栽里面已经不是红叶，而是替换成了松树）。蒔屋如此反复数次后终于完全消除疑虑，定下心来。

二

且说时间终于来到那一天，蒔屋穿上大学校服，戴上大学帽子，又披上学生斗篷，挎上不起眼的包向目的地出发。在来之前他思考再三，最终决定不进行变装，因为如果要改变装扮，那么买装备、找地方换衣服和其他很多细节都会给破案留下线索，只会把事情复杂化，没有一丝用处。事实上如果从避免罪行暴露这一角度来讨论犯罪方法的话，那就是要尽可能简单且直接，这是他的一种人生哲学。只要保证进入目标人家时没人看到就可以了，即便有人知道他曾经从那户人家门前经过也没什么关系，他经常在那儿附近散步，所以可以借口当天也只是在散步。而且在他前往目标人家的途中如果刚好被熟人看到（这一点必须考虑在内），那么这时他是奇怪的装扮好呢，还是像平时一样正式的校服加帽子好呢？这个问题的答案是很明显的。关于具体的犯罪时间，他原本可以耐心等到行事方便的半夜——他明明知道有时候斋藤和女佣半夜都不在家，可为什么还偏要选择危险的白天呢？这和服装打扮是一样的道理，是为了尽可能消除犯罪时非必要的隐秘性。

不过在来到目标房子前面时，即便是经过了如此精心准备，他也和普通小偷一样——哦，不对，恐怕是比他们更甚——畏畏缩缩地前后左右张望。老婆婆家是个独栋房子，用绿篱和两边的邻居隔开了，对面富豪宅邸的高大水泥墙横贯整条街。这个住宅区不怎么热闹，即使是白天也几乎看不到行人。蒟屋过来的时候也是，路上连一只小狗都看不到。他来到玻璃门前，这门正常打开的话会有刺耳的金属摩擦声，他开关时轻手轻脚尽量不发出一点儿声音。接着他从玄关进到土间①里，用极低的声音喊老婆婆（这是为了不打扰邻居）。老婆婆出来后，他借口想单独聊聊斋藤的事，于是进到了里面的房间。

坐下没多久，老婆婆开口说："真不凑巧，女佣这会儿不在。"说着，她起身去倒茶。为了这一刻，蒟屋已经等待良久了。就在老婆婆微微屈身准备打开隔扇时，他冷不防从后面抱住她，两只胳膊使出吃奶的劲儿卡住她脖子（虽然他戴着手套避免留下指纹，但还是非常小心）。而老婆婆仅仅是喉咙发出"咕"的一声，几乎没怎么挣扎，但是在极度痛苦中她的手在空中乱抓，结果碰到了立在旁边的屏风，造成了一小块伤痕。那是一扇有些年头的两折金屏风，绘有彩色的六歌仙②，这下可好了，六歌仙中小野小町的脸那里惨遭撕裂。

---

① 土间：日式房屋中没有铺地板的水泥地房间，一般设置在玄关和起居室之间，现在不多见。

② 六歌仙：指日本平安时代前期的六位杰出的和歌诗人，包括在原业平、小野小町、大友黑主、喜撰法师、文屋康秀、僧正遍昭。

　　确认老婆婆断气后，他将尸体平放下来，但表情似乎是不放心，还在盯着屏风破掉的地方。不过仔细想想，这也用不着担心，一个破掉的屏风怎么可能会成为什么证据。于是他走到目标处神龛，握住松树的根部，将松树连着土一起从花盆里拔了出来，不出所料，花盆底部有个油纸包着的东西。他冷静从容地解开那个包裹，然后从自己右边衣袋里取出一个新的大钱包，把包裹里的一半纸币（至少有五千日元）塞进去，再把钱包放回原来的衣袋中；剩下的纸币他重新用油纸包好，像之前一样藏到盆栽底下。这当然是为了掩盖犯罪，老婆婆存了多少钱只有她自己知道，所以即使现在只剩一半也没有人会怀疑。

　　接着他拿起旁边的坐垫卷成一团抵到老婆婆胸前（为了防止血液飞溅），从左边衣袋掏出折叠刀打开后，瞄准老婆婆心脏的位置狠狠刺了进去，猛地一剜，收刀。然后他用刚才的坐垫把刀上残留的血迹擦得干干净净，又把刀放回了原来的衣袋里。他觉得只把对方勒死的话还有活过来的可能性，所以最后又补了一刀。那么为什么最开始不用刀呢？是因为他担心血可能会沾到自己衣服上。

　　在这里必须向读者朋友说一下他用来装纸币的钱包和刚才的折叠刀，这是他为了这次行动专门在庙会当天从摊贩那里买的。他瞅准那天最热闹的时候，挑选顾客最拥挤的店，按标价递过去不多不少的零钱，拿到东西后便迅速消失，别说老板了，连众多顾客都来不及记住他的脸。而且他买的这两样东西十分普通，并没有带着什么特殊标志。

且说蕗屋万分小心，在确认没有留下任何线索后，不忘关好隔扇，从容地来到玄关。他在此一边系鞋带，一边考虑脚印的问题。但是这一点更不必担心，土间的地面是坚硬的水泥，因为这几天的天气状况，表面已经十分干燥了。接下来他只剩打开玻璃门走出去，不过，此时如果有什么疏忽可就功亏一篑了。他竖起耳朵，耐心十足地去听外面的脚步声……街上静悄悄的，风平浪静，只听见不知道谁家传来的"叮叮咚咚"的弹琴声。他横下心轻手轻脚打开了玻璃门，然后像刚刚休息好的客人似的淡定地走到街上。不出所料，街上并没有人。

这附近哪条街都冷冷清清的，从老婆婆家走过四五个街道是个不知名的神社，石墙横贯整条街。蕗屋确定没有人看到他以后，把刚刚的凶器折叠刀和带血的手套从石墙缝隙丢了进去，然后慢悠悠地来到平常散步时经常去的附近的那个小公园。他坐在公园的长凳上，一脸悠闲地望着孩子们荡秋千，待了很久。

在回去的路上他顺道去了趟警察署，报警说："我刚刚捡到了这个钱包，里面好像放了不少钱，所以特地送过来。"说着，他递出那个钱包。然后根据警察的询问，他回答了捡到的地点和时间（这当然是编出来的），还有自己的地址和姓名（这是真的）。接着他收到一张打印的类似受理书的东西，上面写了他的名字和金额。原来如此，他的这个方法虽然十分迂回，但却是最安全的，老婆婆的钱还放在原来的位置上（谁也不知道已经少了一半），所以这个钱包的失主是绝对不会出现的。一年之后还无人认领，这些钱无疑就会落入蔟屋手中，① 那时他就可以毫无顾忌地花出去了。他思考再三后采取了这个方法。如果把这些钱藏到某个地方，那么说不准哪一天就会被别人夺去；如果自己拿着，这不用想也知道十分危险。不仅如此，采取这个方法的话，万一老婆婆之前特意统一了纸币编号也不用担心（关于这一点他已经仔细检查过，基本上可以放心）。

"不会吧，真的会有人把自己偷来的东西上交给警察啊，就算是神仙也想不到吧。"

他极力忍住笑，在心里小声嘀咕。

第二天，蔟屋在租借的房间里像往常一样从一夜好眠中醒来后，一边打哈欠一边拿起送到枕边的报纸，眼睛向社会版面扫去，在这里他看到了意料之外的新闻，有些震惊。不过那绝不是什么令人担心的事，对他来说反而是不期而遇的好运，原来他的朋友斋藤被当作嫌疑人，新闻报道他受到怀疑的理由是持有与身份不符的大额现金。

"我可是斋藤最亲密的朋友，现在我到警察那里去询问斋藤的情况也很正常。"

这么想着，蔟屋迅速换好衣服慌忙朝警察署走去，这正是他昨天上交钱包的那个警察署。为什么不把钱包送到其他管辖区域的警察手中呢？这着实又是他看似不经意下的故意为之。他脸上做足担心的表情，拜托警察说想见到斋藤，但正如他所料，警察

---

① 日本法律规定如此。

没有允许。于是他对斋藤为什么会产生嫌疑询问了半天，对情况大致有了了解。

蘤屋的推想如下：

昨天斋藤比女佣先回到家，时间就在蘤屋达成目的离开后没多久。接着，斋藤不出意料地发现了老婆婆的尸体，但是在立即向警察报案之前他必定是想到了某件事情，也就是之前提到过的老婆婆在盆栽里藏钱的事。试想如果这是盗贼干的勾当，那盆栽里的钱会不会已经不见了？可能也只是出于些许的好奇心，他去检查了下盆栽，出乎他的意料，装有钱的包裹还放在原来的地方。看到这种情况斋藤起了坏心思，这着实十分欠妥，但也能说得通，毕竟没有人知道那个藏钱的地方，到时候警方必定会认为钱是杀害老婆婆的凶手所偷，这些有利的客观情况对谁来说都是难以抵抗的诱惑。那之后他又做了什么呢？听警察说，他淡定地报案说发生了杀人事件，但他真是好一个鲁莽的男人，他把偷来的钱放在了缠腰布里，还全程若无其事的样子，看来他并没有想到警察会当场进行搜身。

"等等，斋藤到底会怎样辩解呢？这样发展下去可能会很危险。"关于这一点，蘤屋思考了很多。当钱暴露的时候，斋藤可能回答说"那是我的钱"。确实，没有人知道老婆婆到底有多少财产以及钱到底藏在哪里，所以这样辩解倒也成立。不过这些钱未免太多了，所以最后他会说出实情吧。但法院会认可他的说法吗？如果还有其他嫌疑人那还说得过去，可是在此之前肯定不会判他无罪，如此一来他被判故意杀人罪也不无可能，如果真是如此的话一切就尘埃落定了。不过随着法官对他展开问询，许多事实也会慢慢浮出水面，比如他发现那笔钱藏在哪里后曾经告诉过蕗屋，还有案发前两日蕗屋曾经进入老婆婆的房间与其相谈甚欢，另外蕗屋的经济状况不好正为学费发愁，等等。

其实这些全都是蕗屋设定这个计划之前就已经考虑到的事情，此处他想不到斋藤还会吐出什么对他而言更加不利的事情。

蕗屋从警察那里回来时已经过了午饭时间，吃完饭（那时他向来送午饭的女佣询问了凶杀案的情况）后像往常一样去了学校。整个学校都在传关于斋藤的八卦，他带着一丝得意成为聊天中的主角。

三

且说，各位熟悉侦探小说的读者必定知晓故事不会就这样结束，确实也是如此。实际上至此都还只是这个故事的前情，作者热切希望各位读者能够读一读从这里往后的内容，即蕗屋如此精心策划的犯罪被揭穿的过程。

负责本案的预审法官是有名的笠森先生，他不仅是一般意义上的著名法官，还因为其特别的爱好更加为人所知——他曾经研究过心理学，因而对于用一般方法无法做出判断的案件，他总能运用丰富的心理学知识揭露真相。他虽然资历浅、年纪轻，可是作为一名地方法院的预审法官真是大材小用了，像这次的老婆婆

被杀案，谁都觉得到了笠森法官手里一定会顺利解决。笠森先生
自己也是这样想的，对于这个案件，他打算和平时一样在预审庭
上彻底调查清楚，不给公判时留一丝隐患。

不过随着取证的深入，本案的难点也逐渐凸显出来。警察
署一方仅仅是主张斋藤勇有罪。对于这个论断笠森法官也承认有
一定道理，原因在于警方将在老婆婆生前曾出入她家并留下痕迹
的所有人——不管是她的债务人，还是租客，或是关系一般的熟
人——统统传唤来仔细盘查了一遍，发现没有一个人存在疑点，
当然蕗屋清一郎也是其中一个。既然没有其他嫌疑人出现，那么
当下只能把嫌疑最大的斋藤勇判定为疑凶。而且对斋藤来说最不
利的一点是他天生懦弱，一上法庭马上就害怕得不得了，面对讯
问也无法口齿清楚地答辩，被冲昏头脑的他屡次对之前的陈述予
以否认，也忘记了自己本来应该知道的事情，不知不觉间说出了
对自己不利的话，越着急越可疑。实际上这都是因为他窃取了老
婆婆的钱，如果没这个弱点的话，按照斋藤的聪明劲儿，再怎
么懦弱也不会出现那样笨拙的举止，他真是令人同情。但是接下
来是否要将斋藤认定为杀人犯呢？笠森先生也没了主意，因为斋
藤现在只是有嫌疑而已，而他本人当然是不会招供的，警方也还
没有确凿的证据。

就这样，时间距离案发已经过去了一个月，预审还没有了结，
法官开始有些着急了。就在此时，老婆婆所在辖区的警察署的署
长接到了一个有价值的线索：案发当日有人在老婆婆家不远处的
街道捡到了一个装有五千二百多日元的钱包，并且上交给了警察

署，而此人正是嫌疑人斋藤的好友——学生蓣屋清一郎。由于相关人员的疏漏，这个情况直到今天才被提起，他们考虑到时间已经过去一个多月，这一大笔钱的失主还没有来认领，难道是有什么隐情，为以防万一才将这件事报告了上来。

正在犯难的笠森法官接到这个报告后，仿佛是看见了光明，他迅速办好了传唤蓣屋清一郎的手续。可是尽管法官十分振奋，但对蓣屋的审讯却并没有什么收获。为什么当时调查取证时他没有报告自己捡到大额现金的情况呢？对于这个问题，他回答说因为没有想到这和杀人事件相关联。这个回答十分站得住脚，因为老婆婆的钱是在斋藤的缠腰布里面发现的，所以谁也想不到别的钱，尤其是遗失在大街上的钱，竟也是老婆婆钱的一部分。

不过这真的是偶然事件吗？在案发当日，在距离现场不远处，而且是第一嫌疑人的好友，这个男人捡到了巨款（根据斋藤的供述，蓣屋是知道钱藏在盆栽下面的），这真的只是偶然吗？法官努力想找到这件事背后的隐情，苦苦思索。法官感到最遗憾的是老婆婆没有统一纸币的编号，如果编号统一，那么这笔可疑的钱到底和本案有没有关系马上就会一清二楚。

"不管多小的细节，只要能抓住一个确凿的线索就好。"法官调动所有脑细胞思考，现场取证也反复进行了无数次，老婆婆的社会关系也调查得十分详尽了，却仍是一无所获。就这样又过了半个月的时间。

法官终于想出了唯一的一种可能，即蓣屋盗取了老婆婆存款的一部分，将另一部分像之前一样原封不动藏好，然后把偷来的钱放入钱包中，假装是在大街上捡到的。但是这样愚蠢的事情真的会发生吗？那个钱包警方也照例仔细检查了，并没有发现什么有用的线索，而且蒟屋不是一脸平静地说自己那天散步路过了老婆婆家吗，凶手会这样大胆承认这种事情吗？还有，不说别的了，现在最重要的凶器还不知道在哪里，搜寻蒟屋租借的房间没有任何线索。但是要说凶器的话，斋藤那边不也一样找不到吗？那么到底应该怀疑谁才对？

此时没有一个确凿的证据能用来指控嫌疑人，就像署长他们说的，如果怀疑斋藤的话就会越发觉得斋藤有嫌疑，但是怀疑蒟屋的话又确实觉得蒟屋也不是清白的。不过现在可以确定的是，经过这一个半月的全力搜索，除了这两人，并不存在其他任何嫌疑人。再没有其他办法的笠森法官觉得终于是时候使出撒手锏了，面对这两名嫌疑人，他决定实施以往曾收获过无数次成功的心理测试。

四

蒟屋清一郎在案发两三天后接受了第一次传唤，知道了负责预审的法官是有名的业余心理学家笠森先生，并且当时已预想到了这最后的场面，他着实慌张了。虽说出于个人兴趣，他遍览群书，对心理测试的种种都详细了解过，但他没想到心理测试真的会在日本实施。

　　面对这个巨大打击，他没了最初假装镇定继续去学校上课的心情，他对外宣称生病，窝在租借的那个房间里，全力思考着应该如何渡过这个难关。此时的他和实施杀人行动之前一样，或者说是比那时更加细致和专注地不断进行思考。

　　笠森法官究竟会实施怎样的心理测试，这终究是无法预知的，于是蒟屋想到了所有已知的方法，针对每一种情况思考相应的应对之道。但是心理测试这种东西本就是用来拆穿谎言的，面对测试想要加以伪装的话从理论上来讲就有一定困难。

　　根据蒟屋的想法，心理测试根据其性质不同大致可分为两种：一种是单纯根据生理上的反应来进行的，另一种是通过语言来进行的。前者的话，测试者提出各种各样与犯罪相关的问题，用相应的装置记录下被测试者身体上的细微反应。在一般的讯问中，有时会运用这个方法来挖掘无从得知的真相。这基于一个理论，即人类即便在语言或表情上说谎，但神经本身的兴奋状态是无法隐藏的，它会通过肉体上的细微迹象表现出来。借助自动记录仪的技术发现手部细微的变化，使用某种其他手段来确定眼球的运动，使用呼吸描记器测量呼吸的深浅快慢，使用脉搏描记器测量脉搏，使用体积描记器测量四肢的血量，使用电流计发现手掌细微的出汗现象，观察轻打膝关节所产生的肌肉收缩情况，等等，都是可归类于此的测试方法。

　　比如说突然被问道"你就是杀死老婆婆的真凶吧"，他相信自己可以神色镇静地回答出"您这样说有什么证据呢"，不过这时脉搏难免会不自觉加快，呼吸变得急促，这完全无法预防，不是吗？他假定了各种各样的场景，并在心中进行了测试，但是令人不可思议的是，面对自己的讯问，不管多么刁钻、多么随机，似乎都无法引起他身体上的任何变化。当然了，他手边没有能捕捉到他细微变化的工具，所以判断也不一定完全准确，但是既然自己感受不到神经的兴奋，那么最终应该也不会引起身体上的变化吧。

就这样，在不断进行各种各样模拟测试和推测的过程中，蓣屋突然有了一个想法：练习会不会对心理测试的效果产生影响？换句话说，面对同一个问题时，第二次相比第一次，第三次相比第二次，神经的反应会不会变弱？简单来说就是逐渐习惯了这件事，想想其他类似情况应该也能明白，这种可能性很大。对于自己提出的问题毫无反应，其实也是一样的道理，因为在接受讯问之前自己心里就已经预料到了。

于是他把《辞林》里几万个词一个不漏地查阅了一遍，把但凡有一丝可能会被提问到的词都摘取了出来，接着花费了足足一周的时间进行相应的"神经练习"。

接下来是通过语言进行测试的方法。这不需要害怕，而且正因为是语言，所以更容易蒙混过关。这里有无数种方法，最常用的是精神分析学家在诊断病患时所运用的方法，也就是所谓的联想诊断，即按照顺序让对方读一些类似"隔扇""桌子""墨水""笔"等这样无意义的词汇，然后尽可能让对方快速、不假思索地回答出由这些词所联想到的东西。比如，听到"隔扇"，对方可能会联想到"窗户""门槛""纸""门"等，哪个都无所谓，只需要说出当时脑海中突然浮现的词。接着测试主导人在这些无意义的词中不动声色地加入"刀子""血""钱""钱包"等与犯罪相关的词，再分析对方对于这些词所产生的联想词。

不得不说，如果对方是一个心思非常单纯的人，那么在老婆婆被杀案中，面对"盆栽"一词，他有可能稀里糊涂地就回答了"钱"。也就是说，从"盆栽"下面偷出"钱"最令他印象深刻，到这里他的罪行也就暴露无遗了。不过如果对方心思更缜密些，那么就算"钱"这个词已经出现在了脑海里，他也会拼命忽视掉而回答"陶瓷"等。

对于这样的谎言有两个应对办法。一个是把已经测试过的词稍微过一会儿后再重复一遍，这样的话正常回答出的内容几乎不会前后矛盾，但如果是故意捏造出的回答，则十有八九和最初的回答不一致，比如听到"盆栽"，最开始回答的是"陶瓷"，但第二次回答却是"土"。

还有一个办法：用某种装置把提出问题到说出答案的用时准确记录下来，根据间隔时间的长短来判断回答的真假。比如对于"隔扇"回答"门"时只用一秒钟，但是对于"盆栽"，回答出"陶瓷"时却用了三秒钟（实际上可能不是这么简单），原因在于要花时间去压抑住听到"盆栽"后最初浮现出的联想词，这也就说明这位被测试者有嫌疑。有时这个时间的延缓不会出现在当前的词语上，而是下一个无特殊意义的词语上。

又或者是反复多次让对方详细描述案发时的情形。如果是真正的凶手，那么在重复的过程中，很可能会在细节上一不小心走漏真相，与之前的陈述相异。（各位熟悉心理测试的读者，抱歉鄙人在此赘言，不过若省略这些内容，整个故事就会令有些读者云里雾里，所以实在是不得不为之。）

对于这样的测试，像蕗屋先前那样的练习当然是必要的，但按蕗屋的话说，更重要的是坦率，是不玩弄无聊的技巧。

对于"盆栽"一词，大大方方地回答"钱"或者"松树"是最安全的方法。原因在于就算蕗屋不是真凶，但他通过法官的调查取证或是其他途径从而对案情有一定了解是很正常的。盆栽下面藏有钱这一事实是最新且最令人印象深刻的，大脑联想到这个不是自然而然的嘛。（而且运用这种方法的话，在需要反复讲述现场情况时也会很安全。）麻烦的问题只有反应时间这一点，这也需要提前练习，直到听见"盆栽"可以毫不犹豫地回答出"钱"或者"松树"，为了练习这个他又花费数日，就这样他准备好了万全之策。

另一方面他又想到了一件对他有利的事情，想到这事之后，就算要接受未知的讯问，哪怕在接受讯问时做出了不利反应，他也不害怕了：实际上参与测试的不只有蕗屋一人。虽然那个神经质的斋藤勇一个劲儿地强调自己已经不记得了，但在面对各种各样的讯问时他真的能做到镇定自若吗？恐怕对他来说，至少也要做出和蕗屋一样的反应才是正常的，不是吗？

蕗屋想通了以后渐渐放下心来，心情好得都想哼首歌。现在的他甚至期待着笠森法官的传唤。

五

　　笠森法官的心理测试是如何进行的？神经质的斋藤对此做出了什么反应？蒟蒻又是怎样冷静沉着地应对了测试？在此请允许我跳过烦琐的叙述，直接进到结果部分。

　　那是心理测试结束后的第二天，笠森法官坐在自家书房中把记录测试结果的资料摆在眼前，正当他侧头思考的时候，明智小五郎的名片被递了上来。

　　读过《D坂杀人事件》的朋友应该多少对明智小五郎这个男人有所了解，在那之后他参与了诸多复杂的犯罪案件，展现了其独特的才能。不说专家，就是一般民众也对他竖起大拇指，连笠森先生都曾有个案件因为他的帮忙而轻松了不少。

　　在女佣的带领下，法官的书桌前出现了明智小五郎笑眯眯的脸。这个案子发生在D坂杀人事件的几年后，他已不再是当年那个学生了。

　　"您可真是认真啊。"

　　明智一边将目光聚焦到法官的书桌上，一边说道。

　　"非也，这次我真是遇到劲敌了。"

　　法官将身子转向客人，回答道。

　　"就是那个老婆婆被杀案吧。心理测试的结果怎么样？"

　　案发后明智曾多次拜访笠森法官了解具体情况。

"结果已经一清二楚了。"法官说,"但对这个结果我还是想不通。昨天我做了脉搏测试和联想测试,蒢屋这边几乎没有什么反应,尤其是脉搏测试的时候,虽然他也有让人起疑的地方,但是和斋藤的反应比起来根本不值一提。请看这个,这是提问事项和脉搏的记录。斋藤的反应可以说是十分明显,联想测试时也是如此,从他对这个敏感词语的反应时间也能一目了然。比起其他无意义的词,对'盆栽'蒢屋竟能在更短的时间内给出回答,而斋藤呢?竟然需要足足六秒钟。"

法官提供的联想测试记录如下。

(标有〇的是与犯罪相关的词语。实际上使用了一百多个词语,而且法官们还会准备同样多的两组甚至三组,按顺序进行测试。下表是为方便破解而简化了的。)

敏感词汇	蒢屋清一郎		斋藤勇	
	反应词汇	使用时间(秒)	反应词汇	使用时间(秒)
头	头发	0.9	尾巴	1.2
绿色	蓝色	0.7	蓝色	1.1
水	热水	0.9	鱼	1.3
唱	唱歌	1.1	女人	1.5
长的	短的	1.0	绳子	1.2
〇 杀人	刀	0.8	犯罪	3.1
船	河流	0.9	水	2.2
窗户	门	0.8	玻璃	1.5
美食	外国菜	1.0	刺身	1.3
〇 钱	纸币	0.7	铁	3.5
凉的	水	1.1	冬天	2.3

（续表）

| 敏感词汇 | 蕗屋清一郎 | | 斋藤勇 | |
	反应词汇	使用时间（秒）	反应词汇	使用时间（秒）
病	感冒	1.6	肺病	1.6
针	线	1.0	线	1.2
○ 松树	植树	0.8	树	2.3
山	高	0.9	河流	1.4
○ 血	流淌	1.0	红色	3.9
新的	旧的	0.8	和服	2.1
讨厌的	蜘蛛	1.2	生病	1.1
○ 盆栽	松树	0.6	花	6.2
鸟	飞翔	0.9	金丝雀	3.6
书	丸善	1.0	丸善	1.3
○ 油纸	隐藏	0.8	小包	4.0
友人	斋藤	1.1	说话	1.8
纯粹	理性	1.2	语言	1.7
箱子	书箱	1.0	玩偶	1.2
○ 犯罪	杀人犯	0.7	警察	3.7
满足	完成	0.8	家庭	2.0
女人	政治	1.0	妹妹	1.3
画	屏风	0.9	景色	1.3
偷盗	钱	0.7	马	4.1

"看，结果已经非常清楚了吧？"等明智看完记录后，法官接着说，"从这个结果来看，斋藤动了很多小心思，最明显的证据就是反应迟缓，不仅对这几个关键词，后面紧接着的一两个词也受到了影响。还有他对于词语'钱'回答'铁'，对于'偷盗'回答'马'，这联想实在是毫无根据。另外他对于'盆栽'一词反应时间最长，恐怕是因为要压抑住'钱'和'松树'这两个联想而花

时间了吧。与此相反，蕗屋这边的反应很自然，对于'盆栽'回答'松树'，对于'油纸'回答'隐藏'，对于'犯罪'回答'杀人犯'，等等，如果是真凶的话不会在短时间内镇定地回答出必须要隐藏的联想词。假设他真的是杀人犯还做出这样的反应，那真是蠢到家了。要知道他可是正儿八经的大学生，而且十分优秀呢。"

"这样想也有一定道理。"

明智思考再三后开口，但法官丝毫未注意到他带有深意的表情，接着说：

"这样一来蕗屋身上的疑点就消除了。不过话说斋藤就真的是杀人犯吗？虽然测试结果已经这么明显了，但我还是无法信服。不是说预审时判定有罪就一定是最终结果，而且嘛，这个结果也算说得过去，但你知道我这人有点儿轴，要是公审时自己的主张被全盘否定，可是会很窝火的，所以我其实还在犹豫。"

"你看这个真是有意思啊。"明智把记录表拿在手里开了口，"你有说过蕗屋和斋藤学习都很努力，对于'书'这词两人都回答'丸善①'，这就很好地体现了这个特质。更有意思的是蕗屋的回答总带着一股物质、理性的气息，与此相反，斋藤的回答体现了温柔的特质，就是抒情，你说对吧？比如像'女人'，或是'和服''花''玩偶''景色''妹妹'等这样的回答莫名让人联想到多愁善感的柔弱男子。还有斋藤一定身体不太好，对于词语'讨

---

① 丸善：日本专业出版社，从19世纪末就是西洋教育和文化的代表。

厌的’他回答了‘生病’，而对于词语‘病’则回答了‘肺病’，有印象吗？这就是他平时害怕自己会得肺病的证据呀。”

“这么说也不无道理，联想测试这个东西越想越能得出各种有趣的结论啊。”

“不过，”明智的语气起了变化，“关于心理测试的弱点您能想到什么呢？德·基洛斯对于心理测试的提倡者闵斯特伯格的主张是持批判态度的，他认为这个方法虽然是为取代拷问而提出的，但结果还是和拷问一样，难免给无辜的人安上罪名，放走真正的罪人。闵斯特伯格本人也曾在书里写过，心理测试真正的作用仅限于能够看出犯罪嫌疑人对特定地点、人物、物品是否了解，除此之外在其他情况下使用是有风险的。对您讲这些话可能是我班门弄斧了，但是我认为这一点确实很重要，您怎么看？”

“如果考虑到糟糕的情况，这种可能确实存在。当然了，我也是知道这一点的。”

法官表情中带有一丝不悦地回答道。

“可是那种糟糕的情况有时就发生在我们身边。设想下类似的情况，比如现在有一个非常敏感的无辜男性被怀疑是犯罪分子，那个男性在犯罪现场被抓捕，对犯罪事实也十分清楚，此时他面对心理测试真的能做到镇定自若吗？‘啊，这是在对我进行测试，该怎么回答才不会被怀疑呢？’心里有这样的念头，情绪激动起来不是理所当然的吗？所以在这种情况下进行的心理测试难免不会变成德·基洛斯所描述的‘给无辜的人安上罪名’。”

“你是在说斋藤勇吧？其实我也多少有这样的感觉，所以刚才我说自己还很迷茫嘛。"

法官的表情越发苦涩。

"继续往下推测，如果斋藤是无辜的——当然偷钱的罪名是免不了的，那到底是谁杀了老婆婆呢……"

对于明智的话，法官选择从后半段予以回应，他急切地问道：

"真是那样的话，还有谁会是凶手呢？"

"有的，"明智笑眯眯地回答，"从这个联想测试的结果来看，我觉得蒟蒻是凶手。但是现在还不能完全确定，对了，那个青年已经回家了吧，怎么办？能在不打草惊蛇的情况下把他叫到这里来吗？如果您愿意，我一定会一步步找出真相给您看的。"

"你说什么？你可有什么确凿的证据？"

法官很是惊讶地问。

明智脸上并没有得意的神色，只是详细说明了他的想法，接着得到了法官十足的认可。

明智的请求被接受，法官差用人去了蒟蒻租住的屋子。

"您的朋友斋藤先生终于被判了有罪。对此我有些话想和您说，所以烦请移步鄙人宅邸。"

用人转达了法官的话。这时蒟蒻刚好从学校回来，听到这话迅速就赶过来了。向来镇定的他，在听到这个好消息时也兴奋得不得了，甚至因为太开心而丝毫没有疑心那是一个可怕的陷阱。

六

笠森法官解释了为什么判定斋藤有罪后又加上几句话，他说："我很抱歉之前对你有所怀疑，今天其实是想表示歉意，顺便和你详细聊聊这件事情，所以专程请你过来。"

接着他命人专门为蓣屋斟上红茶，以十分轻松的状态开始闲聊，明智也加入谈话中。法官介绍说他是关系不错的律师，这次因为老婆婆的遗产继承、借款追回等问题特地请他过来帮忙。当然了，这话一半都是编的，但经过家族会议决定让老婆婆的外甥从乡下过来继承遗产倒是真的。

三人以斋藤的事情为开端，又不断展开诸多话题。完全放松后的蓣屋成了三人中最能说的一个。

时间过得飞快，一转眼窗外天色渐暗。蓣屋突然注意到了时间，一边开始准备回去一边说：

"如果没有别的事情，我就先告辞了。"

"差点儿让我忘了，"明智轻快地说，"我这里呢，有点儿小事情，正好你在这儿就顺便问问。不知道你有没有印象发生命案的那个房间里曾经立着一个两折的金屏风，现在上面有一点儿伤痕，这下可不好办了。因为这个屏风不是老婆婆的，是别人贷款时抵押在这里的，屏风主人说肯定是案发时弄上的伤痕，要求赔偿。而老婆婆的外甥是个和她一样的吝啬鬼，说那个伤痕可能是很早以前就有了，拒绝赔偿。因为这事不值一提，我就一直没开口，但是这个屏风好像也值不少钱。话说你经常去那个家中走动，应该也知道这个屏风吧，这个伤痕到底是不是以前就有的呢？你可记得？怎么样，屏风什么的没有特别注意过吧？其实我也问过斋藤，提到这个他特别激动，说自己什么都不知道，另一边女佣已经回到家乡，写信问她也说不明白，所以我现在有点儿犯难……"

屏风是抵押物这确实没错，但除此之外都是编造的。蒟屋不自觉被"屏风"这个词惊了一下，但再仔细一听发现并没有什么，所以就放下了心，在心里说："你在害怕什么，案子不是都已经了结了吗？"

他稍微思考了一下要怎么回答。根据之前的情况来看，保持真实是最好的办法。

"法官您也十分清楚，那个房间我只进去过一次，还是在案发两天前。"他笑眯眯地回答，这样的说法让他无比愉悦，"但是我记得那个屏风，我见到的时候确实是没有伤痕的。"

"是吗？你确定吗？伤痕就在小野小町脸那位置，很小。"

"是的是的，我想起来了。"蒟屋装作刚刚才想起来的样子，开口说，"那是个六歌仙的画对吧？我记得有小野小町。但是如果那个时候就有伤痕的话，我应该不会注意不到，因为彩色的小野小町脸上如果有伤痕是非常明显的。"

"那就要给您添麻烦了，能否帮忙证明一下。屏风的主人对这个在乎得不得了，现在闹得没完没了的。"

"好的，没问题，您方便时请联系我。"

蓙屋有些得意，答应了这个所谓的律师的请求。

"谢谢。"明智一边开心地说，一边用手理着自己乱蓬蓬的头发，这是他兴奋时的怪癖，"其实我一开始就觉得你一定知道那个屏风，因为在昨天的心理测试中，对于'画'这个词，你给出了'屏风'这个特别的回答，就是这个。租借的住处是不会配备屏风的，除了斋藤以外你似乎也没有什么特别亲近的朋友，我想大概是有什么原因才让你对老婆婆坐垫前的屏风产生了这么深的印象。"

蓙屋有些惊讶，事实确实如这个律师所说，昨天他为什么会顺嘴说出屏风呢？而且神奇地直到现在还一点儿都没有意识到，这太危险了。不过具体是哪个细节危险呢？当时他仔细检查了那个伤痕，已经确定不会留下线索了不是吗？这没什么，没什么的，镇定，镇定。他稍微思考过后终于放下心来。

不过实际上他犯了一个再明显不过的严重错误，他却对此毫无察觉。

"原来如此，我一点儿都没有注意到，不过事实确实如您所说。您的观察力真是敏锐。"

蓙屋这时候也不忘尽量真实，镇定地回答道。

"哪里哪里，我是偶然注意到的。"假装律师的明智很谦虚，"不过我注意到的其实还有另一个地方，哎呀哎呀，这可不是什么需要你担心的事情。昨天的联想测试中包含了八个危险的词，你十分完美地全部通过了，可以说毫无漏洞，但凡你有一点儿见不得人的地方都不会做到这个程度。那八个词就是画有圆圈的这些，你看。"明智说着，展示出记录时用的纸片，"话说你在这些词上花的反应时间和其他无意义词语比起来，虽然差别十分细小，但确实是更快的。比如对于'盆栽'一词，你回答'松树'时花了0.6秒，这可是少见的速度。在这三十个词中，最容易联想的应该是从'绿色'想到'蓝色'，但这个你却花了0.7秒。"

蒔屋开始感到极度不安，这个律师到底是抱着什么目的在这里玩文字游戏呢？

对方是出于好意还是居心叵测，还是说藏着别的心思？他拼命想要参透背后的深意。

"不管是'盆栽''油纸''犯罪'，还是其他，这八个词都绝对不是比'头''绿色'这样常见的词语更容易联想的，可你对于这些更难以联想的词回答得反而更快。这意味着什么？我注意到的就是这一点。首先让我来猜猜你到底在想什么吧，怎么样？就算是满足我的一点儿好奇心嘛，不过如果是我弄错了的话还请见谅。"

蒔屋猛地身躯一震，但他自己也不知道是为什么。

"你十分了解心理测试的危险之处，应该是提前做了准备，对于与犯罪相关的词，你认真思考了可能发生的情况和对策。别误会，我可不是在谴责你的做法，实际上在某些情况下心理测试确实是非常危险的事情，放走有罪的人，却给无辜的人安上罪名，这种情况是有的。不过你错就错在事前准备做得太足，当然了，你本身肯定没有想回答这么快，可话到嘴边自己就说出来了，这确实是严重的失误啊。你一味地担心话说慢，丝毫没有注意到说得太快同样也很危险，本来时间差就非常细微，如果不是非常细心的观察者，说不定就糊弄过去了。总之编造的东西总会在某个地方露出破绽。"明智对蒄屋产生怀疑就来自这一点。

"话说回来，为什么你选择回答'钱''杀人犯''隐藏'等这些容易受到怀疑的词呢？答案很明显，这正是你在故作真实。你觉得如果真凶被问到'油纸'时绝不会回答'隐藏'，所以认为镇定地回答出那样危险的词反而是没有疑点的证据，对吧？事实正如我所说，没错吧？"

蒄屋始终盯着说话人的眼睛，不知怎的，他就是无法挪开眼去。他从鼻子到嘴巴，周围的肌肉僵硬，笑也好，哭也好，惊讶也好，好像什么表情都做不出来了。

理所当然他话也说不出来了，如果硬要说，肯定瞬间就会发出恐怖的叫声。

"你摆出无辜的样子有一说一，不要小聪明，是你十分明显的特征，我明白了这一点，所以才会问你那样的问题。刚刚屏风的事情，现在你明白了吧？我相信你会坦率地回答真实情况，事实也正是如此。话说我还要问问笠森先生，这个六歌仙的屏风是什么时候拿到老婆婆家的呢？"

明智一脸装傻的表情问法官。

"案发前一天，就是上个月的四日。"

"什么？案发前一天？是真的吗？这下巧了，刚刚蒄屋君不是斩钉截铁地说在案发的前天，也就是三日时，他在那个房间中见过屏风吗？这似乎有些矛盾啊，如果你们都没有弄错的话。"

"蕗屋是不是记错了？"法官笑眯眯地问，"我十分肯定，一直到四日傍晚那个屏风还在真正的主人那里。"

明智颇有兴趣地观察蕗屋的表情，那张脸就像马上要哭出来的小姑娘一样开始逐渐崩溃。

这是明智一开始就设计好的圈套，他从法官那里得知案发前两天老婆婆家里并没有摆放屏风。

"这下可麻烦了。"明智的声音里透露着为难，"这真是无法挽回的严重失误呢，为什么从没见过的东西你会说见过呢？你不是应该从案发前两天开始就再没有去过那个房间吗？尤其是你对那屏风上六歌仙的画印象深刻，这可是致命伤。恐怕是因为你一味地想说真话，说真话，结果不自觉撒了谎，没错吧？案发前两天你去那个房间时注意到那个屏风了吗？肯定没有注意到吧？因为那和你的计划没有半毛钱关系。而且就算那里有屏风，你也认为一定是有些年头的旧东西，和其他物件摆在一起并不出彩，所以刚刚你自然而然地会认为自己在案发当日看到的屏风在案发前两天就已经摆在那里了，尤其是我的提问方式也在引导你朝那里想。尽管这是种类似错觉的东西，但仔细想想，在我们日常生活中这样的事情很多，只是换作别的普通罪犯想必不会像你那样回答，他们觉得不管怎样只要尽力遮掩就没事。不过对我有利的是，和其他普通法官和罪犯相比，你拥有比他们聪明十倍乃至二十倍的头脑，你抱有一种信念，认为只要不是临场发问，那么大大方方地回答反而更安全，对吧？于是我用了更高明的方法，你一定想不到一个和本案没有任何关系的律师会为了让你露出马脚而专门布下陷阱吧？哈哈哈哈。"

蓈屋脸色发青，额头上浮起偌大的汗珠，陷入了长久的沉默。他心想事已至此，越辩解就越会露出更多破绽。

正因为他聪明，所以十分清楚自己的失言是多么有力的自白，此时在他的脑海中，自己从孩童时期至今经历的各种事情神奇地仿佛走马灯一样一一闪过。

沉默持续了很久。

"能听见吗？"过了一会儿明智开口，"你能听到沙沙作响的声音吧？那是隔壁房间的人在记录我们的问答内容呢……喂，这里已经完事了，能帮我把记录拿过来吗？"

接着格子门被拉开，一个书生气质的男人手持一沓纸走了进来。

"请读一下内容。"

听到明智的指示，那个男人从头开始念。

"接下来，蓈屋君，麻烦你在这里签名并按个手印好吗？拇指就行。你不会不乐意吧？毕竟刚刚你才答应过屏风的事随时愿意做证。当然了，可能你没想到会是这样的证言。"

蓈屋十分清楚此时拒绝签名并没有什么用处，同时也是带着对明智这番精彩推理的认同，他签名并按了手印。现在的他已经彻底放弃了挣扎，情绪低落。

"就像我刚刚所说，"明智最后进行了说明，"闵斯特伯格说过，心理测试仅在测试嫌疑人对某个地方、某个人或是某个物品是否了解时是有效的，放到本案中就是验证蓈屋有没有见过屏风。

如果忽略这一点，那么就算做上百次的心理测试也没有用，因为对方是像蓆屋这样会事先预想到一切情况，并做好详尽准备的男人。还有一点我想说的是，心理测试并非一定要按照书里所写的那样使用特定的敏感词汇，提前准备相应的机器。正如刚刚我做的实验，您能看到只是通过日常对话就可以有很好的效果。以前那些著名法官，比如大冈越前守这样的人物，也在无意识中使用了最近心理学所发明的方法呢。"

怪人二十面相

怪人二十面相　かいじんにじゅうめんそう

没有任何人知道这个盗贼究竟年龄多少，真实面容又是怎样的。这二十张面孔中，到底哪一张才是属于他本人的，无人知晓。

已经有一段时间了，在东京的街头巷尾，在每一户人家里面，只要有两个人或更多人碰在一起，他们就像平常谈论天气一般，开始议论那个怪盗"二十面相"。

　　"二十面相"是每天都出现在新闻报纸上的一个传奇盗贼的诨名。据说这个盗贼拥有二十张完全不同的面孔。也就是说，他的易容术实在厉害得很。

　　据说他无论身处多么明亮的地方，无论别人怎样接近他，都无法看出他是易容过的，肯定会把他错认为不同身份的人。无论老人或是年轻人，富翁或是乞丐，学者或是街头无赖，不，甚至女人，他都能假扮得惟妙惟肖。

　　所以，没有任何人知道这个盗贼究竟年龄多少，真实面容又是怎样的。这二十张面孔中，到底哪一张才是属于他本人的，无人知晓。不，或许连那盗贼自己都忘了哪张脸才是他真实的样子吧。他就是这样以完全不同的面孔、不同的姿态，出现在别人的面前。

　　正因为他是如此擅长易容变装的盗贼，所以就连警察也对他束手无策，搞不清楚要以哪张面孔为目标去抓捕他。

不过还算值得庆幸的是，这个盗贼只偷窃宝石、艺术品之类的美丽又价值连城的物品，对现金似乎是没什么兴趣的，而且他也从没做过伤人害命这类残忍的事，大概是因为不喜欢见血吧。

然而，就算这个盗贼是不喜欢见血的，但他毕竟是在做恶事，如果他面临着被抓捕的危险，可就说不准会为了逃跑而做出什么事来了。全东京的人如此热衷于谈论二十面相，其实也是因为内心的恐惧。

特别是那些拥有着日本知名奇珍异宝的富豪们，简直吓得浑身颤抖。因为鉴于过往的案例，即使拜托警方也根本防不住此贼，他就是这么厉害。

这位二十面相还有一个奇怪的习惯：当他看中了某个宝物之后，一定会在事前给物主送上一封犯罪预告信，宣告某一天就要来登门取走此物。此贼虽然做偷盗之事，却也有心表明其行为是某种公平的较量。而且他就是想要高傲地表明，无论对方如何尽力防备，他总可以凭借自己高超的本领将东西盗走。总而言之，不得不承认他就是这样一位胆大妄为、自信高傲的怪盗。

这个故事，就围绕这位神出鬼没、变化多端的怪盗与号称日本头号名侦探的明智小五郎展开，他们两人棋逢对手，斗智斗勇，进行了火花四溅的激烈争锋。

大侦探明智小五郎身边还有一位聪明伶俐的少年助手，名叫小林芳雄。这位可爱的小侦探犹如松鼠一般灵动敏捷，非常值得关注。

那么，前言就说到这里，让这个故事拉开帷幕吧。

铁陷阱

在东京麻布区的某住宅区中，有一座四边长百余米的大宅邸。

这座宅邸的混凝土围墙足有四米多高，长得很难看到尽头。走进威严的铁制大门，可看到种得密密的高大的凤尾松，繁茂的叶片掩映着气派的正门。

一座极为宽敞、看不出实际面积的日式建筑，和一座黄色外墙的二层高大洋楼，由回廊连在一起。建筑物后面是如公园一般宽广又美丽的庭院。

这就是日本实业界要人羽柴壮太郎的宅邸。

如今羽柴家中交织着两种情绪，既有极度的喜悦，也有极度的惊恐。

先说那喜悦，是因为十年前离家出走的家中长男羽柴壮一要回来向父亲道歉，他即将从南洋的婆罗洲^①出发回日本了。

壮一从小就极富冒险精神，中学毕业之后希望与同学一块儿远渡南洋，在那新天地中开辟一番雄壮伟业，但父亲壮太郎却坚决不同意，最终壮一偷偷溜了出去，搭乘一艘小帆船便前往南洋了。

一晃已经过去十年，其间壮一没有传回任何消息，也无人知

---

① 婆罗洲：位于东南亚的加里曼丹岛的旧称。

其去向，但三个月前他突然从婆罗洲的山打根寄来了一封信，称自己终于业有所成，想向父亲道歉，所以即将回国。

壮一说他如今在山打根附近经营一大片橡胶林，信中还附带了在橡胶林中拍摄的照片，以及壮一本人最近的照片。他已年近三十，鼻子下面蓄着胡须，完全是个健壮的成年人了。

父亲、母亲，还有妹妹早苗，以及还只是个小学生的弟弟壮二都高兴极了。大家都期待着壮一归来的那一天，据说他会在下关下船，然后坐飞机回到东京。

再说那另一方面，羽柴家同时也被恐怖之事所笼罩，那就是他们收到了怪盗二十面相令人心惊胆战的犯罪预告信。预告信上写道：

> 吾乃何等人物，想必阁下已通过报纸有所知晓。听闻沙俄罗曼诺夫①皇室的皇冠上，镶嵌有六颗硕大的钻石，如今钻石已被阁下作为传家宝收藏了。吾决心请阁下将上文所指六颗钻石无偿转让。近日将为此事拜访府上，具体时日另行通知。请尽心准备为要。

信的末尾署名"二十面相"。

说起那些钻石，是沙俄没落之后，一名白俄罗斯人从获得的

---

① 罗曼诺夫：指罗曼诺夫王朝，帝政沙俄的最后一个王朝，1917 年覆灭。有关沙皇留下大量财宝的传说在世界各地流传了很久，甚至有人冒充沙皇后代，声称知道宝藏在哪里来进行诈骗。

罗曼诺夫皇室的皇冠上剥下的。他将宝石卖给了某位中国商人，几经辗转，宝石后来又被日本的羽柴氏买到了手。据说其价值高达两百万日元，珍贵至极。

那六颗大钻石现在保存在壮太郎的书房保险柜中，看这封信的意思，怪盗对存放地点似乎已经完全了解。

接到这封预告信，作为一家之主的壮太郎也不禁脸色大变，夫人、小姐还有那些用人，更是被吓得浑身颤抖。

羽柴家有一位姓近藤的老管家，主人遭遇此事，自然也令他忙得不可开交，又是到警察那里报案寻求保护，又是买来凶恶的看门狗，总之是穷尽了手段来防备那怪盗光顾。

羽柴家附近住着警察一家，近藤管家于是前往拜托，请警察让不值班的朋友交替前来帮忙，这样无论何时宅邸内都能有两三名警察在巡逻，近藤能做到这些真是很努力了。

除此之外，壮太郎还有三个秘书。巡警、秘书、看家狗，在如此森严的防备下，恐怕那怪盗二十面相也想不出任何法子能钻进来作案吧？

尽管有这件烦心事，大家最期盼的仍是长男壮一回家。他可是一个人前往南洋岛屿，赤手空拳打拼出了今日这番宏伟事业，只要他能归来，全家上下悬着的心可就落肚了。

接下来，让我们从壮一坐飞机抵达羽田机场的那个早晨说起。

秋日朝阳将火红的光照进羽柴家的仓库中，从里面闪现出一个少年的身影，他就是小学生壮二。

时间尚早，还未到吃早饭的时候，宅邸内静悄悄的，只有早起的麻雀在庭院的树枝和仓库的屋檐间忙活着。

大清早的，壮二还穿着毛巾料的睡衣，却两手抱着一个看起来挺可怕的铁制器械，从仓库的石头台阶往庭院里走。他这是在干什么呢？麻雀都被惊得飞走了。

原来壮二昨天晚上做了个噩梦。他梦见那怪盗二十面相不知从何处潜入了自家洋房二楼的书房，把宝物给偷走了。

那个怪盗有一张毫无表情、苍白得十分诡异的脸庞，看着就像父亲休息室墙壁上挂的能乐面具。这家伙偷了宝物之后，突然拉开二楼的窗户，往漆黑的庭院里跳了下去。

到这里壮二就"哇"的一声惊醒了，幸好只是做梦。但他总觉得现实中会发生与梦里一样的事情。

"二十面相那家伙一定会从那个窗户跳下来，然后他会穿过庭院逃到外面去。"

壮二非常确定怪盗一定会这么干。

"那个窗户底下有个花坛，花坛恐怕要被踩得乱七八糟了。"

壮二这么想着，脑子里突然浮现出一个奇妙的想法。

"对了！不是有个好办法吗？在那个花坛里面设置陷阱！如果事情按照梦里那样发生，那个盗贼肯定会落在花坛里。只要在那里设置陷阱，就有机会把他抓住。"

壮二之所以想到这个办法，是因为他记得去年父亲的一位经营山林的朋友曾前来拜托父亲制作一个铁夹子，当时那人拿来了一个美国制的样品，后来这个东西就被扔在仓库里了。

壮二对自己这个主意很满意。虽说在那么大的庭院里设置一个陷阱，是否能恰好抓到贼很值得怀疑，但壮二可不会思考那些细节，他就是想试着设个陷阱。所以他才这么一大早就起床，悄悄溜进仓库里面，费尽力气把那个铁制器物搬了出来。

壮二曾经设置过一个捕鼠夹，并且抓到了一只老鼠，现在回想当时的心情是多么兴奋又快乐啊。而这次的对手不是老鼠而是人，且此人还是稀世怪盗二十面相，壮二的心情比抓老鼠还要兴奋个十倍、二十倍呢。

他将铁夹子搬运到花坛的正中央，然后用尽力气将那两片锯齿状的夹口拉开，安稳放置在地面上。为了不让这个陷阱被发现，他又收集了些周围的枯草覆盖在陷阱上。

如果怪盗踏足到花坛里，就会像老鼠一样触碰到锯齿夹口，于是这黑黝黝的犹如猛兽大牙一般的东西就会将怪盗的脚踝牢牢夹住。万一家里人被这个夹住可就糟了，但此处是花坛中央，如果不是盗贼的话，极少有人会走到这个地方来的。

"这就好啦。但究竟能否成功抓住怪盗呢？要是那贼真的被这个东西夹住了脚，动弹不得，那可就太开心啦。求老天保佑可以成功吧。"

壮二做出祈求老天保佑的动作，随即咯咯笑着走回自己屋里去了。他这个主意似乎很孩子气，但所谓少年的直觉，真不能不当一回事。壮二此时设下的陷阱，后来还真的起到了大作用，因此请各位读者好好记住有陷阱这回事吧。

是人是魔

那天下午，羽柴全家出动前往羽田机场迎接回国的壮一。

走下飞机的壮一，正如家人预想的那样，果然气宇轩昂。他的胳膊下夹着一件褐色的薄外套，上身是同样颜色的双排扣西装，下面穿一条笔直的西裤，连一丝褶皱都没有，全身挺拔，给人的感觉就像电影里的西方人似的。

他戴着的帽子同样也是褐色的，帽子下面那张颜色稍有不同，被太阳晒成古铜色的英俊脸庞，正微微浅笑着。他的一字眉很浓密，大眼睛明亮有神，一笑起来能看到口中洁白整齐的牙齿，嘴唇上面还蓄着胡须，给人一种难以言说的亲近感。他看上去和先前寄来的照片是一样的，不，或许真人比照片更英俊潇洒。

壮一与众人一一握了手，然后父亲和母亲将他夹在中间，一块儿坐上了轿车。壮二和姐姐以及近藤老管家则一起坐后面另外一辆车。在两辆车行进的途中，壮二一直透过车玻璃盯着前面哥哥的身姿，心中难以遏制地涌起喜悦之情。

回到家中，所有人都围绕着壮一讲个不停，不知不觉就到了傍晚。母亲在厨房里精心准备好了晚餐。

在大大的餐桌上，铺着一张崭新的桌布，装饰着美丽盛开的秋季鲜花，每个人的座位前都放着银制西餐刀叉，闪闪发光。与平时不一样，今天还郑重其事地备有折好的餐巾。

众人用餐的时候，谈话当然都是围绕着壮一进行的。大家不停讨论着一件又一件有关南洋的稀罕事。在这些奇闻异事之间，又会冒出很多关于壮一离家出走前的少年时代的回忆。

"壮二，你还记得小时候刚学会说话那会儿吗？有一次你闯入我书房里，在书桌上到处乱抓，结果打翻了墨水瓶，又两手墨黑地在脸上乱摸，变成了一个黑脸蛋儿，看见的人都哈哈大笑呢。有这事吧，妈妈？"

母亲虽然记不大清楚到底有没有过这样的事，但心里是极高兴的，她眼中含泪，笑着不停地点头。

然而，眼前这番阖家欢乐的场景，却被可怕的事件突然打断了，就好似演奏中的小提琴突然断了琴弦一般。

那是多么没有人性的恶魔啊。与父母、兄弟分别十年后重逢，人生难得的欢快宴席，这个恶魔却似乎故意要诅咒这份幸福一般，其可怕的身影于朦朦胧胧中出现了。

正在大家沉浸于回忆中时，一个秘书拿着一份电报进来了。无论谈话多么有趣，有电报过来也还是要打开看一下的。①

壮太郎脸上带着一丝疑惑读那份电报，不知为什么，读完之后他陷入了深深的沉默。

"父亲，您在担心什么事吗？"

眼尖的壮一发现他的神情有变。

---

① 发电报在当时是远距离传输信息的主要手段，价格较贵，非紧急信息一般不会发电报，所以收到电报一般都是立刻查看。

"唉，真是一桩麻烦撞上门了。尽管我实在不想让你们担心，但那个家伙似乎今晚就要来了，我们必须小心防范。"

他这么说着，将那份电报展示给众人看，上面写着：

今晚十二时，如约上门取物。

二〇

这"二〇"显然就是"二十面相"的简写，这盗贼通过电报颇嚣张地宣称当晚十二时，一定会来将东西偷走。

"这个署名'二〇'的，难道就是那个人称'二十面相'的盗贼吗？"

壮一似乎恍然大悟，看着父亲问道。

"就是他。你也知道吗？"

"我在下关下船后，多次听闻有关此人的传言。坐飞机的时候也在报纸上看到过报道。他居然盯上我们家了。但是，那人到底想要偷什么呢？"

"在你走了之后，我得到了昔日装饰在沙皇皇冠上的钻石。怪盗说要将它们偷走。"

壮太郎将关于二十面相的事，还有他寄来了犯罪预告信一事，都详细告诉了壮一。

"好在今天晚上有你在，我可就安心了。我们两人就一起通宵不睡，守在钻石的跟前吧。"

"好，就这么办。我对自己的力气颇有自信。刚回到家就能为家里出力，真是太好了。"

很快，宅邸内便森严地警戒起来。尽管才晚上八点，但脸色铁青的近藤管家已经下令将外大门到宅内的所有出入口都紧闭起来，而且都从里面上了锁。

"今晚无论谁来访，一概谢绝！"老管家对用人们下了死命令。

夜色中，三名警察、三名秘书，还有轿车司机，有的分散开来严守各个出入口，有的在宅邸内巡逻。

壮太郎嘱咐羽柴夫人、早苗和壮二早早回到房间，不要再出来。

众多用人则聚集在一个房间里，提心吊胆窃窃私语。

壮太郎与壮一两个人来到洋房二楼的书房里，将房门紧闭。书房桌子上预备着三明治和葡萄酒，看来已做好了在这里彻夜坚守的准备。

这个书房的门窗全部都上了锁和门闩，无法从外面打开，毫不夸张地说，甚至连蚂蚁都找不到缝儿可以钻进来。

终于在书房中坐了下来，壮太郎的脸上浮现出一丝苦笑，说："做到这地步或许是小题大做了。"

"不，如果是那家伙，无论怎样防范都不算小题大做。我刚才看报纸上的报道，对与二十面相相关的案件好好研究了一番，越想越觉得此人真是可怕。"

壮一一脸严肃，带着不安的神情如此回答道。

"这么说，你是觉得我们如此严密的防备，可能仍不足以防住那贼吗？"

"是的，虽然这么说让人有点儿泄气，但我总觉得他一定会来。"

"但是，他能从哪里进来呢……盗贼要想偷取钻石的话，首先必须翻过那么高的围墙，之后还要避开许多守卫的眼睛。就算他能闯入洋楼，还得把门给打破，接下来他还得与我们两人搏斗。这还没完，钻石是放在那个保险柜里的，如果不知道密码是无论如何也打不开的。就算那二十面相是个魔法师，但要突破这四五道难关也太难了，哈哈哈……"

壮太郎放声大笑起来。不过这笑声里却有着某种空洞的、虚张声势的味道。

"但是，父亲，我看了报纸上的报道，那家伙曾经好多次不费吹灰之力就做到了看似不可能做到的事情。曾经有人把宝物放在保险柜里就自以为万事大吉，结果保险柜后面不知什么时候被挖了个大洞，里面的东西早就全部消失了。还有一个案子，主人安排了五个壮硕的守卫，结果他们不知什么时候都被下了安眠药，在最紧要时刻全都睡得死死的。那家伙根据不同情况，总能想到应对的办法，实在是太聪明了。"

"喂喂，壮一，你这口气听着怎么好像是在称赞那个贼？"

壮太郎一脸愕然地盯着儿子的脸看。

"不，这并不是称赞。只是我越研究那家伙，越觉得他太可怕了。他所凭借的并非是武器或力气，而是智慧。只要善于运用智慧，这个世界上几乎就不存在做不到的事。"

父子二人争论不休，夜幕渐深，似乎吹起了一阵风，黑风拂过窗户，玻璃发出一阵"咔咔"的声响。

"瞧，就因为你把盗贼讲得那么厉害，搞得我也有点儿紧张了。我们先确认一下钻石的情况吧。要是那家伙真的在保险柜后面挖了个洞可就糟了。"

壮太郎一边笑着一边站起来，走近位于房间角落的小型保险柜，输入密码，然后打开柜门，取出一个铜质的小箱子。之后他小心翼翼地两手托着箱子回到椅子边，将其放在他和壮一之间的圆桌上。

"我还是第一次有幸欣赏这样的宝物呢。"

壮一似乎对引发这番骚动的钻石相当好奇，两眼闪烁着光芒。

"嗯，你应该是第一次看到吧。那就看看吧，这就是过去曾装饰在俄国沙皇皇冠上的钻石哦。"

打开小箱子的盖子，炫目的彩虹般的光芒顿时晃得两人睁不开眼。只见那六颗钻石有大豆般大小，静卧在黑天鹅绒台座上，闪闪发亮，真是炫丽无比。

壮太郎等壮一欣赏够了，才将小箱子又合上了。

"这个箱子就放在这里吧。与其放在保险柜里，不如就在你我二人两双眼睛下放着，更加可靠。"

"嗯，我也觉得这么做最好。"

两个人至此也没有更多话题可聊，就坐在放着小箱子的桌子两边，相对无言。

偶尔吹过来一阵风，玻璃窗就会发出"咔咔"的声音，偶尔还会从远方传来一阵激烈的犬吠声。

"什么时候了？"

"十一时四十三分，还有十七分钟……"

壮一看了看手表回答。之后两人都紧紧地闭上了嘴。只见平常豪气干云的壮太郎此时脸色有些苍白，额头上明显已经有汗水沁出。壮一也把两个紧握的拳头放在膝盖上，咬着牙沉默不语。

此时房间中连两个人起伏的呼吸声、手表指针的转动声都听得到，除此之外就是一片寂静了。

"还有几分钟？"

"还有十分钟。"

这个时候，两人的余光突然扫到一个小小的白色物体，这物体在地毯上蹦蹦跳跳地快速跑过去了。这是什么，难道是老鼠？

壮太郎不禁愣了一下，随即低头去看桌子底下。那个白色物体似乎是钻到桌子下面去了。

"什么呀，竟是一个乒乓球。不过这个东西怎么突然滚到这里来了？"

他从桌下把乒乓球捡起来，感到不可思议地盯着它看。

"这可怪了。可能是壮二放在那边的书架上的，因为什么原因就掉下来了。"

"可能是这样吧……话说现在是什么时间了？"壮太郎询问时间的间隔越来越短了。

"还有四分钟。"

两个人继续面面相觑。秒针走动的声音清晰可闻。

三分钟，两分钟，一分钟，那个时刻缓缓地逼近了。二十面相现在可能就要翻越围墙了……现在他是不是已经跑到走廊上了……不，说不定都已经站在房间门外，正竖起耳朵窃听这里的动静呢。

天哪，该不会在下一个瞬间，就出现恐怖的巨大砸门声吧？

"父亲，你怎么样了？"

"我没事，没事。我才不会输给那个二十面相！"

虽然嘴里这么说着，但壮太郎的脸色已经变得非常难看，两只手里也都攥着一把汗。

三十秒，二十秒，十秒，伴随着两个人心脏的跳动声，秒针慢得似乎停滞了一般，但终究是移过去了。

"喂，什么时候了？"

壮太郎用近乎呻吟的声音再次问道。

"十二点过一分。"

"什么？已经过了一分钟？哈哈哈哈，壮一，你看怎么样，什么二十面相的犯罪预告，不也落空了吗？钻石还在这里呀，什么状况都没有。"

壮太郎满心都是胜利的喜悦，哈哈大笑。但是壮一脸上却没有一丝笑容。

"我不相信。钻石是真的毫无异样？二十面相难道是那种言而无信的男人？"

"你在说什么呀？钻石不就在我们眼前吗？"

"我们眼前是个箱子。"

"你这话的意思是，现在就只剩个箱子了，里面的钻石已经出事了？"

"我想确认一下，还是确认之后才能安心。"

壮太郎于是不假思索地站了起来，两只手按在小箱子上。壮一也站了起来。两人四目相对，对视了足有一分钟，颇有些诡异地僵持不动。

"好吧，就打开来看看吧。但怎么可能发生那么荒唐的事？"

壮太郎"啪"的一声把箱盖打开了。接着，从他的嘴里发出了"啊"的一声惊叫。

已经没了。那黑色天鹅绒台座上，什么东西都没有。颇有历史、价值高达两百万日元的钻石，竟如蒸发了一般消失不见了。

魔法师

有好一会儿，两人都保持着沉默，面色发白，只是对视着，最终还是壮太郎以不可置信的语气低喃道："这真是不可思议。"

"确实不可思议。"

壮一也嘟囔了一句，算是回应。但奇怪的是，在壮一的脸上没有任何吃惊、害怕之类的神色。在他的嘴角，甚至可以看到一丝笑容。

"房间门完全没有异常，况且就算有人进来了，我也不可能看不见。难道说这怪盗就像幽灵一般，可以从门上的钥匙孔钻进钻出吗？"

"可是再怎么说，二十面相也不可能真的变成幽灵。"

"如此一来，在这个房间当中，能够接触到钻石的人，也只有你和我两个人了。"

壮太郎的表情渐渐变得怀疑起来，直直地盯着自己儿子的脸。

"是啊，除了你我二人之外没别人。"

壮一脸上的浅笑变得清晰起来，甚至笑出了声。

"喂，壮一，你在笑什么呢？有什么可笑的事？！"

壮太郎似乎吓了一跳，脸色大变并吼叫起来。

"我只是对这怪盗的本领衷心感到钦佩。他果然是个厉害的人，这不是分毫不差地完成约定了吗？就算部署十层、二十层的防卫，他不是也漂亮地全都突破了吗？"

"还不住口！为什么事到如今你还称赞那盗贼？难道你觉得我让盗贼轻易得手了很可笑吗？"

"我就是这个意思。你现在这么一副气急败坏的蠢样，看着实在令人愉快啊。"

啊，这是作为儿子可以对父亲说出来的话吗？壮太郎与其说感到愤怒，不如说惊愕万分。眼前的这个人，让他觉得似乎是一个完全不认识的人了。

"壮一，你不准动！"

壮太郎一脸恐惧地瞪着自己的儿子，同时走近安装呼叫铃的那面墙壁。

"羽柴先生，你才应该别动。"

真叫人惊讶万分，儿子竟然称父亲羽柴先生。接着，只见壮一从口袋里掏出了一把小型手枪，手臂贴在身体一侧，将枪口正对自己的父亲。他的脸上还带着冷笑。

壮太郎看到手枪，只得停住脚步不再动了。

"你可不能叫人来。你要是敢喊叫，我可是不在乎开枪的。"

"你到底是什么人！难道说……"

"哈哈哈，你总算醒悟过来了？请放心，我并不是你的儿子壮一。正如你已经想到的，我就是人称二十面相的怪盗。"

壮太郎好似见到了怪物一般，死盯着对方的脸。因为他实在是无法理解，如果此人不是自己的儿子，那么从婆罗洲寄来的信是谁写的？那照片又是谁的？

"哈哈哈……二十面相的本领就好似童话故事中的魔法师啊，能做到谁都做不到的事。羽柴先生，作为得到钻石的回礼，就把真相告诉你好了。"

这位怪异青年似乎根本不觉得自身有任何危险，语气从容地开始进行说明。

"我经过打探知道了壮一离家后去向不明的事，又弄到了他在离家之前拍的肖像照。我想象着他经过十年时间会变成的面貌，然后就易容成这副长相。"

怪盗一边说着，一边用手拍着自己的脸庞。

"所以说，那张照片上不是其他人，就是我自己。那封信也是我写的。我把信和照片都寄给了居住在婆罗洲的朋友，拜托他从那里寄到你的手上。遗憾的是，壮一君至今下落不明，并不在婆罗洲。这一切，从头到尾都是本人二十面相导演的好戏。"

　　原来羽柴家上上下下，尤其是父亲母亲，都被思念万分的长男终于归来的喜悦冲昏了头脑，压根儿就没想到这事的背后竟然有如此可怕的阴谋。

　　"我就是个忍术大师。"二十面相继续得意万分地说道，"你明白了吗？刚才那个乒乓球，其实是忍术的道具。那是我事先藏在口袋里，故意丢在地毯上的。你只要有几秒钟被那个球吸引了注意力，去看桌底下，我就能趁机从宝石箱里把钻石拿走了，简直不要太轻松，哈哈哈……那么，再会了。"

　　这怪盗一边继续举着枪，一边后退到门边，用左手转动插在钥匙孔上的钥匙，轻轻打开了门，接着就飞奔到走廊去了。

　　走廊中的窗户是面向庭院的。怪盗将窗上的锁旋开，打开玻璃窗，轻巧地跨上窗边，突然回过头来说："这个就送给壮二当玩具吧，鄙人可不会干杀人这种事。"说着他把手枪往房间里扔过去，转眼间身影就消失了。他是从二楼跳到下面的庭院里去了。

　　壮太郎又一次中了他的计。这把手枪只是玩具。刚才他竟然被这把玩具枪给吓住，没敢呼叫其他人来帮忙。

　　但是，各位读者还记得吧？怪盗纵身跳下的那扇窗户，正是曾经出现在少年壮二梦中的那扇窗。在那下面，壮二设置了一个铁陷阱，它正张着锯齿状的大嘴，等待着猎物自投罗网。这个梦正好跟现实重合了啊。那么，那个陷阱真的会发生作用吗？

　　啊，或许会的！

水池中

见那怪盗把手枪扔了跳到外面去了，壮太郎急忙靠在窗边向黑夜中的庭院张望。

虽说是黑夜，但庭院中不少地方都安装了电灯，就好似公园中的长明灯，所以人的身影还是能够看到的。

盗贼跳下去之后，似乎有几秒钟的时间蜷伏在地上，但很快就一骨碌爬起身来，飞快地跑开了。然而，他果然是冲进了那个花坛里面。他在花坛中奔跑了两三步后，突然传来"咔嚓"一声金属撞击声，怪盗的黑色身影顿时扑倒在地。

"来人啊！有贼！有贼！院子里有贼！"壮太郎大声吼叫起来。

如果没有中陷阱的话，恐怕身手敏捷的怪盗早就不知逃到哪儿去了吧。壮二所想到的这个孩童游戏一般的点子，竟恰好获得了成功。怪盗挣扎着想要摆脱陷阱，人们从四面八方赶了过来。穿着便装的巡警、秘书，还有司机，总共七个人。

壮太郎也急忙跑下楼梯，与近藤老管家一起，用手电筒从楼下的窗户往庭院里面打光，为追捕者们提供帮助。

但奇怪的是，之前特地去买来的那条名叫约翰的看家猛犬，在如此热闹之中却没有现身。如果它能够跑来助力，那放跑怪盗的可能性就连万分之一也不会有。

二十面相终于挣脱了陷阱，爬起身来，但此时拿着手电筒的一大群追捕者已经逼近到距离他不过十米左右的地方。而且追捕者们不是从一个方向来的，而是左面、右面、正面都有人跑来。

盗贼犹如一股黑旋风般奔跑起来。不，形容为子弹一般的速度应该更贴切吧。他竟然突破了追捕者们构成的包围圈，奔入庭院深处去了。

这个庭院犹如公园一般面积广大，院中有假山，有水池，还有大片树林，再加上一片漆黑，七个人的围捕阵容实在是不够。啊，这个时候如果约翰在就好了……

众人都拼了命地追。特别是三名巡警，论起抓贼他们可是专业的。他们见怪盗似乎是跑到假山上的树林里面去了，于是有人从旁边的平地跑到假山对面去堵截，打算与后面赶来的人对怪盗形成夹击之势。

这样一来，怪盗就无法逃到围墙外面去了。而且，围绕庭院的水泥墙足有四米高，只要怪盗手上没有梯子，就不可能飞身翻越过去。

"啊！在这里！盗贼在这里！"

有一个秘书在假山上的树林中大声喊叫。

手电筒发射出的圆柱形光线，从四面八方汇聚到喊声发出的地方，把茂密的树林照得犹如白天般明亮。在光亮之中，只见怪盗弓着腰，朝假山右边茂密的树丛冲去，那身影好似一个飞快冲出的球。

"别让他跑了！他要下山去了！"

于是，在那一棵棵大树之间，手电筒的光线颇为悦目地飞舞起来。

这庭院实在太宽广了，再加上有很多树木和岩石，且怪盗又善于逃跑，因此追捕者们眼看着怪盗的身影就在前面，却无论怎样也抓不住他。

就在这个过程中，附近的警署接到了紧急报案电话，数名警察迅速赶了过来，将围墙之外也监视了起来。如此一来，怪盗就如同走投无路的老鼠了。

宅邸内令人窒息的追捕又持续了好一会儿，后来追捕者们突然之间就把怪盗给跟丢了。

怪盗原本是在正前方拼命跑着，凭借着树木枝叶的遮掩，他的身影忽隐忽现，后来突然就消失了。众人一棵树接一棵树，甚至每根树枝都用手电筒照着进行搜寻，但哪里都没有怪盗的身影。

围墙外有警察监视着，而在建筑物里面，不止洋楼，就连日式建筑里房间的木板窗都被打开了，家中所有的电灯都亮着，把庭院也照得亮堂堂的，以壮太郎、近藤老管家、壮二为首的一群人，包括用人们，都站在檐廊上观望着庭院中追捕者们的活动，因此怪盗绝不可能往他们所在的方向逃窜。

那么怪盗肯定还是躲藏在庭院中的某个地方。然而，七名追捕者无论怎样努力搜索，都没能发现怪盗在哪里。二十面相难道又使用了什么忍术不成？

别无他法，大家只能决定等到天亮以后再搜查了。只要外大门、内大门和围墙外都被人紧紧盯住，那怪盗就一定插翅难逃，所以等到早上应该也没什么关系。

于是追捕者们就离开了庭院，去帮助宅邸外的警察们加强监视。但此时有一个人还留在庭院深处，他就是姓松野的一位轿车司机。

在密林环绕中，有一个大水池。比其他人走得都慢的司机松野此时正在水池边走着，突然，他注意到一个奇怪的现象。

在手电筒光线的照射下，他发现水池的水面上铺满了落叶，但在那落叶中间有一根竹管，只有一小节露在水面上，而且正奇怪地扭动。这并不是被风吹的，因为水面上的其他地方一点儿波纹也没有，只有这根竹管颇为怪异地晃动着。

松野的脑子里突然跳出一个想法。他想立刻就把众人都叫来，然而他并不能确定自己的想法是否正确，因为这个想法有些令人难以置信。

他用手电筒照着那东西，在水池边蹲了下来。然后，为了解开心中的疑惑，他做起了奇怪的事情。

他在口袋里翻找了一下，拿出一张擦鼻子的纸，然后将其撕成细条，悄悄放到池中竹管的上方。

他立刻看到了不可思议的事：薄纸条在竹管的上方竟然上下飘动起来。纸条能这样动，显然是因为这个竹管里面有空气进出。

竟然会有这样的事，松野简直不敢相信自己的想法是真的。但是，眼前的事不是明摆着吗？总不能没有生命的竹子会自行呼吸吧？

如果是冬天，还无法相信有人会躲藏在水下，但上文已经说过了，此时是秋季十月，并不是很寒冷的时节，而且号称二十面相的怪物还自称魔法师，肯定是个极端爱好疯狂冒险的人。

如果松野当时就去把大家叫过来就好了。可他或许是想独占功劳吧，他不愿意借助他人的帮助，想要自己抓住怪盗。

他把手电筒放在地上，突然伸出两只手抓住了竹管，然后使劲儿往上拉。

竹管长度约有三十厘米。大概是壮二在庭院里玩的时候，随手丢在这个地方的。这一拉，竹管就一下子全部出了水面。但出来的可不只是竹管，一只被池中污泥染成黑色的人手竟然抓着竹管的下端。不，何止是一只人手，人手下面，一个完全湿透、好似海中怪兽的活人猛然之间现身了。

树 上 的 怪 人

这之后在池塘边上发生了什么事，姑且只能请各位读者自行想象了。

五六分钟之后，司机松野就好像什么事都没发生似的，一个人站在水池边。他的呼吸似乎有些急促，除此之外，看不出有其他异样。

他迈开步子匆匆向主屋方向走去。但不知为什么，他走起来一瘸一拐的。不过即便是这样，他也毫不停歇地一直穿过庭院，到了外大门旁边。

此时，有两位秘书正手持着类似木刀的武器，在外大门旁摆出一副威武的样子守卫着。

松野走到两人面前，表情痛苦，还把手放在额头上说道："我好像是感染了风寒，有些发烧了，让我休息一会儿吧。"他说话有气无力的。

"啊，是松野啊。没事，你休息去吧，这里的事都交给我们好了。"一位秘书颇有精神地回答道。

司机松野表示了感谢后，他的身影就消失在了大门旁边的车库中。那车库后面就是他的宿舍。

从这个时候起到完全天亮，再没有发生任何特别的事情。里外的大门都没有任何人通过。

在围墙外面进行监视的警察们，也没有发现任何一个像是怪盗的人。

早上七点钟，从警视厅来了一大批警察，开始在宅邸内进行调查取证。他们虽然下令在调查取证结束之前，家中所有人禁止外出，但对学生是不得不放行的。早苗就读于门胁中学三年级，壮二就读于高千穗小学五年级，到了上学的时间，两人就和平常一样坐轿车出门了。

司机看起来没什么精神，闭着嘴不说话，还一直低着头。但毕竟孩子们上学不能迟到，司机只能勉强坐上驾驶座位。

从警视厅赶来的搜查系系长中村首先在作为犯罪现场的书房会见了一家之主壮太郎，详细听取了事件始末，又一一询问了宅邸内的每个人，之后开始搜查庭院。

"从我们昨天晚上抵达，直至现在，绝没有一个人通过门从宅邸里面出来，也没有人越过围墙。对于这些，绝对可以相信我们的。"辖区警署的刑事主任向中村系长保证。

"那么，怪盗就一定还潜伏在宅邸内的某个地方吧。"

"正是如此，也只能这么认为。可是尽管天一亮我们就再次展开了搜查，但到目前为止还没有任何发现。只有一件事可疑，那就是狗死了……"

"嗯？狗死了是怎么回事？"

"这户人家为了防备怪盗，养了一只名叫约翰的狗，但它在昨晚被毒死了。经过调查，我们了解到假扮成这家少爷的二十面相那家伙，跑到庭院里喂狗吃了某种东西。准备得真是周到啊。要不是这家里还有位少爷布下了一个陷阱，那家伙肯定早就轻松地逃之夭夭了。"

"嗯，那就把庭院再搜索一遍吧。这庭院实在太大了，可能在某处会有意想不到的藏身之处。"

两个人正站着进行这番交谈的时候，忽然听到从庭院假山那边传来了大声的呼喊：

"快来这里！看见人了！看见怪盗了！"

听到这叫喊声，从庭院各个方位都传来了慌张杂沓的脚步声，警察们都拥向了现场。中村系长和刑事主任也赶紧往传来喊声的地方跑去。

到那里一看，发出呼喊的是羽柴家的一位秘书。他站在犹如森林般的树林中，身旁是一棵特别高大的栲树。他手指着树的上方：

"就是那里，躲在那里的肯定就是怪盗，他那身西装我有印象！"

只见这棵栲树从根部往上大约三米高的地方，有一根分叉的粗树枝，就在分叉的地方有一个人以奇妙的姿态横躺在上面，被繁茂的树叶遮掩着。

周围已如此骚动，此人竟然还是纹丝不动，难道说盗贼已经断气了？或者说他是晕过去了？总不见得是在树上安睡吧？

"咦，他这不是被绑着吗？"

确实，此人是被用细绢一样的东西五花大绑着的，并且还被塞住了嘴。

他的嘴里被塞了一条大手帕，另外还有一条手帕紧紧包住了他的嘴。更加奇怪的是，他身上的西装好像淋过雨一般，湿漉漉的。

把塞住口的手帕拿下来之后，男人终于恢复了点儿生气，开始大骂起来："畜生！畜生！"

"啊，这不是松野君吗？"秘书惊讶地喊道。

此人并非二十面相。虽然他穿着此前二十面相所穿的西装，但脸完全不一样。他就是司机松野。

但是，今天早上司机不是去送早苗和壮二上学了吗？为什么松野会在这里呢？

"到底怎么回事？"中村系长询问道。

松野懊悔地大喊大叫："那个畜生，我上了他的当了！"

壮 二 的 下 落

根据松野的讲述，原来怪盗是用下面这个稀奇古怪的手段，成功蒙蔽了追捕者们。他竟然在这么多人的视线之下，轻松地逃跑成功。

怪盗昨晚被许多人追着到处跑，寻机跳入了庭院中的水池，潜伏在水下。但是，在水下憋气太长时间会窒息的，此时恰巧壮二拿来当玩具又随手扔了的空心竹管就在附近，于是怪盗就拿着竹管下水，咬着竹管一头，将另一头稍微露出水面，静静呼吸，想等待追捕者们走远。

但是，落在别人后面的松野一个人在附近东张西望的时候发现了竹管，凭直觉识破了怪盗的伎俩。他不假思索，奋力把竹管拔起来，结果从水池中冒出一个满身污泥的大活人来。

接着，二人在黑暗之中展开了一场搏斗，可怜的松野连呼喊救命的机会都没有，很快就被怪盗打趴在地。之后怪盗用事先在口袋里准备好的绢绳把他捆起来，还塞住了他的嘴。然后怪盗调换了两人的服装，将松野扛到了那棵大树的粗树枝上。

明白了这一切，自然也就明白了早上送壮二他们去学校的那人是假司机。千金万贵的少爷小姐，好巧不巧，竟然坐上了二十面相驾驶的轿车，不知去往什么地方了。全家人大吃一惊，特别是父亲母亲，都快急疯了。

他们立即往早苗就读的门胁中学打电话。结果令人意外，早苗早已平安无事抵达学校。如此说来，怪盗并没有打算实施绑架，众人稍微松了口气。他们接着又往壮二的学校打电话，却听闻虽然已经上课了，可还不见壮二的身影。听到此消息，父亲母亲的脸都变色了。

怪盗或许已经知道了那个陷阱是壮二设下的，所以他可能是为了报复让自己的脚受伤的壮二，就只绑架了他一个人。

这下出大乱子了。中村系长立刻将此事向警视厅进行报告，整个东京都布下了警戒网，并安排人手去找羽柴家的轿车。所幸那辆轿车的型号和车牌号是清楚的，线索足够多。

壮太郎几乎每隔三十分钟就往学校及警视厅打一个电话，询问进展如何了，但过了一个小时、两个小时、三个小时……时间不断流逝，却没有任何壮二的消息传来。

就在这天白天即将过去的时候，有一位穿着脏兮兮的西装、戴着鸭舌帽的青年出现在羽柴家大门外，说出奇怪的事来。

"我是受府上一位司机拜托而来的。那司机似乎是在开车途中突然有紧急的事情，就拜托我把车开回贵府。我已经把车开进院子里了，请你们检查下有无问题。"

秘书向宅内报告了这件事。听说之后，主人壮太郎和管家近藤立刻赶到大门口，确认那辆轿车的确就是羽柴家的。但是车中没有任何人。果然，壮二真的是被绑架了。

"哎，这里有一封信。"

近藤从轿车里面的坐垫上捡起一封信。信封正面只写着"羽柴壮太郎阁下亲启"几个大字，翻到背面也没有发现寄信人的名字。

"怎么回事？"壮太郎说着，拆开信封，站在庭院里读起来。信中所写内容相当可怕，如下：

> 昨夜已从您手上得到六颗钻石，十分感谢。拿回去欣赏后，真是越看越觉得珍贵，鄙人必将作为传家之宝悉心保存。
>
> 不过，道谢归道谢，鄙人还是稍有遗憾。也不知是何人，竟在庭院中设下陷阱，使鄙人脚上负伤，需疗养十日才可痊愈。鄙人有为此获得赔偿之权利，为此，特将令郎壮二带走了。
>
> 壮二现暂居鄙人住宅的地下室中，正在黑暗中饮泣。鄙人已得知正是壮二设置了那个可恶的陷阱。他遭受如此报应，当算咎由自取。
>
> 回归正题，说说伤害赔偿的事吧，鄙人要求您出让收藏的那尊观世音像。
>
> 鄙人昨日有幸一睹贵府的艺术品收藏室的风采，那室中气派实在令人倾倒。其中又数那观世音像——看说明写的是镰仓时代的雕刻大师安阿弥的作品——堪称国宝。对于喜爱艺术品的鄙人而言，渴求之情无以复加。鄙人在当时就下定决心，无论如何定要得到这尊观世音像。

所以，今晚十点整，将有鄙人的三名手下前往贵府拜访，请不要声张，将他们带往艺术品收藏室。他们只将观世音像装箱，并装上卡车运走。壮二将作为交换，送回贵府。鄙人以怪盗二十面相之名承诺，决不食言。

此事不得告知警察，也不得派人跟踪鄙人手下驾驶的卡车。如果有这些事发生，则请做好心理准备，壮二将永远不能回家。鄙人相信以上所请必可得到您的允诺，但为了谨慎起见，如果同意，请在今晚十点整将正门打开。见此信号，鄙人手下就会登门。

二十面相谨上

致羽柴壮太郎先生

这是多么得寸进尺的要求啊！以壮太郎为首，众人全都气愤地捏紧了拳头。可是爱子壮二已经被扣为人质了，虽然痛心，壮太郎也只好答应这无比过分的请求，除此之外还能怎么办呢？

接着，众人好好地盘问了一番将轿车送回来的青年，但他只是得了一些报酬，受托开车回来而已，对于怪盗的事则完全不了解。

少年侦探

青年离开后，包括壮太郎夫妻、近藤老管家，还有被学校工友迅速用轿车护送回来的早苗在内的一家子人，在宅邸深处的房间里开始讨论如何应变。已经不能再磨磨蹭蹭了。说是晚上十点就要来人，只剩下八九个小时做准备了。

"要是别的东西都还好说，钻石之类的只要出钱都可以买到。只有那尊观世音像我是决不愿意让出去的。那种国宝级的名作要是落入盗贼的手中，我可就对不起日本的艺术界了。虽然那尊佛像是收藏在我们家的艺术品收藏室里，但是我绝没有认为那就是我的私有物。"

不愧是壮太郎，并没有一门心思只考虑自己的儿子。不过羽柴夫人可就不同意了，她现在满脑子就只有可怜的壮二究竟怎样了。

"但是如果不把观世音像交出去，我们的儿子可就不知要遭什么罪了。无论多么宝贵的艺术品，我想总不能拿人命去交换吧。请不要泄露给警察，就答应了贼人的要求吧。"

母亲的眼中似乎已经看到了在黑暗的地下室里，孤零零的壮二止不住哭泣的可怜样子，如何还忍耐得了？她简直连今晚十点都不愿等了，只想立刻就用观世音像把壮二给换回来。

"嗯，当然壮二是一定得回来的。只不过，钻石被偷走就罢了，如果连如此举世无双的艺术珍品也要交给这个厚颜无耻的盗贼，我实在是难以忍受。近藤，你想到什么法子没有？"

"我是这么想的。如果通知警察的话，事情立刻就会传开来的，在怪盗信上所言的今晚十点以前，绝不能走漏消息。不过，如果找私家侦探的话……"老管家忽然提出一个方案。

"对，还有请私家侦探这个办法。不过，把这么大的事情交给私家侦探是否可靠呢？"

"我也是听说的，在东京市内就有一位很了不起的侦探。"

见老管家稍有些不确定地歪了歪脑袋，早苗突然插言说："爸爸，这说的就是名侦探明智小五郎呀。他可是真正的大侦探，很多把警察都难倒了的案件都是被他解决的呢。"

"对对，就是那位名叫明智小五郎的。他实在是个厉害人物，与二十面相应该是旗鼓相当吧。"

"嗯，他的名字我也稍有耳闻。那么就把这位侦探请来，试着商量看看吧。既然是专业侦探，可能会有我们根本想不到的好办法呢。"

于是家庭会议最终商定，把这件事拜托给侦探明智小五郎。

近藤老管家马上就翻起电话簿，打电话到侦探明智的家里。电话接通，他听到听筒里面传来一个孩子的声音，对问询做出如下答复：

"老师最近为了某起重大案件而去国外出差了，不确定什么时候能回国。但是，代老师处理事务的小林助手在这里，如果可以的话，现在就可以拜访府上。"

"啊，是这样啊。但我们遇到的是非常棘手的事件，如果只是助手的话……"

近藤管家刚有些犹豫，对方立刻反驳似的，大声说道："虽说是助手，但这位助手本领之高并不亚于老师，我想是完全值得信赖的。总而言之，就先见面商量一下吧。"

"这样啊，那就请您转达给那位助手，劳驾他立刻来一趟。不过事先说一下，虽然我们想把这起事件拜托给侦探来处理，但如果走漏风声就麻烦了。事关人命，请一定要注意，不要让其他人察觉，务必静悄悄地过来。"

"这不用多说，我自有分寸。"

经过这番对话，一家人终于确定请小林助手来帮忙了。

电话挂断之后还没过十分钟，就有一个面容可爱的少年站在羽柴家的大门口，请求进入宅内。秘书出来询问，那少年自我介绍说："我是壮二君的朋友。"

秘书回答："壮二少爷现在不在。"

少年脸上显出"果然如此"的神色，又说道："我猜他应该是不在的。那么就请让我拜见壮二的父亲。我父亲交代我几句话，需要转达。我是小林。"少年如此说着，请秘书去通报。

壮太郎从秘书那里听到"小林"，就把事情猜了个大概，立刻把来访者请到接待室。

壮太郎走入接待室一看，有一位面色红润、明眸皓齿、年纪约莫十二三岁的少年站在室内。

"您就是羽柴先生吧？初次见面，我是明智侦探事务所的小林，刚才接到贵府的电话，特前来拜访。"少年眨着眼睛，以清晰的声音做自我介绍。

"啊，你是小林先生派来的吗？这里有一起复杂的事件，非常希望他本人前来……"

壮太郎正这么说着，少年把手举起来打断了他的话，回答道：

"不，我就是助手小林芳雄。老师除了我之外没有其他助手。"

"啊？你就是助手本人？"

壮太郎大吃一惊，同时颇为奇怪：如此一个小孩子真的是名侦探的助手吗？但是，无论是神色还是说话时的遣词用句，这个少年看起来都似乎是很可靠的样子。那么先与这孩子商量一下吧。

"刚才你在电话中说助手也有名侦探的本领，说的就是你自己吗？"

"正是如此。先生全权委托我来处理他出差时的任何案件。"少年自信满满地回答。

"刚才你还说你是壮二的朋友，为什么你会知道壮二的名字呢？"

"要是连这点儿事情都不知道，那就没资格做侦探了。我曾在翻查剪报的时候，见过商业杂志上刊登的您家族的情况。电话中又说发生了事关人命的事件，那么我猜想就是早苗或者壮二下落不明吧。看来我猜对了。进一步说，这起事件是不是与那位怪盗二十面相有关系呢？"

少年小林有条不紊地说出这番话来。

这孩子可能真的不逊色于名侦探呢，壮太郎不由感到佩服至极。

于是壮太郎便将近藤老管家也叫到接待室里，两个人一起将事件始末向这位少年进行了详细描述。

少年不时在要紧的地方插进几句简短的询问，整个过程都倾听得很仔细。听完描述之后他就提出要看一看观音像。于是壮太郎带他去了艺术品收藏室，观看完毕之后又回到接待室。少年好一会儿什么话也不说，只闭着眼睛，似乎在深入思考某些事情。

终于，少年猛地睁开眼睛，还凑近两人，颇为兴奋地说道："我想到了一个绝妙的方案。对方如果是魔法师，那我们这边也变身为魔法师好了。虽说这方案非常危险，但不愿冒险可是无法拿下怪盗的。我以前干过比这更加冒险的事情。"

"那真是让人放心了，到底是什么样的方案呢？"

"你听我说。"小林突然凑近壮太郎，在他的耳边轻声说了些什么。

"啊，你要这么做？！"

壮太郎听到如此惊人的方案，不由得瞠目结舌。

"对。虽然乍看上去是个很困难的方案，但我们早就试验过这种做法了。去年在对付法国的那个怪盗亚森·罗宾①的时候，老师就使了这招，令其大吃苦头。"

"会不会反而让壮二遭遇危险呢？"

"我认为不会。如果对方只是个小蟊贼，反而会有危险，但二十面相名声在外，不会违反约定的吧。观音像交出去的同时壮二就能回来，所以在发生危险之前，他一定已经回来了。就算到时真有危险，我也会有随机应变的办法，没问题的，虽然我还只是个孩子，但绝不会做太莽撞的事。"

---

① 亚森·罗宾：法国侦探小说家莫里斯·勒布朗笔下的著名侠盗、侦探，与柯南道尔笔下的福尔摩斯齐名。

"若是在明智先生出差的时候，让你遭遇危险发生意外的话，这可就对不起他了。"

"哈哈哈……您是不了解我们平常的生活呀。所谓侦探，就和警察是一样的，只要能破案，就算发生不测也情愿的。但是目前这点儿事真不算什么，谈不上是特别危险的工作，请您千万不要在意。而且就算您到最后都不同意，我也不会放弃的，就算自作主张我也要把计划推进下去。"

少年如此信心满满，壮太郎和近藤老管家都被他说服了。

于是，经过长时间的商议，大家终于决定实施少年小林提出的方案。

观音像的奇迹

晚上十点，像约定的那样，二十面相的手下——三个凶悍的男人前来，直接踏进了敞开的羽柴家大门。

这些盗贼只拿斜眼瞄了瞄站在大门旁的秘书等人，扔下一句"我们来拿说好的东西"，便把众人甩在身后走了进去。他们似乎通过怪盗的讲述掌握了住宅的内部结构，毫不迟疑就直接往宅邸深处快速走去。

壮太郎和近藤管家两人守候在收藏室的门口，向其中一个盗贼喊道："你们一定会遵守约定吧？孩子已经带回来了吧？"

这盗贼一脸冷淡地回答说："不用担心。孩子嘛，我们已经把他带到大门附近了。但是，你们不用去找。在我们把东西运出这宅子之前，你们是绝对找不到人的。如果不这样做，那我们可就危险了。"

这三个人说着，就大摇大摆走进了收藏室。

这个房间的构造类似仓库，在昏暗的灯光下，四周摆满了如博物馆的玻璃展柜一般的柜子。

只见展柜里面放着各种珍奇物品，有刀剑、甲胄、装饰品、箱盒、屏风、挂轴等，挤得满满当当的。而在房间一隅有一个高约一米半的长方形玻璃柜，里面就安放着那尊被贼盯上的观世音像。

只见莲花台座上端坐着一座相当于真人一半大小、浅黑色的观音像。原本这雕像应该是金光闪闪光彩夺目的吧，但如今已基本是浅黑色，其身上那有很多褶皱的衣服也遍布破损。但到底是大师作品，只见观音像的颜容圆润柔和，仿佛随时会展露笑容，无论怎样的恶人见了如此尊容，都禁不住要合掌敬拜吧。

三个盗贼大概还是有些心虚，也不仔细去看观音像的柔和仪态，便立刻开始干活。

"别磨磨蹭蹭的了，赶快赶快。"

其中一人把带来的一块肮脏的布展开来，另有一人抓起布边，把放置观音像的玻璃柜一层层地包裹起来，很快就包成一个看不到里面是什么东西的布包裹了。

"你们注意着点儿，别把这个横过来，会弄坏的。嘿咻，嘿咻。"

他们三个人旁若无人地喊着号子，就把布包裹给抬到大门口去了。

壮太郎和近藤老管家一直紧随在三人身边死死钉着，直到这三个人开始把东西抬到卡车上去。如果让他们把观音像拿走了，壮二却不能回来，那可就白忙活了。

"喂！壮二少爷究竟在哪里？你们不把壮二少爷送回来，绝不允许你们开动这卡车。要是你们硬要开动，我们立刻就通知警察。"近藤老管家拼命喊着。

"你们不用担心。喏，你们往后面看看，你家少爷不就站在玄关那里吗？"

回头一看，在玄关电灯下面果然有两个黑色的人影，一个大，一个小。

趁着壮太郎和老管家都回头张望的时候，盗贼留下一句"再会啦"，便发动卡车离开了大门，很快就跑远了，变成了一个小点儿。

两人赶快往玄关的人影跑去。

"啊，这不是刚才就在门口站着的乞丐父子吗？难道说我们又上当了？"

无论怎么看，这两个人都只是一对乞丐父子。两人都穿着破破烂烂的衣服，头上包着似乎用酱油煮过的手巾以遮住脸庞。

"你们在这儿干吗？这地方是你们可以随便进来的吗？！"近藤老管家对乞丐父子怒吼，却见那个乞丐父亲发出奇怪的笑声。

"嘿嘿嘿……说话算数哟。"

留下这么一句莫名其妙的话，他拔腿就跑了，奔跑速度简直如风一般。他穿过黑暗，迅速跑到门外去了。

"爸爸，是我！"

那个乞丐孩子却说出了令人惊异的话。然后他突然把包头巾拿下来，把破烂衣服也脱掉，露出来的是熟悉的学生服和白脸蛋。这个乞丐孩子不是别人，正是壮二。

"怎么回事，你怎么穿着这样的脏衣服？"壮太郎抓住无比想念的儿子的手问道。

原来刚才那个乞丐父亲就是二十面相本人。他化装成乞丐不为别的，就为亲自监督观音像的搬运过程之后，再遵守约定把壮二归还，然后逃之夭夭。话说回来，他打扮成乞丐是多么出人意料啊。乞丐就算是在别人家门口晃来晃去，也不会招人怀疑，确实符合二十面相的风格。

壮二总算是毫发无损地回来了。据他所说，怪盗虽然将他关在了地下室里面，但并没有虐待他，给的食物也很充足。

这样一来，羽柴家所有人悬着的心可算放下了。父亲母亲的喜悦之情难以言表，各位读者自可想象。

回过来说化装成乞丐的二十面相，他犹如风一般跑出羽柴家大门后，先躲进昏暗的巷子里，把乞丐衣服脱下来扔了。因为他里面早已穿好褐色大褂，所以他直接变装成了一个老头子。此时他一头白发，脸上也满是皱纹，怎么看都是一个六十岁以上的老人了。

他把全身上下整饬好，便拿出一根早已藏在此地的竹拐杖，故意驼着背，颤颤巍巍地走了出去。就算羽柴壮太郎不遵守约定派人来追，他如此变装也不可能被识破。

这老翁走到大街上，叫停了一辆出租车坐进去，随意指了个方向让司机开了二十分钟，又换了另一辆出租车，这才驶向其真正的藏身处。

出租车停下的地方名为户山原。老翁在户山原的入口处下了车，然后慢慢走过一片黑暗的原野。看来，怪盗的巢穴就在这户山原里面。

这片原野的尽头有一片茂密的杉树林，林中很突兀地矗立着一座老旧的洋楼，看上去是一座完全荒废、无人居住的建筑。老翁站在洋楼门口，"咚咚咚"敲了三下门，隔了一会儿又"咚咚"敲了两下。

看来这就是他与同伙之间的暗号了。里面有人开了门，刚才搬观音像的怪盗手下中的一人，忽然探出头来。

老翁沉默着，大步流星向洋楼里走去。走廊的尽头有一间宽敞的房间，曾经应该也是富丽堂皇，房间中央放着仍然包着布的观音像玻璃柜。房中没有电灯，只有蜡烛发出暗红色的光芒。

"好，你们都做得很棒。这是你们的赏金，拿着去享受一下吧。"

他给三个手下发了几张一千日元的钞票，等他们离开房间之后，老翁便把玻璃柜上的布慢慢取下来。他把身旁的一根蜡烛拿过来，站在观音像的正面，把两扇对开的玻璃柜门打开。

"观音菩萨啊，看我二十面相的本事如何？昨天是价值二百万日元的钻石，今天是国宝级的艺术品。再这么干下去，我建造大艺术馆的计划很快就可以实现啦。哈哈哈……观音菩萨，您实在是太完美了，如奇迹般栩栩如生啊。"

然而，各位读者，二十面相这番话还没有说完，就在这个时候，正如他所说的那样，一个惊人的奇迹发生了。

这个木造观音的右手突然之间猛地往前伸了出来。而且这只手并没有像平常那样拿着莲花，而是紧紧握着一把手枪，直指怪盗的胸口。

雕像当然不可能自己动起来。难道说这尊观音像具有类似机器人那样的机械机关吗？但是镰仓时代的雕像，显然不可能有那种机关。那么为什么会发生这种奇迹呢？

被手枪瞄准的二十面相可没有闲工夫来想清楚这些问题。他"啊"地大叫一声，颇为畏惧地向后退缩，接着，大概是觉得自己已经无计可施，他不由自主把两只手举过了头顶。

陷　阱

如此厉害的怪盗这下也被吓破了胆。对方如果是个人，就算拿着手枪，怪盗也绝不会如此惊惶，但遥远镰仓时代的观音像突然间动了起来，岂能不被吓一大跳。

与其说他是被吓着了，不如说怪盗的心底涌起了一种威慑灵魂的畏惧之情，好似做了噩梦一般，又好似突然撞见了怪物，总之是感到一种难以描述的恐怖。

胆大妄为的二十面相此时颇为可怜，被吓得面色惨白，不住地小步后退，仿佛想要求饶一般，把蜡烛放在地板上，高举起双手。

接着，发生了令他感到更加可怕的事情。观音菩萨从莲花台座上走了下来，挺胸站在地板上，手中的手枪仍然瞄准着怪盗，然后一步、两步、三步……往怪盗的位置逼近。

"你、你，到底是什么人！"二十面相好似被逼到绝路的野兽，发出呜咽声。

"我吗？我是来拿回羽柴家钻石的。你现在就把钻石交出来，可饶你一命。"

多么令人震惊啊，观音菩萨竟发出了命令，声音非常凝重。

"哈哈，明白了，你这混蛋是羽柴家的手下吧。假装成观音像，来追查我的藏身之处。"

一旦明白了对方也是个人，怪盗稍微镇定下来了。但是难以名状的畏惧，并没有彻底从他心底消除。因为那观音像的尺寸实在太小了，难以想象能找个人来假装。他面前这个人，也就只有十二三岁小孩子的身高。就是这么个侏儒一般的家伙，用老人一般稳重的声音说话，这给怪盗造成一种难以形容的心理压迫。

"如果我不愿意交出钻石呢？"怪盗战战兢兢，似乎为了分散对方的注意力，如此询问道。

"结果就是你会丢掉性命。这把手枪可不是你经常用的那些玩具枪。"

"观音菩萨"似乎很清楚，这个看上去像是隐居老翁的白发老头儿，实际上就是二十面相变装而成的。大概他刚才已经听到了怪盗与手下的对话，从而察觉到了这一点。

"那么就让你见识一下这是不是玩具吧！"

话音刚落，"观音菩萨"的右手就稍稍动了一下，同时猛然响起可怕的声响。房间一侧的窗玻璃发出"哗啦啦"的声音，呈碎片状掉落下来。手枪确实打出了实弹。

这个矮小的"观音菩萨"对满地破碎的玻璃一眼也不瞧，立即又把手枪枪口对准原来的方向，黝黑的脸上露出了令人不安的笑容。

怪盗看到正瞄准着自己胸口的枪口，还在冒着青烟。

对于面前这个黑面小怪人的胆量，二十面相越发害怕起来。

这个胆大包天的疯狂家伙，做出任何事情来都不奇怪。他可能真的会用手枪把自己打死。就算自己能侥幸躲过子弹，但发出如此大的声音也会让附近的居民感到奇怪，如果因此引来怀疑，结果不堪设想。

"没办法了，那就把钻石还给你吧。"

怪盗似乎放弃了一般这么说着，走到房间角落的一张大桌子前，从空桌腿中的隐藏抽屉里拿出六颗钻石，托在掌心，一边发出"叮啷啷"的碰撞声一边走了回来。

钻石在怪盗的手中晃动着，反射着地板上蜡烛的光，呈现出犹如彩虹一般的闪耀光芒。

"喏，你拿着吧。好好看一下是否有差错。"

矮小的"观音菩萨"伸出左手来接过钻石，用老头儿一般的沙哑声音笑起来。

"哈哈哈，佩服佩服，原来二十面相也很珍惜性命啊。"

"哼，尽管很遗憾，但我也只能投降了。"

怪盗似乎很不甘心地咬了咬嘴唇说。

"但你到底是什么人？竟然让我二十面相也吃了一亏，真令我意外。为了吸取教训，能否告知我尊姓大名？"

"哈哈哈……得您夸奖，实在是太荣幸了。想知道我的名字？在把你送进牢房之前，就留下一个愉快的悬念吧。一会儿警察会让你知道的。"

"观音菩萨"一边以胜利者的口吻说着话，一边继续举着枪，慢慢向房间出口退去。

已经知道贼巢在哪里，又拿回了钻石，接下来只需要平安离开这间老宅子，跑去找附近的警察就行了。

这位"观音菩萨"到底是谁变装而成的，各位读者应该都知道了吧？正是少年小林正面与怪盗二十面相周旋，打了个如此漂亮的胜仗。他心中的喜悦之情真是难以言表，毕竟这是其他大人都没能取得的胜利啊。

但是正当他还差两三步就要走出房间的时候，房间内突然响起古怪的笑声。小林见那装扮成老翁的二十面相一副终于忍耐不住的样子，张开嘴巴大笑着。

啊！各位读者，绝不能以为没事了啊。这毕竟是有名的怪盗，他只是装作输了的样子，其实保留着一张最后的王牌也说不定。

"喂，你这家伙，有什么事这么好笑？"

假扮成观音像的少年似乎吃了一惊，站在原地，全身紧绷起来，摆好应对的架势。

"啊哈，失敬失敬，听你故意用大人的腔调说话，太过于老气横秋了，搞得我忍不住就笑起来。"

怪盗终于停下笑声，如此回答。

"话说回来，也是因为我终于看破你的真身了。能瞒过我二十面相施展如此精彩手段的人，可真的是少之又少。实话实说，我首先想到的就是明智小五郎。但是，明智小五郎不可能如你这般矮小。你就是个小孩子。说起来，能够把明智擅长的手段学到手的小孩子应该没有别人，你应该就是明智身边名叫小林芳雄的少年助手吧。哈哈哈……如何？我说对了吧？"

假扮成观音像的少年小林对于怪盗能看穿这一切，不得不在内心中感到惊讶万分。但是转念一想，现在目的都已经达到了，就算自己的身份被对方识破了，也用不着过分吃惊。

"名字什么的无所谓，反正正如你所说的，我就是个小孩子。鼎鼎大名的二十面相，竟然被我这么个小孩子收拾了，恐怕有负盛名了吧？哈哈哈……"少年小林不甘示弱地回应道。

"这小子真是可爱呢……喂，你这家伙，不会真的以为已经战胜我二十面相了吧？"

"你就别死撑面子了。好不容易偷出来的观音像自个儿动起来了，钻石也被我拿回来了，你还想说自己没输？"

"正是如此，我没有输。"

"那你还能怎么样！"

"我就这样！"

这一声喊的同时，少年小林感到脚下的地板突然消失了。

猛然间，他感觉自己的整个身体悬在了空中，仅仅一瞬间，他就被撞得眼前金星乱冒，身体似乎被什么可怕的力量击打了一样，传来一阵剧烈的疼痛感。

啊，竟然大意了。原来他刚才站的地方看似是地板，其实是一个陷阱机关，怪盗用手指偷偷按动了隐藏于墙壁上的按钮，于是一个黑暗的正方形地狱之口就张开了。

小林身上疼痛难忍，身体也无法动弹，只得趴在陷阱底下。他听到从遥远的上方传来二十面相万分得意的嘲笑声。

"哈哈哈……小子，这下很疼吧？真是可怜，你就待在那下面好好反思吧，要知道你的敌人拥有多么强大的力量。哈哈哈……想要收拾我二十面相，你恐怕还是太嫩了，哈哈哈……"

七 大 道 具

少年小林在黑暗的地底保持着坠落时的姿态，足有二十分钟左右的时间丝毫没有动弹。他的腰部被狠狠撞了下，疼到他连稍微挪动一下身体都做不到。

在此期间，二十面相站在陷阱旁对他尽情地讽刺一通之后，便将陷阱盖子紧紧地关闭起来。这下是没救了，只能做囚徒等死了。如果怪盗就这样不给他任何食物，那他就只能在这个没有其他人知道的古旧地下室里面活活饿死了。

少年小小年纪就陷入如此可怕的境地，该如何撑下去呢？如果是一般的少年，肯定会因为孤独和恐惧而陷入绝望中，开始哭哭啼啼了吧。

但是少年小林既没有哭泣，也没有绝望。他仍然坚强冷静，并且认为自己没有输给二十面相。

腰部的疼痛终于减轻了，少年做的第一件事就是轻轻碰了一下藏在破衣服下面、挂在肩上的小帆布包。

"小哗啵，你没事吧？"

他说了这么一句莫名其妙的话，还在帆布包上抚摸着，接着，包中有个小东西微微颤动起来。

"啊，小哗啵，你有什么地方撞伤了吗？只要有你在，我就一点儿都不会寂寞哦。"

小林确认小哗啵还活着并无异样，随后他在黑暗中坐起来，将小包从肩上拿下来，从里面拿出钢笔形状的小手电筒，借助微弱的光亮将散落在地上的六颗钻石和手枪都拾了起来，然后放进包里，接着他又仔细检查了原先就在包里的种种物品有没有丢失。

这些物品就是"少年侦探的七大道具"，都好好地在包里，就如同传说中的古代豪杰武藏坊弁庆① 把他所有的战斗用武器都背在

① 武藏坊弁庆：日本平安时代末期的僧兵，传奇英雄源义经的家臣，为武士道精神的传统代表人物之一。

背上，号称是"弁庆的七大道具"一样。小林的"少年侦探的七大道具"虽然不是那样尺寸巨大的武器，而是集中在一起用两只手就能捧起来的小东西，但就发挥的作用而言，绝不在"弁庆的七大道具"之下。

首先是钢笔形状的小手电筒。对夜间搜查而言，灯光是比任何东西都重要的，而且这个手电筒有时还可以起到发信号的作用。

接着是小型的万能刀，里面折叠有小锯子、剪刀、切刀等各种类型的刀具。

另外还有用很结实的绳子做成的绳梯，折叠之后尺寸小到可以放在一只手掌上。除此之外，还有钢笔形状的望远镜、表、指南针、小笔记本和铅笔，以及刚才用来威吓怪盗的小手枪。

不能忘了，除以上这些东西，还有一只"小哔啵"。用手电光照一下看看，原来那就是一只鸽子。这只鸽子蜷曲着身子，安安静静地躲在布包里专门的隔袋中。

"小哔啵，虽然很拥挤，也只能请你再忍耐下了。要是那个可怕的大叔发现你的话可就糟糕了。"

少年小林一边说一边抚摸着鸽子的脑袋，而名叫哔啵的鸽子好像听得懂这番话似的，咕咕叫着做出回应。

这小哔啵是少年侦探的吉祥物。小林觉得身边只要有这个吉祥物相伴，无论遭遇怎样的危险都会化险为夷，他几乎是将这小家伙当成了信仰之物。

而且远不止如此，这只鸽子除了是吉祥物，还可以发挥重大作用。在侦探工作当中，通信设备无比重要，因此，警察才会配有带无线电联络设备的警车。但遗憾的是，私家侦探是没有这种东西的。

如果能够在衣服下面隐藏某种小型无线电发报器的话，那再好不过了，但这样的东西私家侦探也没有。所以小林就想到了随身带信鸽这么有趣的主意了。

这确实是一个很孩子气的主意。但是孩子单纯直白的主意有时往往能产生出人意料的效果，让大人都要吓一跳。

"我这个包里有我的无线电，也有我的飞机。"少年小林曾经对自己说过这样一番得意扬扬的话。确实如此，信鸽算得上是无线电，也可以算是飞机。

就这样，他检查完道具，就满足地把布包藏在衣服下面，然后打开手电筒，开始察看地下室的情况。

这个地下室大约十张榻榻米大小，四面是混凝土墙壁，以前可能是用来放东西的一个房间。他想这里应该有梯子之类的东西，就找了一下，发现果然有一架大木梯挂在房间一侧的天花板下。不但出入口被封闭了，连梯子也被拉上去挂着，这怪盗做事果然足够小心谨慎。如此一来，就实在想不到有什么办法能让他从这个地下室逃出去了。

房间角落放着一张破损严重的长椅，上面有一条揉成一团的旧毛毯，除此之外就什么东西也没有了，感觉就好像是在监狱里一样。

少年小林看着这张长椅，想到了一件事情。

"羽柴壮二先前肯定也是被关在这个地下室里面的，而且他肯定也是睡在这张长椅上的。"

这么一想，小林的心中就有了些亲近感。他走近长椅，用手压了压坐垫，然后把毛毯展开看了看。

"那么，我也在这张床上睡上一觉吧。"

这位勇敢的少年侦探自言自语之后，便横躺在长椅上。

千头万绪都等到明早再说吧，在那之前必须要养精蓄锐。虽然道理是这样的道理，但陷入如此可怕的境地，居然还能镇定地进入梦乡，换作是普通少年绝对不可能做到。

"小哗啵，你也睡一下吧，并且试着做个好梦哦。"

少年小林小心翼翼地抱住那个装有小哗啵的帆布包，在黑暗中闭上了眼睛。没过多久，从长椅上就传来了少年缓慢且平稳的呼吸声。

信　鸽

少年小林猛然睁开眼睛，看到眼前的房间与平常侦探事务所的卧室完全不一样，吓了一跳，但立刻就回想起了昨晚发生的事。

"啊，我是被关在地下室里面了。不过，虽说是地下室，倒挺亮堂的。"

借着微亮的光，可以隐约看到室内煞风景的混凝土墙壁和地板。地下室按理说不会有光照进来，他又环视了一遭，发现原来昨天晚上自己没注意到，天花板上开着一个透光的小窗。

这个窗三十厘米见方，尺寸很小，而且还装有很粗的铁栏杆。从地下室的地板算起，这窗开在将近三米高的位置上，而如果在外面看来，这窗应该是在与地面很接近的地方吧。

"瞧瞧这扇窗，能够逃出去吗？"

小林立刻从长椅上爬起身来，走到窗户下面，仰望明亮的天空。窗户上是有玻璃的，但已经破碎了，如果大声喊叫的话，外面走过的人应该是能听得到的。

于是他将昨晚用来睡觉的长椅推到窗户下，踩在上面，努力伸长脖子，但还是远远够不到窗户。就凭他一个小孩子的力量，没有办法把沉重的长椅垂直竖起来，四周也没有其他可以踩着的东西了。

那么，小林好不容易发现了这个窗户，是不是却连从窗口看一看外面都做不到呢？不，各位读者不用那么担心。绳梯这个道具，就是为这种时候准备的。"少年侦探的七大道具"，这就开始派上用场了。

他从帆布包里把绳梯拿出来，将其展开，就好像牛仔投掷套索那样，将装在绳梯一端的钩子往窗户上的铁栏杆投去。

失败了三四次之后，只听"咔嚓"一声，他手上已经感觉到了，那个钩子牢牢勾住了一根铁杆。

虽说是绳梯，但这其实是个很粗陋的东西，就是一根长度有五米左右的结实绳子，上面每隔二十厘米左右有个绑好的绳结，蹬在绳结上，就可以借此往上爬。

小林虽然臂力不及大人，但是这些类似器械体操的运动，他可是不会输给任何人的。他毫不费力就爬上这绳梯，成功抓牢了窗户上的铁栏杆。

然而经过仔细观察之后他失望了，这个铁栏杆是深深嵌在混凝土里面的，用万能刀之类的东西是根本没办法把它拆掉的。

那么试着对窗户外面大声呼救，叫人来帮忙呢？不，这么做也基本没希望。窗户外面是荒废的庭院，草木繁盛，离这儿很远的地方有木篱笆，而在木篱笆之外是连道路也没有的荒野。虽说等小孩儿来那片荒野上玩的时候，试着向其求救，大概有得救的可能，但声音是否能传那么远，也很值得怀疑。

况且，如果要发出那么大的叫喊声，在荒野上的人听到之前，应该就会先被二十面相听到了。不行不行，这么危险的事情可不能做。

少年小林感到相当失望。但在失望之余，他也有极大的收获。因为之前他对身处的这座建筑在哪里还没有任何概念，但看了窗外后，他已经完全明白所处的位置了。

各位读者，说只是看一看窗外就明白了所处位置，似乎是挺神奇的。但小林能做到这一点，实在是因为他相当幸运的缘故。

他透过窗户看到原野远处有一幢极富特征的建筑物，在东京这样的建筑只有一座。东京的各位读者，应该知道在户山原矗立着一幢混凝土的大建筑物，形状好似把大人国的鱼板并排放在一起的样子。这岂不就是一个显著的地标？①

---

① 东京的户山原地区曾做过日本陆军的训练场，这里所说的混凝土建筑是军队用过的训练设施，现在已不存在。

少年侦探将那座建筑物与贼巢之间的距离和方位关系牢牢记住，然后从绳梯上下来。接着他又打开帆布包，拿出笔记本和指南针，一边测定方向，一边开始画地图。画完一看便完全明白了，他身处的建筑物是在户山原北侧偏西的一个角落中。这样，道具中的指南针也派上用场了。

然后他看了看表，现在才刚过早上六点钟。头顶上的房间还很安静的样子，二十面相可能还在呼呼大睡。

"啊，真是遗憾，好不容易来到了二十面相躲藏的地方，还查清楚了具体位置，却不能把怪盗给抓起来。"

小林紧握着小拳头，感觉相当懊悔。

"如果我的身体能变得像童话中的仙女精灵那么小，就可以拍拍翅膀从那个窗户飞出去了。然后我就可以立即通知警视厅，叫警察来这里把二十面相捉住。"

他正如做梦一般想着事情，叹着气，然而这奇怪的空想却令他突然想到了一个绝妙的主意。

"哎呀，我可真是笨蛋哪。这不是轻而易举就能办到的事吗？我不是有小哔啵这架飞机在身边吗？"

想到这主意，他兴奋得脸都红了，心禁不住怦怦直跳。

小林用兴奋到颤抖的手在笔记本上写下了贼巢所在的位置，并写明自己是被关押在地下室里面，然后将这张纸撕下来，小心翼翼地折叠起来。

然后他从帆布包里把信鸽哔啵给拿出来，将这张纸条塞进鸽子腿上绑着的信筒里面，并仔细将筒盖盖紧。

“好了，小哔啵，终于到了需要你立大功的时候了，一定要好好干呀。千万不要到别处去乱飞，听着，要从那个窗户飞出去，然后赶快飞到夫人那里去。”

小哔啵停留在少年小林的手背上，可爱的眼睛滴溜溜转，安静聆听着主人的命令，然后似乎听懂了似的，勇敢地张开翅膀，在地下室中飞了两三圈后，“嗖”一下就飞出了窗子。

“啊，这下好了！只要十分钟，小哔啵就能飞到明智夫人那里去吧？夫人读了我写的信应该会吓一跳，但她肯定会立刻给警视厅打电话，然后警察就会马上赶到这里。得用三十分钟？四十分钟？无论如何，不出一个小时，怪盗肯定就落网了。而我就可以从这个地下室出去了。”

小哔啵已经飞远不见了，少年小林眺望着天空，脑中转着这些念头，有些入了神。因为他太过于投入，连天花板上那个陷阱盖打开了都完全没有察觉到。

“小林君，你站在那个地方干什么呢！”

熟悉的二十面相的声音，突然犹如惊雷一般直击少年的耳朵。他吃了一惊，抬头一看，天花板上出现了四方形的洞口。与昨天晚上一样，怪盗装扮成老翁的那张脸从洞口露出来，正向下窥视着。

啊，会不会小哔啵飞出去的时候正巧被他看见了呢？

小林不由得变了脸色，直盯着怪盗的脸。

奇特的交易

"少年侦探，昨天晚上睡得如何啊？哈哈……哦，瞧瞧窗户上挂着什么呢，一根黑绳子吗？哈哈，看来你是早准备好绳梯这种东西了。佩服佩服，你实在是个很有趣的小孩儿呢。但是窗户上的铁栏杆凭你的力量可绝对拆不下来。你是不可能有任何机会从这里逃出去的，真是可怜呢。"怪盗对他施以可恶的嘲笑。

"嗨，早上好。我就没想过逃跑这种事。待在这里挺舒服的，我蛮喜欢这间屋子的。我打算在这里好好住下来。"

少年小林也毫不示弱。虽然他一时因为担心信鸽被怪盗察觉而心跳剧烈，但从怪盗的口风来看，似乎他并没有察觉，于是小林完全放心下来。

只要小哔啵平安飞到侦探事务所，就能分出胜负了。无论现在二十面相讲多少恶言恶语，都不算什么。小林已经清楚最后的胜利是属于自己的。

"待在这里挺舒服？哈哈哈……我越来越佩服你了。果然称得上是明智侦探的左膀右臂，气度非凡哪。但是小林君，我看你还是有些事情需要担心的。你现在总该觉得肚子饿了吧？要是被饿死可就不舒服了。"

此时，夫人可能已经收到了小哔啵的报告，大批警察可能正往这边奔来，这家伙还蒙在鼓里，在这儿说傻话呢。小林嘴上什么都不说，心里却对怪盗暗暗嘲笑着。

"哈哈哈……看来你没什么力气了呢。让我告诉你一件好事吧。只要你肯付出代价，我就让你吃上香喷喷的早饭。不不，我说的代价不是钱，是你持有的手枪。你只要把手枪乖乖交给我，我立刻就让厨师把早饭拿过来。"

尽管这怪盗说得大言不惭，但果然还是有些害怕手枪。用食物作为交换把手枪弄到手，也真亏他能想出如此好主意。

少年小林因为相信自己很快就能得救了，所以忍住不吃东西也没什么，但转念一想，自己如果表现得太过胸有成竹，恐怕会引起对方的怀疑。再者说，反正手枪已经没什么用了。

"虽然很不甘心，但也只好答应你了。其实我的肚子已经饿瘪了。"他故意用不情愿的口气回答。

怪盗并没有察觉出他在演戏，还以为自己的计谋得逞了，得意扬扬地说："呵呵……看来少年侦探也是抵挡不住饥饿的啊。好好，我这就把食物放下来。"他说着就又把陷阱盖给关上了，很快，从天花板上面隐约传来他命令厨师的声音。

二十面相打开陷阱盖并再次露出脸来，已经是二十分钟之后了。

"看，我把热乎乎的早饭给你送过来了。但是，你得先把饭钱付给我。来，把你的手枪放在这个篮子里。"

一个用绳子吊着的小篮子，晃悠悠地落了下来。少年小林照他的吩咐把手枪放在里面，篮子又迅速被拉回到天花板上去了，接着又落了下来，这次里面并排放着三个还冒着热气的手握饭团，还有火腿、煮鸡蛋和茶壶。对一个囚徒来说真是不错的招待了。

"好了，你就慢慢吃吧。只要你肯继续付出代价，什么好吃的都可以给你。到午饭的时候，就得用钻石来换啰。真是可怜，好不容易弄到手的东西，还是要一颗一颗送到别人手上。但无论多么遗憾，总不能用钻石来喂饱肚子。也就是说，你那些钻石将全部还给我，一颗接着一颗……哈哈哈，做个饭店老板真是非常有趣呢。"

二十面相对如此奇特的交易感觉开心到不行。但是，他不急不忙地做着这样的事，真的能把钻石全部都拿回去吗？

还是说在那之前，他自己就会沦为阶下囚呢？

少年小林的胜利

二十面相就蹲坐在陷阱的旁边，将刚刚从下面弄上来的手枪放在手掌上抛起落下地把玩，简直得意至极。就在他还想继续讲些嘲笑的话来捉弄小林的时候，传来有人从二楼急跑下来的脚步声，厨师一脸惊恐地突然出现在他面前。

"出大事了！……有三辆车过来，上面坐满了警察……我从二楼窗口看到了，他们已经在门外了……再不逃就来不及了！"

啊，小哔啵圆满完成使命啦！警察队伍已经到了，而且比小林预期的来得更快。少年侦探在地下室中听到上面的动静，高兴得欢呼雀跃。

这出乎意料的打击，令如此厉害的二十面相也彻底惊呆了，他嘴里叫了一声"什么？"便迅速站起来，连把陷阱盖合上都忘记了，立刻就往大门口跑过去。

但是这个时候已经晚了，已经可以听到有人在外面猛烈拍打大门。他把眼睛贴在大门旁的窥视孔上往外一看，只见外面黑压压一片都是穿制服的警察。

"混账！"二十面相气得浑身发抖，接着就往后门那边跑去。但是他刚跑到半路，就听到后门也已经被拍得震天响。这个贼巢已经被警察完全围困了。

"老大，已经完蛋了，逃不出去了！"厨师绝望地叫喊起来。

"没办法了，去二楼！"

二十面相打算躲进二楼阁楼的密室里去。

"那也不行，马上就会被发现的。"

厨师带着哭腔这么叫喊着。但怪盗不管不顾，突然抓住厨师的手猛拉硬拽，把他拖到通往阁楼密室的楼梯上去了。

两个人消失在楼梯上没多久，正门处发出巨响，随着整扇门倒下来，几名警察冲进了屋内。几乎就在同时，另有几名警察也打破后门冲了进来。

指挥官就是人称"警视厅之鬼"的搜查系中村系长。系长命令屋前屋后所有重要的地方都要有警察把守，剩下所有的人由他亲自指挥，一个房间一个房间地进行彻底搜查。

"啊，这里！这里有个地下室！"

有一个警察在那个陷阱上面喊叫起来，很快赶来了不少人，在陷阱旁蹲下一看，就看到了在昏暗的地下室中有个人，那正是少年小林。

"有人！有人！你就是小林君吧？"

他们刚开口询问，急不可耐的少年就喊道："是我没错，请快把梯子放下来！"

另一边，警察对一楼的每一个房间都毫无遗漏地进行了搜查，但哪里都找不到怪盗。

"小林君，你知道二十面相往哪边跑了吗？"

身穿古怪服装的少年刚从地下室被救上来，中村系长便急忙向他询问。

"刚才他还站在这个陷阱旁边的。肯定不会逃到外面去的，会不会是在二楼。"

少年小林的话音刚落，从二楼就传来了异常响亮的吼叫声："快来人！是怪盗，抓住怪盗了！"

听到这声喊叫，所有人都一窝蜂冲到走廊尽头的楼梯口。随着一阵嘈杂的皮靴踩踏声，众人跑上楼梯，进入阁楼密室中。这里只有一扇小窗，所以室内好似黄昏时一般昏暗。

"就这里，就这里，快来帮忙！"

在昏暗的光线中，只见一名警察正试图压住一个白发白须的老头儿，还发出叫喊。这老头儿看来颇能打斗，还试图翻过身来，要将警察压制住。

先抵达的两三个人立刻也压到老头儿的身上，后面陆续又压上了第四、第五、第六个人，最后所有警察层层叠压，把怪盗压得严严实实。

到了这地步，再凶悍的贼也无法抵抗了。接着他就被两手拗在背后绑了起来。

白发苍苍的老头儿泄了气，瘫倒在房间角落里，这时中村系长带着小林进了密室。这是要验明正身。

"二十面相就是这个家伙，没错吧？"系长如此询问。

少年立刻点头回答道："没错，就是这家伙，二十面相就是化装成这个老头儿的模样。"

"你们把这家伙押送到警车上去，千万别大意。"系长下了命令。于是警察们将老头儿围在当中，下楼去了。

"小林君，你这下可立了大功了。明智从国外回来肯定会吓一跳吧。被你逮住的可是二十面相这个大贼啊。明天，你的名字就要传遍全日本啦！"

中村系长抓住少年名侦探的手，好似已经难以表达感激之情，越抓越紧不想松开。

于是这场战斗以少年小林的胜利而告终了。观音像一开始就没有交给怪盗，六颗钻石也完好存放在小林的帆布包里。这胜利简直就是没有半点儿缺憾的。怪盗耗费了那么多苦心，结果不仅什么都没有得到，被他关押的少年小林也被救出，他自己也沦为了阶下囚。

"真是感觉像在梦里一样，居然战胜了二十面相。"小林因为兴奋而脸色微微有些发白，似乎他自己也不敢相信。

少年侦探因为逮住怪盗而高兴得过了头，却忘记了一件事情，那就是二十面相的厨师去哪儿了。他到底是藏到什么地方去了呢？经过那么严密的搜查，却压根儿没发现此人，这实在是不可思议。

他不可能是找到什么机会逃走的。如果厨师都能找到一个机会逃走的话，二十面相肯定也能逃走。那么，他是藏在这幢建筑中什么地方了吗？但这又是不可能的。大批警察进行了严密的搜查，想想都不可能出这么大一个纰漏。

各位读者，请先合上本书思考一下。这个厨师莫名其妙就消失无踪了，这到底意味着什么呢？

可怕的挑战书

在户山原的搜捕行动过去大约两个小时后，警视厅一间阴森森的审讯室中，开始了对怪盗二十面相的审讯。这间毫无装饰、昏暗的房间中放有一张桌子，中村系长和仍然保持老翁装扮的怪盗对视着。

怪盗的双手仍然被反绑在身后，以一副旁若无人的样子叉开腿站着。他从一开始就像哑巴一样紧闭着嘴，一句话也不说。

"首先，让我看一看你的本来面目吧。"

系长靠近怪盗，突然伸手将他的白色假发一把扯了下来，这样就出现了一个长着黑色头发的脑袋。接着，系长又把他粘满整张脸的假胡须也扯了下来。怪盗的真面目终于彻底暴露了。

"哎呀，真没想到你原来是个丑八怪。"

系长这么说着。也不怪他浮现出吃惊的表情，只见怪盗额头狭窄，眉毛歪歪扭扭还很短，下面是骨碌碌转动着并发亮的大圆眼睛，塌陷的鼻梁，合不起来的厚嘴唇，看上去根本不像个聪明人，反倒是类似野蛮人般异常的相貌。

先前也说过，这个怪盗能易容出许多种不同的相貌，根据场合他可扮作老人、青年甚至女人，简直就是个怪物。别说是一般人，就算是警察们也完全搞不明白他真实的容貌到底是什么样。

但不管怎么说，他现在这张脸也实在是太过难看了。难道说这张好似野蛮人的脸也是化妆的结果？

中村系长无法遏制心中不可思议的感觉，他直盯着怪盗的脸，不由自主地大声吼道："喂！这真的就是你的本来面目吗？"

这真是个奇怪的问题。但他就是忍不住，问出了如此蠢笨的问题。

尽管怪盗仍然一言不发，可他那合不上的嘴却咧得更大了，发出"嘿嘿"的笑声。

中村系长见此情景，不知为何背上一寒。他似乎已经感觉到，眼前正在发生某种令人难以想象的怪事。

系长为了掩饰自己的惊恐情绪，更加靠近对方，伸出两手开始狠拽怪盗的脸。他扯着怪盗的眉毛，又按下鼻子，还捏脸颊，就像玩弄面人一般。

但是，即便这样检查，也没有发现怪盗有易容的迹象。难道说曾经变身为那个俊美青年羽柴壮一的怪盗，实际上就长着这样一张怪物般的脸？这实在是太出人意料了。

"呵呵呵……太痒了，你别闹了，太痒了。"

怪盗终于开口说话了。但这是多么没有气势的话啊，难道他说话的口气也是伪装的，做这一切就是为了要捉弄警察吗？还是说，难道……

系长感到心中一紧，再一次紧紧盯住怪盗的脸看。他的脑海中闪过一个非常荒唐的念头。啊，可能会发生这种事吗？这就是个荒谬的空想，完完全全不可能。然而系长已经无法忍耐下去，必须要确认一下了。

"你到底是谁？你到底是什么人？"

这又是奇怪的问题。话音刚落，怪盗好像就等着这个问题到来似的，立刻回答："我嘛，我名叫木下虎吉，是个厨师。"

"住口！你还想靠这种傻兮兮的话来敷衍我吗？告诉你，不可能！立刻给我说真话，二十面相不是人人都知道的大盗贼吗？就不要再耍这种卑鄙伎俩了！"

系长原本以为一通吼叫会让对方老实，但没想到，不知什么原因，怪盗突然就开始哈哈大笑了。

"哦哟，二十面相？你说我是吗？哈哈哈……你这话可真是奇了怪啦。你以为二十面相会是我这么一个丑陋男人吗？警官先生可真是没眼光啊。你难道还没有明白过来吗？"

中村系长听到此话，不由得整张脸都失去了血色。

"给我住口，别再胡说八道了！怎么可能有这种荒唐事情。你就是那个二十面相，少年小林已经指证过了。"

"哈哈哈……就是因为你们彻底搞错了，所以才让人没法儿不笑。我呀，其实什么坏事都没有干，就是个厨师。我不知道什么二十面相，我只是在十天前被雇到那个宅子里面的厨师虎吉。你要不信，到我们总厨师傅那里去查一查，就马上一清二楚了。"

"那么，一个清白的厨师为什么要装扮成这么个老头儿？"

"这个嘛，其实我就是突然被他给制伏了，他强迫我换上这衣服，还给我戴上了假发，我也很是莫名其妙。警察们冲进来的时候，雇主就已经抓住我的胳膊跑到阁楼里面去了。那个阁楼里面是有密室的，在那里面放着不少用来变装的衣服。雇主从那些衣服里面找出警察的制服、帽子等，迅速穿戴在自己身上，接着又把他刚才穿在身上的衣服给我穿上，然后突然一边高喊'抓住怪盗啦'，一边把我按住不让我动弹。现在回想起来，他就是演这么一出戏，冒充警部大人您手下的警官，装作是发现了二十面相并猛然扑上去。因为阁楼里面很暗，在那样的混乱当中不可能认清楚人脸。我反正是什么办法都没有的。毕竟，那位雇主简直是力大无穷。"

中村系长面色铁青，默默无言，猛地拍响桌面上的呼叫铃。接着进来一名警官，他命令其立刻把今早包围户山原旧宅的警察中负责看守正门、后门的四个人叫过来。

不一会儿走进来四名警察，系长面目狰狞地瞪着他们。

"逮捕这个家伙的时候，有没有人从那个房子出去？那个人有可能穿着警服。有没有谁看见？"

听到问题，有一名警察回答："说起来确实有一个警察出去了。

他冲我喊'二楼抓住盗贼了，赶快去'，我们就赶紧跑到楼梯那边去了，他却反而往外面跑了。"

"为什么这件事到现在才告诉我！你难道没看见那个男人的脸吗？就算他穿着警察的制服，可只要看看他的脸，不就能立刻知道他是假扮的吗？"系长额头上暴出可怕的青筋来。

"这个……当时没来得及看清他的脸。他像一阵风似的跑过来，又像一阵风似的跑去外面了。不过我们也感觉有些奇怪，问他要去哪里，那个男人就一边叫喊说打电话，系长命令他去打个电话，一边就跑掉了。在逮捕现场说去打电话，也并非没有先例，所以我们也没有继续怀疑他。而且我们以为怪盗已经被抓住了，就把那个有警察跑出去的事忘记了，所以没有报告。"

这番话听上去确实是合情合理。但也正因如此，更反映出怪盗的计谋实在是随机应变，而且准备得无比周到，实在令人惊讶。

这下没什么可怀疑的了。站在面前的这个好似野蛮人、长相丑陋的男人绝对不是什么怪盗，他不过就是个厨师。出动了几十名警察，大大折腾了一番，却只抓了个无足轻重的厨师，系长和四名警察想到这一点简直欲哭无泪，却也只能一脸茫然地面面相觑了。

"说起来啊，警部先生，我这里有一封雇主写的信，他叫我交给你。"

厨师虎吉拉开上衣前襟，拿出一张皱巴巴的纸，递给系长。

中村系长猛地把这张纸抓过来展开，快速读了一遍，只见他一边读，同时整张脸因愤怒而变得逐渐青紫。

这张纸上写着以下这段对他极尽嘲讽的文字：

> 请代我向小林君表达敬意。他实在是个了不起的孩子，我甚至觉得他太可爱了。但是，无论小林君有多么可爱，我也不能因他而牺牲了我的身家性命。虽然对那个沉醉在胜利中的小孩子来说，这很可怜，但需要给他一点儿现实世界的教训。请你转告他，凭他小孩子的本事，想与我二十面相作对是不可能的，趁早死了这条心。他如果冥顽不灵，可就不知道最后会如何了。顺便我也对诸位警官们稍微透露一下我的计划吧。我觉得羽柴先生有些可怜，所以今后不会再对他做什么了。而且老实讲，我也不能长久执迷于他那寒酸的藏品室，我可是很忙的。事实上我已经有更大的目标了。那将是怎样的大事业，想必诸位近日便可耳闻。那么，就请到时候慢慢欣赏吧。
>
> 二十面相敬上
> 致中村善四郎先生

各位读者，非常遗憾，二十面相与少年小林之间的战斗，到最后还是以怪盗获胜而告终了。而且二十面相居然还嘲讽羽柴家的藏品室寒酸，吹嘘要做下一番大事业。他所说的大事业到底指的是什么呢？下一次恐怕不是少年小林可以应付得来的了。人们一直期盼着的明智小五郎，也即将回国了。

啊，名侦探明智小五郎与怪人二十面相各自运用智慧进行的决斗，岂不令人翘首以盼？

美术城堡

伊豆半岛的修善寺温泉往南四公里左右，在下田街道的山路上，有一个孤零零的村庄叫谷口村。这个村庄旁边的森林中，矗立着一座奇怪的城堡状建筑。

这建筑四周建有高耸的土墙，土墙上面还插着顶端非常尖锐的铁棒，密密麻麻插得犹如针山一般。而在墙里面，还环绕着一条宽达四米的壕沟，沟内有清澈的水在流动，其深度可以将一个成人完全淹没。这些全都是为阻止他人靠近而苦心设置的。就算有人可以爬过针山土墙，下面还挖有绝对难以跃过的壕沟。

而在院子中央，有一座很大的建筑物，虽然并非如古代天守阁①那般，但其外部整体是厚实的白墙，窗户很小，简直就像是许多仓库集合而成的似的。

附近的人都把这座建筑叫作"日下部之城"，当然这并非是真正的城堡。这样的小村子附近当然是不可能有城堡的。

那么，这座防守严密到堪称荒唐地步的建筑物，到底是什么

---

① 天守阁：日本城堡中最重要的部分，一般是一个城堡建筑群中的最高建筑，其外墙颜色在古代大多是黑色的，但进入江户时代后，日本城堡基本丧失军事意义而成为权威的象征，外墙绝大多数是白色。

人在居住着呢？在没有警察的战国时代或许还能理解，但在现如今，无论是多么有钱的财主也实在不需要将宅邸修建得如此固若金汤。

"请问那座宅子里面住着什么人啊？"每当有路过的游客问起，村里人就会习惯性地回答："那个啊，哎呀，就是叫日下部的疯癫老爷的城堡。他太害怕财宝被人偷走了，也不跟村里人交往，就是个怪人。"

日下部家祖先世代都是这个地界上的大地主，但到了如今左门这一代，大部分的土地已经基本转到了别人手里，剩下的就只有这座城堡似的宅邸，还有其中所藏的数量惊人的古代名画。

左门老人是个疯狂的美术品收藏家。他的美术品主要就是古代的名家画作，包括雪舟①、探幽②等在小学生书本中都会出现的古代大画师，画作几乎都没有遗漏地在此处收藏着。数百幅收藏画作中的大部分都是堪称国宝的杰作，甚至有传言说其总价值恐怕要达到数十亿日元了。

因此，日下部家的宅邸造得如此防卫森严也就可以理解了。左门老人将这些名画看得比自己的性命都重要。他只要一想到有可能会有小偷来偷他的画，就算在睡梦之中也会惊醒过来。

就算挖了壕沟，就算在土墙上插满了铁棒，他仍然不能安心。到后来，他每次接待来访者，都会不自觉地怀疑对方是要来偷画，

---

① 雪舟（1420—1506）：日本室町时代画家。
② 探幽：即狩野探幽（1602—1674），日本江户时代画家，狩野派代表。

因此连那些老实本分的村民们他都渐渐不往来了。

于是左门老人便一年到头都待在他的城堡里，成天欣赏他收集的名画，几乎不走出去。因为太热衷美术品，他没有娶过妻，自然也就没有孩子，就这样一直过着好似名画看守者的生活，时至今日他即将迈入六十岁的门槛了。

总之，这位老人就是这座美术城堡的奇怪城主。

今天老人也在这座白墙仓库似的建筑深处的一个房间中，在众多古今名画的包围中，纹丝不动地坐着，好似在做着美梦。

户外温暖的阳光将空气烤得暖洋洋的，但这个房间只有一扇小窗户，为了安全还安装了铁栏杆，因此室内简直如牢房一般阴冷昏暗。

"老爷，打扰了。有您的一封信。"

房间外的一个上了年纪的男佣说道。宅邸面积虽大，但用人却只有房间外这个老用人和他妻子两个人。

"信？少见啊，你拿进来吧。"

听到老人的回答，沉重的房门被缓慢地推开了，与主人一样满脸皱纹的老头儿手上拿着一封信走了进来。

左门老人接过信，翻过来看了看，奇怪的是没看到信封上有寄信人的姓名。

"这是谁寄的呢？没见过这样的信……"

收信人确实写的是日下部左门先生，所以他还是拆开了信封，开始读信。

"老爷，怎么了，上面是写了什么让您担心的事吗？"

老用人突然喊道。因为左门老人在看过信后脸色剧变。他那张没有胡须、满是皱纹的脸上所有的血色都消失了，嘴唇也不住颤抖着，可以看到他嘴里已经掉了牙齿，老花镜后面那双小眼睛中露出惊恐不安的目光。

"不，没、没什么事！反正是你不会明白的事。你给我出去！"

他用颤抖的声音厉声呵斥，把老用人给赶了出去，但肯定不会如他说的那般没事，毕竟从这老人现在的状态看，他就算立刻昏厥过去恐怕也不奇怪。

实际上，那封信上清清楚楚地写着如下令人惊恐的内容：

> 未经他人介绍就突然给您写信，请多包涵。不过，虽然没有他人介绍，但鄙人是何许人也，恐怕您通过报纸也有所耳闻。
>
> 写这封信的目的，简单而言，即鄙人已决心将贵府秘密珍藏的古画，一幅不留全部取走。即将到来的十一月十五日夜，必将拜访府上。
>
> 若突然登门打扰，伤及您年迈贵体，鄙人于心不忍，因此先就此通知。
>
> 二十面相
> 致日下部左门先生

啊啊，怪盗二十面相终于还是盯上了这躲藏在伊豆山中的美术品收集狂了。他假扮警察从户山原的旧宅逃出，至今已经差不多一个月了。在此期间，谁都不知道怪盗藏在何处，在干什么。恐怕他是在营造新的藏身之处，召集手下，策划第二起、第三起可怕的阴谋吧。而他最先伸出魔爪的目标，竟然是处于深山之中的这座日下部的美术城堡。

"十一月十五日夜，就是今夜。啊，我该怎么办啊……被二十面相给盯上了，那不就等于我的宝贝们已经全丢了吗？那个家伙是连东京警视厅也没办法对付的可怕盗贼，这穷乡僻壤的警察更加不是对手了。啊，我这下是完了！这些宝贝要是都被人拿走了，那我干脆死了算了！"

左门老人突然站起来，急火攻心一般，开始在房间中来回转圈，走来走去。

"啊，天要亡我，已经躲不过这一劫了！"

不知不觉间，老人那张铁青、扭曲的脸上已经布满了眼泪。

"等一下，我好像记得……那个是谁来着……我记起来了，为什么到现在才想起来呢……果然神灵还没有抛弃我啊。如果有那个人来帮我，我可能就得救了！"

左门老人似乎想起了什么，脸上稍微恢复了一些生气。

"喂，作藏，作藏在不在？"

老人走出房间，"啪啪"地拍着巴掌，高声呼叫老用人过来。

听到主人的紧急呼叫，老用人立马赶来。

"赶快，去给我把《伊豆日报》拿过来。我记得应该是前天的报纸吧，不管了，把三四天以内的报纸全都给我拿过来。赶快赶快！"他一脸凶相地发出命令。作藏慌忙去整理并抱过来一大堆名为《伊豆日报》的地方报纸。老人接过报纸后，立刻便一张一张地翻看社会版，果然在前天即十一月十三日的消息栏中发现如下一条新闻：

明智小五郎来访

号称"私家侦探第一人"的明智小五郎先生长期前往外国出差，近期终于完成使命回到东京。为缓解疲劳，他本日投宿于修善寺温泉富士屋旅馆，预计将在此地停留四至五日。

"就是这个，就是这个！能够与二十面相较量的人物，除了这位明智侦探没有别人。发生在羽柴家的盗窃事件，只靠他手下一个叫小林的少年助手，就发挥了那么大的作用，如果是少年小林的老师明智侦探出马，肯定能拯救我免遭此灾。无论用什么手段，一定要把这位名侦探拉来帮我。"

老人一边自言自语，一边把作藏的妻子叫来伺候他更衣，然后他关紧了放宝贝的房间的门，从外面上了锁，叫这两个用人在门前好好看守，便慌慌张张地出门了。

当然，不用说，他要去的地方是附近的修善寺温泉富士屋旅馆。他要到那里去面见明智侦探，拜托他保护自己的那些宝贝。

啊，人们期待已久的名侦探明智小五郎，终于归来了。而且，正所谓合天时，应地利，简直就像是商量好了似的，明智小五郎所住宿的温泉正巧就在二十面相计划劫掠的目标附近。对于左门老人而言，这实在是求之不得的大好事。

名侦探明智小五郎

身材矮小的左门老人身披一件灰褐色斗篷，沿着长长的坡道一个劲儿地快步小跑。尽管如此，等他抵达富士屋旅馆也已经是下午一点左右了。

他询问旅馆前台："请问明智小五郎先生在吗？"得到的回复是明智先生去旅馆后面的山谷溪流那边垂钓了。于是他请女佣带路，又快步朝山谷溪流那边走去。

在这条溪流经过的地方，有不少好似踏脚石的大块岩石露出水面。其中面积最大的一块平整的岩石上，一名身穿长袍的男子弓着背坐着，眼睛盯着身前垂下的钓竿。

"那位就是明智先生。"

女佣走在前头，在那几块岩石上连续跳了几步，到了那个男人的身边。

"先生，不好意思，这位老先生说想要见一见您，他是特意从很远的地方过来的。"

听到声音，穿长袍的男人一脸不耐烦地转过脸来，呵斥道："干吗这么大声，鱼都让你吓跑了！"

只见此人一头乱蓬蓬的头发，有些苍白的脸拉长着，犀利的眼神，高鼻梁，没有胡须，嘴唇线条有力，确实是照片上曾经见过的那位名侦探明智小五郎。

"您好，这是我的名片。"左门老人将名片递上去，接着说，"我是因为有事想拜托先生，因此前来拜访。"说着就微微弯了下腰。

明智侦探将名片接了过去，却并没有仔细看，用敷衍的口吻说："啊，是吗？那么你有什么事？"一边说一边还在注意着钓竿。

老人先吩咐女佣回去，看着她走远了，才接着说："先生，我今天收到了这样一封信。"他从怀中取出那封二十面相的犯罪预告信，将它递到仍然盯着钓竿的侦探面前。

"啊，又逃了……真是麻烦啊，老是打扰我钓鱼。信？这封信跟我又有什么关系呢？"

明智的态度仍然极为冷淡。

"先生，您不知道人称二十面相的那个盗贼吗？"

左门老人心中已稍有怨气，口气也尖锐起来。

"哦，二十面相啊。你是说二十面相寄来了这封信吗？"

名侦探并没有任何吃惊的样子，仍然和先前一样盯着钓竿。

老人也没办法了，只好自己把怪盗的预告信读了一遍，接着把"日下部之城"中藏着哪些宝物，详细介绍了一遍。

"啊，原来你就是那座奇怪城堡的主人？"

明智好像产生了一些兴趣，身体转过来朝向老人。

"正是如此。那些古代名画都是比我自己性命都重要的宝物。明智先生，请一定要救救我这个老头儿。拜托您了！"

"那么，你具体想要让我怎么做呢？"

"请您立刻到我的家里，保护我那些宝物。"

"这事你报告警察了吗？与其来找我商量，我想你首先应该寻求警察的保护吧。"

"不，就别提了。恕我直言了，与其找警察，不如拜托先生。能够与二十面相分庭抗礼的，我相信除了先生之外再没其他人了。再说，这里只有一个小小的警察署，要从别的地方叫来有本事的刑警也得花时间。可二十面相今夜就要来我家偷东西了，实在是没时间了。今天，先生正好在这个旅馆，简直就是上天助我。先生，恳求您一定要帮帮我呀。"

左门老人双手合十，拼命恳求明智。

"既然你都说到这个地步了，那我就先揽下这事吧。二十面相毕竟也算是我的敌人。其实我早就在等他现身，都等得不耐烦了。那我就跟你走一趟吧。不过在那之前，我必须先与警方商量一下。等我回旅馆给你打电话吧。为了以防万一，我会拜托两到三名刑警过来支援的。请你先回去吧。我会和刑警一起过去。"

明智的口气渐渐热情起来，已经完全不去看钓竿的情况了。

"太感谢了，太感谢了，我这就好比得了百万天兵相助呀！"老人抚着胸口，一遍又一遍地重复着感谢的话。

不 安 的 一 夜

日下部左门老人在修善寺附近坐上雇的小汽车，飞快返回谷口村的"城堡"后，过了不到三十分钟，明智小五郎一行人也抵达了。

这一行人除了身穿整齐黑色西装的明智侦探外，还有也穿着西装、体格健壮的三名绅士，他们都是在警察署工作的刑警，各自将写有警衔的名片递上，与左门老人打了招呼。

老人立刻带领四人前往宅邸里面收藏名画的房间，向他们展示墙壁上挂着的卷轴，还有装在箱中、堆积在架子上的数量惊人的国宝级画作，并对其来历逐一进行介绍。

"真厉害，实在是惊人的收藏啊。我也很喜欢古画，一有空闲就去各地的博物馆或寺院观赏画作，但从未见过这么多历史上的名作如这般齐聚一室。也难怪那个喜欢美术品的二十面相会盯上这里，连我都垂涎了。"

明智侦探禁不住连声感叹，对每一幅名画都不吝溢美之词，而且他所做出的评论犹如专家一般详尽，连左门老人也相当吃惊。他心中对眼前这位名侦探的尊敬之情不由得更深了。

接着，他们一起快速吃过晚饭，就开始部署如何保护这些名画。

明智以清晰干练的口吻指挥三名刑警，让其中一人守卫在藏画室内，另一人守在正门，还有一人守在后门，让他们全都彻夜承担警戒职责，一旦发现有可疑的人物，立即吹哨作为警报。

刑警们前往各自的守卫地点，明智侦探将藏画室厚重的门从外面紧紧关上，随后老人将此门上锁。

"我今天晚上就坚持在这扇门前守个通宵了。"名侦探这么说着，便在门前的榻榻米走廊上一屁股坐了下去。

"先生，这样就没有问题了吧？虽然对先生说这种话有些失礼，但毕竟那个对手简直就像会使魔法一样。不知为什么，我还是觉得放不下心来呀。"老人一边观察明智的脸色，一边吞吞吐吐地说。

"哈哈哈……大可不必担心。我刚才已经仔细检查了一遍，这房间窗户上装着结实的铁栏杆，墙壁厚达三十厘米，不是随便敲敲打打就可以打破的，房间里面还有刑警睁大眼睛守卫着。何况，房间唯一的出入口还有我本人通宵值守。这防御严密得真是无以复加了。你大可安心，去睡觉也没事。就算你待在这儿，结果也是一样的。"

明智这么劝说着，但老人就是不肯离去。

"不，我也要通宵守在这里。就算我躺到床上去，肯定也是睡不着的。"

他这么说着，就在侦探的身边坐下了。

"这样啊，也好。我也想有个人跟我说说话。那么我们就绘画鉴赏再切磋一番吧。"

果然是身经百战的名侦探，镇定自若到了令人羡慕的程度。

于是两个人保持着盘腿而坐的姿势，开始谈论起古代名画。不过基本都是明智在说话，老人还是有些心慌意乱，因此无法好好地进行对话。

左门老人感觉已经过了很长很长的时间，似乎有一年那么久，终于到了夜里十二点。

　　明智不时隔着门与室内的刑警打招呼，每次门内都用清晰的声音回答说没有异常情况。

　　"啊，我也有点儿困了。"明智打了个哈欠说，"二十面相那个家伙，今天晚上可能不会来了。如此防卫严密的地方闯也闯不进来……老人家，吸一口这个醒醒神吧。在外国，大家可都大口吸着这奢侈的东西呢。"

　　说着，他打开了放香烟的盒子，自己拿了一根，然后把烟盒递到老人面前。

　　"可能真是这样吧，那家伙今晚应该不会来了。"

　　左门老人拿了一根埃及香烟，不过脸上仍然有些不安的神色。

　　"请放心吧。那个家伙不是个笨蛋。他如果知道我通宵守在这里，绝对不会冒冒失失就跑过来的。"

　　接下来的一段时间，两人都没说什么话，各自想着事情，颇为闲适地吸着香烟，直到香烟完全化成了灰烬，明智又打了个哈欠说："我真的有点儿困了。你也去睡吧。不要紧，没事的，过去说武士会因为马嚼的声音而惊醒，而我作为侦探，一点点轻微的足音也会让我醒过来。我是不会完全沉睡的。"

　　他一边这么说着，一边就在门前平躺了下来，并且闭上了眼睛。不一会儿，就听到了他平稳的呼吸声。

　　看着面前太过从容的侦探，左门老人心里仍然七上八下的。别说睡觉了，这会儿他还努力竖着耳朵，唯恐漏听任何一点儿细微的声响。

　　这时，他感觉自己听到了某种奇怪的声音。是耳鸣吗？还是附近的森林中风吹树梢的声音呢?

他就这样凝神听着,仿佛能清晰地感觉到夜色正越来越深沉。

他的头脑渐渐开始变得空白,眼前也出现了难以看清的雾霭。

突然,他回过神来,竟看见那白色雾霭里面,站着一个浑身黑色装束,只有眼中闪着光的男人。

"啊,明智先生,有贼!有贼!"他禁不住大声喊叫,并且猛烈地摇晃正睡着的明智的肩膀。

"什么事,怎么这么吵啊?哪里有贼嘛。你这是做梦看见贼了吧?"

侦探没有动弹,用好似责备的口气如此说道。

原来如此,刚才是做梦啊,也说不定是幻觉。老人往四周环顾了好几遍,浑身黑色的男人什么的,根本就不存在。

老人感觉气氛有些尴尬,默默地恢复了原先的姿势,又一次开始侧耳凝听。但就像刚才一样,他的头脑中忽然又变得空白,眼前又开始腾起雾霭。

这雾霭一点儿一点儿地变得浓厚,终于变得好似乌云一般黑压压的。老人觉得身体好像坠入了深深的地底,也不知什么时候,竟慢慢地进入了梦乡。

也不知睡了多长时间,睡眠过程中他就像坠入了地狱一般,做着各种可怕的噩梦。等到终于睁眼醒来,老人吓了一跳,只见四周已经天光大亮。

"啊,我这是睡着了。我那么努力地集中精神,为什么还会睡着呢?"

左门老人觉得相当不可思议。往旁边一看，只见明智侦探还保持着昨晚的睡姿，安稳地沉睡着。

"啊，得救了。看来就算是二十面相也害怕明智侦探，到底还是不敢来犯。老天保佑，老天保佑。"

老人抚胸庆幸着，晃晃侦探的肩膀想要唤醒他。

"先生，请醒一醒，已经天亮了。"

明智立刻就睁开了眼，说："啊，睡了个好觉……哈哈哈，看吧，不是什么事都没发生吗？"他一边说一边又打了个大哈欠。

"通宵守护的刑警先生应该很疲倦了吧。已经没事了，等吃了饭，就好好休息一下吧。"

"嗯，好的，那么就请打开这扇门吧。"

老人听他这么说了，就从怀中拿出钥匙，打开门上的锁。门开了，发出"嘎吱嘎吱"的声音。

然而，老人往房间里面扫了一眼，立刻就发出了"啊呀！"一声惊叫，就像被人掐住了脖子。

"怎么了？怎么了？"

明智侦探吃惊地站了起来，往房间里面看去。

"啊，这，这……"

老人连说话的力气也没有了，最终只能吐出几个奇怪的字，用颤抖的手指向屋内。

明智侦探朝里面一看，老人吃惊到如此模样也就不奇怪了。只见屋中的古代名画，无论是墙壁上挂着的，还是收藏在箱中和堆积在架子上的，一个不剩，全部都消失得无影无踪。

那个值守的刑警好似被人打昏了似的，倒在榻榻米上，正"呼哧呼哧"地高声打鼾呢。

"先、先生，偷、偷，都被偷了。我，我，我……"

左门老人仿佛一瞬间就老了十岁，整张脸上表情可怖，恨不得抓住明智质问一番。

恶魔的智慧

啊，又发生了不可思议的事情。二十面相这家伙简直就不是人类，而是某种怪物。这完全不可能的事情居然被他轻而易举就做到了。

明智大步走进房间里，朝正在呼呼大睡的刑警腰上猛然踢了一脚。他似乎因为被怪盗耍了而相当愤怒。

"喂喂，给我起来。我是请你到这里来睡觉的吗？你给我看看，这里所有东西都被偷了！"

刑警终于直起身来，好像还在做梦似的，一副恍恍惚惚的样子。

"呃，呃，什么东西被偷了？啊，我是彻底睡过去了……哎呀，这是哪里啊？"他睡傻了似的，昏沉沉地环顾房间。

"你给我清醒一下！我看你是被麻醉剂搞昏迷了吧！回想一下，昨晚上发生什么事了？"

明智抓住刑警的肩膀，粗暴地摇晃。

"啊，这，哦，你是明智先生啊。啊，对了，这里是日下部的藏画室。完了，我中了招了！是的，就是麻醉剂。昨天深夜，我感到有个黑影来到我的身后。然后，然后……我闻到一种不知道是什么的气味，我的口鼻就被捂住了。接着我就什么都不知道了。"

刑警终于清醒过来，一副愧疚的样子，环顾着空荡荡的藏画室。

"果然是这样。那么，守在正门和后门的刑警，可能也中了同样的招了。"

明智自言自语着，飞快地跑了出去，不一会儿，就听到从厨房那里传来他大声的呼叫。

"日下部先生，请快来下这里！"

老人和刑警不知怎么回事，循着声音跑过去，明智站在男佣房间的入口处，用手指着里面。

"我在正门和后门连刑警们的影子都没看到。不仅如此，你看看他们这副可怜样，真惨。"

定睛一看，只见男佣房间的角落里，作藏和他的老婆都被反绑了双手，嘴巴也被塞住，两人倒在地上。这当然是怪盗干的，显然是为了不让两个用人来捣乱，事先就把他们捆起来了。

"啊，这到底是怎么回事！明智先生，你说这是怎么回事啊？"

日下部老人已经陷入半疯狂状态了，逼近明智追问。他看得比自己性命都重要的宝贝如梦般一夜之间全部消失了，也难怪他要疯了。

"唉，真是太对不起了。我也不知道二十面相竟然手段如此高超。小看了对手，这是我失策了。"

"失策？明智先生，你说一句失策就完了，我可怎么办啊……名侦探，都说你是名侦探，没想到却如此无能……"

老人的表情犹如恶鬼一般，充血的双眼狠狠瞪着明智，一副立即就要扑上去拼命的架势。

明智似乎相当惶恐，一直低着头。过了一会儿，他又一下子抬起头来——这位名侦探竟然笑了。一丝笑容逐渐扩散至整张脸，到最后，好像有什么特别特别好笑的事让他实在憋不住似的，他开始放声大笑起来。这到底是怎么回事？

日下部老人这下是彻底呆住了。明智是不是因被怪盗捉弄而太过不甘，以致精神失常了？

"明智先生，你在笑什么？现在这情况有什么好笑的吗？！"

"啊哈哈哈……多好笑啊。名侦探明智小五郎，实在是身败名裂了呢。就好像小孩子被玩弄于股掌之间，轻而易举就中了招呀。二十面相这家伙确实是太厉害了。我非常佩服他。"

明智的样子越来越奇怪了。

"这，这，明智先生，你这是怎么了，现在是夸奖盗贼的时候吗？你这都是什么话呀。啊，赶快把作藏两个人松绑吧，这太可怜了。刑警先生，你干吗还发呆，还不赶快把绳子给解开，把他嘴里塞的东西拿了，好让作藏说下抓贼的线索啊。"

因为明智看上去相当靠不住，日下部老人慌慌张张地开始像侦探一样发号施令起来。

"喂，老人家不是下命令了吗？把绳子解开。"明智对刑警使了个奇怪的眼色。

于是，一直呆呆站着的刑警马上立正站直，从口袋里面拿出一捆绳子，转到日下部老人的身后，"啪"一下突然用绳子套住老人，然后就开始一圈一圈地把他捆起来。

"这，干什么！啊，怎么每个人都发了疯。你把我捆起来是想干什么？不要捆我，把躺在那里的两个人解绑才对。这，别捆我啊。"

但是刑警的手根本没停下，一言不发地把老人的两手反绑在身后，将他捆住了。

"这，疯子！这是干什么，痛，痛！我跟你说，这很痛！明智先生，你还在笑什么？赶快松开呀！这个男人好像是疯了，赶快把绳子给我解开。喂，明智先生，我叫你呢！"

老人已经完全被搞糊涂了。眼前的所有人都疯了吗？如果不是这样，没有道理把拜托帮忙的事主给绑起来呀？而且侦探还在旁边一边看一边不停地笑，简直莫名其妙。

"老人家，你这是叫谁呢？听你是在叫明智。"

明智本人竟然说出了这样的胡话。

"你在开什么玩笑？明智先生，难道你连自己的名字都忘了？"

"是叫我啊？原来你是把我当作明智小五郎了？"

明智脸上一本正经的，可说的话却越来越古怪了。

"当然是叫你啊！你在说什么胡话……"

"哈哈哈……老人家，我看你才是糊涂了。这里根本就没有叫明智的。"

老人听了这话，大张着嘴惊呆了，他的表情就好像被狐精上了身似的。

眼前的事实在太奇怪了，他已经一句话都说不出来了。

"老人家，你以前亲眼见过明智小五郎吗？"

"没见过。但是，我好好看过照片啊。"

"照片？照片可是不可靠的呀。难道你认为那个照片和我很像吗？"

"……"

"老人家，你把二十面相是怎样一个人物忘得一干二净了吧？二十面相，你想，可是人称'易容名人'的。"

"那、那么，难道说你就是……"

老人似乎终于开始明白这到底是怎么一回事了，他惊愕到脸上血色全失了。

"哈哈哈……这下你明白了吧？"

"不，不，怎么可能会有这么蠢的事。我可是看了报纸的。《伊豆日报》上面明明白白写着明智侦探来访。而且，富士屋的女佣也告诉我明智侦探就是你。这些都不会有错。"

"但就是出了大错呢。要问为什么，明智小五郎现在还在国外，没有回来呢。"

"报纸上不会写错的！"

"但报纸就是写错了。我只是对社会部的一个记者略施小计，他就写了一篇错误的报道提交给编辑了。"

"那么刑警呢？警察是绝不会被假明智侦探给骗了的！"

老人仍然不愿意相信站在眼前的这个男人就是那个可怕的二十面相。他挣扎着，宁愿相信此人就是明智小五郎。

"哈哈哈……老人家，你怎么还不明白啊。是不是迷了心窍啊？你说刑警？啊，是说这个男人呗？还有守在正门和后门的那两个人？哈哈哈……他们啊，就是我的手下，稍微假扮下刑警而已。"

老人这下就算是不愿相信也只能信了。这个他一门心思以为是明智小五郎的男人，不仅并非名侦探，而且正是大盗贼。他就是那个人人畏惧的怪盗二十面相本人。

啊，这是多么异想天开的诡计啊！侦探原来就是盗贼，日下部老人偏偏就拜托了二十面相来看守宝物。

"老人家，昨晚那个埃及香烟的味道还不错吧？哈哈哈……想起来了吗？那烟里面混了一点儿药。因为在两个刑警进到屋子里，把东西搬出去装在汽车上的整个过程中，我希望老人家好好睡一觉。你问那个房间是怎么进去的？哈哈哈……这还不简单吗？从你怀中把钥匙借一会儿出来不就行了。"

二十面相好像在聊什么闲话似的，用平静的口吻如此讲述着。但是在老人听来，怪盗这副理所当然到令人厌恶的口气，使他的怒气更加升腾。

"那么，我们也得赶紧走了，就此别过。那些艺术品我一定会小心仔细保管好的，请一定放心。再会了！"

二十面相客气地鞠了一躬，带领假扮成刑警的手下，从容不迫地离开了。

可怜的老人，口中叫唤着莫名其妙的话，拼命想要去追赶盗贼，可是他的身体被绳子一圈圈捆得结实，绳子一头还被绑在旁边的柱子上，他虽然摇摇晃晃能站起来，但立刻又会倒下去。老人倒在地上，因为后悔和悲痛，咬牙切齿地流着泪，身体不停挣扎着。

巨人与怪人

美术城堡事件发生后半个月左右，某日下午，东京火车站的月台上熙熙攘攘，人流中可见一名可爱的少年。此人不是别人，正是小林芳雄——各位读者应该已经很熟悉的明智侦探的少年助手。

小林身穿宽松夹克衫，戴一顶很适合他的鸭舌帽，脚上擦得锃亮的靴子走起路来发出"咔咔"的响声，他在月台上徘徊。他的手中握着一份卷成棒状的报纸。各位读者，实际上这报纸上刊登着一则关于二十面相的惊人报道，但关于此事，且容后文再说。

少年小林来到东京火车站是为了迎接老师明智小五郎。那位名侦探这一次终于真的从国外回到日本了。

明智应邀赴外国参与某起重大事件的调查，大获成功后归来，也就是说，现在的他犹如凯旋的将军一般。本来从外务省到各民间团体都会派来很多人迎接他，但明智很讨厌那种过分张扬的场面，而且出于职业特点，侦探必须要尽量避免惹人注意，所以事先特意没有通知政府和媒体，只通知了家里自己抵达东京火车站的时间。而且，一直以来明智夫人都不会来迎接，只派小林前来，也算是习惯了。

小林不时看一看手表，还有五分钟，期盼已久的明智老师所坐的火车就要到站了。他们已经快三个月没见了，思念之情如此强烈，让少年的心激动到怦怦跳。

忽然，他注意到一位气质不凡的绅士，脸上浅笑着向他走来。

绅士身穿鼠灰色、看起来颇暖和的外套，拿着藤木手杖，头发半白，胡须也半白，一张圆脸上戴着一副闪闪发光的玳瑁框眼镜。虽然对方一边笑一边向自己靠近，但小林完全不认识此人。

"请问，你是否是明智先生身边的人呢？"绅士用颇为温和的声音向他询问。

"嗯，是的……"

看到少年的表情有些诧异，绅士点了点头说道："我姓辻野，在外务省工作，因知道明智先生将乘坐这列火车回来，非正式地前来迎接他。我还有一件机密的事想与先生商量。"

"啊，是这样。我是老师的助手，姓小林。"

他脱下帽子，鞠了一躬，辻野脸上的笑容更多了，说："啊，你的名字我也早有耳闻啊。我曾在某张报纸上见过你的照片，还有些印象，所以来与你打招呼。你独自挑战二十面相真是壮举啊，而且你的人气值也很高呢。我家的孩子们也都崇拜着小林啊，哈哈哈……"辻野送上了一堆恭维话。

小林君感到颇有些不好意思，禁不住脸蛋都泛红了。

"说起二十面相，他在修善寺假冒明智先生之名作案，真是胆大妄为。而且看今早的报纸，他竟然要对国立博物馆下手了。这真是把警察都当成傻瓜，太嚣张了。绝不能放过他。为了将那个家伙绳之以法，我也非常期待明智先生回来啊。"

"是啊，我也一样。我虽然与他对决时是拼了命，但我的本事还是远远不及他。我也早就期待着老师将那家伙逮捕归案了。"

"你拿着的就是今早的报纸吗？"

"对，这报纸上刊登了怪盗要对博物馆下手的预告信。"

小林一边说一边将报纸展开，找到那则新闻给对方看。社会版上有半版左右都是与二十面相有关的报道。如果把报道的内容总结一下，就是昨天二十面相给国立博物馆馆长寄了一份速递信件，其宣告的内容实在令人震惊，他竟称要把博物馆中所藏的美术品一个不剩地全部拿走。而且与过去一样，连偷窃日期是在十二月十日也写得明明白白。十二月十日的话，算起来也只剩下九天了。

人人都认为怪人二十面相令人恐惧的野心已经膨胀到极点了。他竟要把整个国家作为对手，这怎么可能？他绝对办不到！到现在为止，他下手的对象都是个人拥有的财宝，虽然所用伎俩非常令人气愤，但世上并非没有类似的盗窃案。但是，说要偷盗国立博物馆，也就是要偷窃国家的所有物，自古以来，可曾有过一个胆大妄为到如此地步的盗贼吗？说是胆大，不如说是肆无忌惮，真是可怕的盗贼。

但是细细一想，那么荒唐的事情到底要怎样才能做到呢？博物馆里面平常就有好几十名安保人员，还有常驻的警察。而且，既然收到了预告，那么警戒肯定会变得更加森严，甚至让警察组成人墙把博物馆团团包围起来，也并非不可能。

啊，难道说二十面相是神经错乱了吗？或者说，那个家伙真有自信能够将旁人眼里根本不可能的事情做成？难道说世上真有凭人类的智慧想象不出来、如同魔法一般的事情吗？

关于二十面相的事先说到这里，我们必须先迎接名侦探明智小五郎归来。

"啊，火车到站了。"

辻野还没来得及提醒，少年小林已经飞奔到月台边上去了。

站在迎接的众人前列，往左方望去，载着明智侦探的特快火车在视野中逐渐变大。

汽笛声响，空气振动，黑色的钢铁大箱子渐行渐缓，车厢窗户后面的人脸慢慢移动着。在刹车的"嘎吱"声中，列车终于停止了。在一等车厢的出口，小林看到思念已久的明智先生的身姿出现了。他身着黑色西装、黑色大衣，戴着黑色的软帽，一身都是黑色的。明智先生立刻发现了小林，笑着向他招手。

"老师！欢迎回来！"

小林因为太过高兴，已经忘记了一切，往老师身边飞快跑了过去。

明智侦探把几件行李交给戴红帽的行李员，走上月台，往小林那边迎过去。

"小林，真是辛苦你啦。我看报纸才知道事件的原委，你没事真是太好了。"

啊，听到三个月没有听到过的老师的声音，小林满脸兴奋地看着名侦探，更加靠近他的身旁。接着，师徒二人不约而同伸出手来，紧紧地握在一起。

此时，外务省的辻野往明智这边走过来，并将写有自己头衔的名片递上，向他自我介绍："您是明智先生吗？本人未曾与您见过面，冒昧打扰，这是我的名片。实际上，我是从某个渠道打听到您将乘坐这列火车回来，因为突然有些机密事情想与您商量，所以前来迎接。"

明智接过名片，好似在心中思考着什么事似的，盯着名片看了好一会儿，才终于回过神来，愉快地回答：

"啊，您是辻野先生对吧？久仰大名。实际上我本来就打算先回家一趟，换件衣服立刻就赶往外务省的，结果让您特地来接我，不好意思。"

"虽然您风尘仆仆，但如果不妨碍的话，能否请您就在近旁的铁道饭店里面一起喝杯茶，稍微谈一谈呢？绝不会耽误您太多时间。"

"铁道饭店吗？嗯，是铁道饭店啊……"明智直视辻野的脸，嘴里好似感叹一般嘟囔着。

"好的，我觉得完全可以。那么我们就一起去吧。"然后明智凑近站在一旁的小林，向他小声耳语道，"小林君，我和这位先生先去一趟饭店。你把行李放到出租车上，先回去吧。"

"好，明白了，那我先回去了。"

小林飞快地跑去追赶红帽行李员，名侦探和辻野目送他离开后，肩并肩一边闲聊一边穿过地下通道，前往位于东京火车站二楼的铁道饭店。

似乎事先已经预订了服务，饭店最豪华的一间包房已做好接待客人的准备，身材壮硕的领班已经恭恭敬敬地等候着了。

两个人隔着一张覆盖着昂贵织物的圆桌，在椅子上坐下。好像早已等待多时一般，另有一个服务生立刻将茶水果品端了上来。

"喂，我们有要紧事谈，你下去吧。除非我按铃，否则谁都不要进来。"

辻野下了命令，于是领班就鞠了一躬退下了。在封闭的房间中，只有两个人面对面坐着。

"明智先生，我是多么盼望与你见面啊。我真是度日如年般地等待着你。"

辻野笑着开启了话端，但他的目光却相当锐利地射向对方。

明智将整个身体舒舒服服地靠在椅背上，以不亚于辻野的客气态度回答道："我才是非常想要见你呢。我坐在火车里稍稍想了一下这件事，我想说不定你会到火车站来迎接我呢。"

"果然厉害啊。也就是说，你已经知道我真实的身份了吧？"

辻野的话语听起来好似平常无奇，却隐藏着可怕的信息。因为太过兴奋，他搭在椅子扶手上的左手手指不由得微微颤动。

"我在看到你那张简直可以以假乱真的名片开始，就知道你不是什么外务省的辻野。虽然要说出你的真名也是有点儿困难的，不过按照报纸之类所说吧，你似乎是被叫作'怪盗二十面相'。"

明智沉着冷静地说出这一番惊人之语。啊，各位读者，这到底是怎么回事呢？盗贼竟然亲自去迎接侦探，而侦探这边其实早就识破了他的身份，却还是接受了盗贼的邀请，天底下竟然会发生如此荒唐至极的事？

"明智君，你与我所想象的几乎一样呢。既然你一开始看到我就已经明白了，但还是接受我的邀请，恐怕夏洛克·福尔摩斯也没有如此胆识吧。我实在是太高兴了。这是多么富有意义的人生啊。啊，我感觉自己就是为了这无比兴奋的时刻而降临在这世界上的呀！"

假扮成辻野的二十面相用无比崇拜明智侦探的口吻说着话。但是，可绝不能掉以轻心。他可是以整个国家为敌的大盗贼，正在策划着堪称生死一线的冒险行动，因此他必然要做好充分的准备。看吧，"辻野"的右手一直塞在西装口袋里，一次都没有抽出来。口袋里的手到底握着什么东西呢……

"哈哈哈……你似乎有点儿兴奋过头了。目前这样的情况对我来说并不稀奇。但是，二十面相君，你可就稍微有点儿可怜了。既然我回来了，你精心策划的大计划也就要泡汤了。我既然回到这里，就不会允许你哪怕一根手指头触碰到博物馆的藏品。而且，伊豆日下部家的宝物也不能允许你据为己有。明白了吗？这些事我可以做出明确保证。"

虽然嘴上这么说，明智的样子似乎却颇为愉快。他深吸了一口香烟，把烟圈往对手脸上一吹，自己还笑着。

"那么，我也向你做保证。"二十面相毫不示弱。

"博物馆的藏品，我在预告的那天一定会全部夺过来，你好好看着。至于日下部家的宝物，哈哈哈……怎么可能还回去。要问为什么，明智君，你不是那起案件中的共犯吗？"

"共犯？啊，原来如此。你还真是擅长开玩笑。哈哈哈……"

两人间的敌意如烈火升腾，不将对方置于死地决不罢休，但大盗贼和名侦探之间看上去却犹如亲密朋友一般，亲切交谈着。当然，两个人的内心之中都丝毫不敢有任何大意，时刻保持着紧绷状态。

盗贼既然敢做出如此大胆的计划，其背后不知做了多么充分的准备。可怕的绝不只是怪盗口袋里面的手枪。

就说刚才那个看起来有些古怪的领班，可能也是怪盗的手下。说不准在这饭店里面还有多少怪盗的手下潜伏着。

如今这两个人就如同两位剑道大师，互相举刀摆着架势对峙着。这是强者之间的战斗，任谁稍有一丝一毫的松懈，立刻就会决出胜负。

两个人越来越热络地继续谈话，脸上的笑容也越发灿烂。但是，尽管室内温度很低，二十面相的额头上却沁出了汗珠。两个人的眼神都犹如烈火一般熊熊燃烧着。

行李箱与电梯

名侦探如果想在车站月台上就抓捕怪盗，那可谓轻而易举。

为什么他要放过如此大好机会呢？各位读者恐怕都为名侦探感到懊恼吧。

但是，这恰恰说明了名侦探的自信心强大到何种地步。正是因为他蔑视怪盗，所以才对其欲擒故纵。侦探有充分的自信令怪盗哪怕一根手指头都碰不到博物馆的宝物。还有日下部美术城堡的宝物，以及其他数不尽的被盗品，他都有把握全部夺回来。

因此，如果过早逮捕怪盗，反而会有不利后果。二十面相有很多手下，如果首领被逮捕了，他那些手下会如何处理被盗的宝物可就说不准了。因此，想要逮捕怪盗，在弄清楚那些珍贵无比的宝物到底藏在哪里之后进行也不迟。

综上考虑，与其让好不容易前来迎接的怪盗失望，不如顺水推舟假装上了当，也可以借此测试下二十面相的聪明程度，倒也不失为一个精彩的序幕。

"明智君，请你稍微设想一下我现在的立场。你想要逮捕我的话，随时都可以。看，按一下这边的铃，然后命令服务生去把巡警叫过来就行了。哈哈哈……多棒的冒险啊。我现在的心情你懂吗？就是命悬一线啊。我现在就好似站在几十米高的悬崖峭壁的边缘呢。"

二十面相仍然一副胆大包天的样子。他一边说话一边眯起眼盯着侦探的脸，好像感觉太过好笑似的，放声大笑起来。

"哈哈哈……"明智小五郎也毫不示弱地大笑起来。

"你呀，就不要再这样提心吊胆的了。既然我知道了你的真实身份，还老老实实跟你到这里来，哪里还有抓你的想法呢？我就是想和鼎鼎大名的二十面相谈几句话而已。至于抓你归案这件事，一点儿也不需要着急。距离你对博物馆下手不是还有九天时间吗？我是打算慢慢欣赏你如何白忙活一场呢。”

“呵呵，果然是名侦探，真够沉稳啊。我简直就要迷上你了呢……然而，与其说我会被你抓住，不如说我会让你变成阶下囚。”

二十面相说话的腔调渐渐变得阴沉起来，他脸上的笑容也转换成了冷笑。

“明智君，你不害怕吗？难道说，你以为我把你引到这个地方来，是完全没意义的吗？以为我没有做任何准备吗？你是不是错误地以为，我会无动于衷看着你从这个房间走出去？”

“嗯，无论你要使用何种招数，反正我是要从这里出去的。接下来我还得去一趟外务省，毕竟我是很忙的。”

明智一边这么说着，一边慢慢站起来，却往与门相反的方向走去。接着，他好似想要观察景色的样子，悠闲地隔着玻璃窗眺望外面，还轻轻地打了个哈欠，然后拿出手帕来擦了擦脸。

就在此时，也不知什么时候呼叫铃已经被按动，刚才那个壮硕的领班和一名服务生打开门大踏步走了进来。两人在桌前立定，纹丝不动。

“喂喂，明智君，你看来还完全不明白我的实力。你以为这里是铁道饭店就可以安心了吗？但是呢，你看我已经有准备了。”

二十面相甩下这句话，便转向那两个大块头服务生说：“你们两个，向明智先生问声好。”

于是这两个男人立刻就露出好似野兽的狰狞面目，突然朝着明智这边逼近。

"等一下，你们想把我怎么样？"

明智背靠着窗户，摆出迎战的架势。

"你还不明白？那就看看你的脚下吧。你看我的行李箱，用来装东西是不是太大了些。其实里面是空的。也就是说，这个就是你的棺材。这两个服务生现在就要把你埋葬到这个行李箱里面。哈哈哈……就算是名侦探，也吓了一跳吧。我让手下混进来充当饭店服务生是出乎你意料了吧。就算你想大声叫人帮忙也没用的，两边相邻的房间都被我事先包下了。而且我可以先跟你说清楚，我在这里布置的手下可不止这两人。为了不让任何人来打扰，在走廊里我也布置了看守的人。"

啊，这真是太大意了。名侦探这下是完全掉进了敌人的陷阱之中了。他是明知有诈，却飞蛾扑火一般自个儿跳了进来。怪盗的准备如此充分，他已经没有逃离的办法了。

因为二十面相做事并不喜欢见血，所以侦探应该还不至于被他夺去性命。但毕竟对于怪盗而言，明智小五郎是比警察更加麻烦的存在，他可能是想将明智装在行李箱里面，运到某个不为人知的地方监禁起来，直到对博物馆的劫掠结束。

两个壮硕的男人摆出蛮横的架势，朝着明智步步紧逼，但他们却略有犹豫，没有立刻扑上前去。名侦探的身上就是自带如此强大的震慑力。

单论力量的话，毕竟是两个人对一个人，不，算上怪盗的话是三人对一人，就算明智小五郎如何强大也无法招架。啊，难道他刚刚回国，就马上要沦为大盗贼的阶下囚，接受对侦探而言是最大耻辱的悲惨命运吗？啊，果真会如此吗？

但是请看，我们这位名侦探身处于如此危机之中，他脸上明朗的笑容却没有消失过。而且他的笑容仿佛已实在忍耐不住似的，渐渐变成了毫无顾忌的大笑。

"哈哈哈……"

看他这么一番大笑，两个"服务生"好似中了邪似的，张开嘴巴呆立在当场。

"明智君，你就别虚张声势了。有什么好笑的。难道说你因为过于害怕而神经错乱了吗？"

二十面相无法揣测出对方的真实意图，只能向对方抛去嘲讽。

"不，失敬，失敬，你们一本正经搞出来的这场戏也实在是太有趣了，我忍不住了。不过，请你过来这里看一看。你能看到窗户外面有一桩很有趣的事情呢。"

"有什么好看的。这对面不都是车站月台的棚顶吗？东拉西扯些无聊的事来拖延时间，明智小五郎看来也撑不下去啦。"

怪盗虽这样说着，但因为心里还是有些在意的，不得不走到窗户那边去。

"哈哈哈……没错，就只有些棚顶。但是，也有些奇妙的东西。你看，就在那儿。"明智拿手一指说，"就在那边的棚顶和棚顶之间，稍微能看到一部分的月台上面，是不是有个穿黑衣的人？像是个小孩儿吧？他是不是正拿着小望远镜，仔细观察着这面窗户？你再看看那个孩子，应该还有印象吧？"

要问那个孩子是谁，恐怕各位读者都已经猜到了吧？对，如您所想，那就是明智侦探的知名助手少年小林。小林正用其"七大道具"中的钢笔形望远镜观察着这扇窗户，似乎正在等待某种信号。

"啊，是那小鬼头小林。原来那家伙并没有回家去？"

"就是这样。我指示他先去饭店前台询问我进了哪个房间，然后就注意盯住那个房间的窗户。"

但是这究竟意味着什么，怪盗仍然没有回过味儿来。

"这么做又能怎么样呢？"二十面相渐渐感到不安了，他用凶恶的神情向明智逼问。

"你看这个，看我的手中。如果你们试图对我做什么的话，这块手帕就会飘落到窗户外面去。"

定睛一看，明智的右手从稍稍打开的窗户下部伸到外面，手指间捏着一块纯白色的手帕。

"这个就是信号。只要我发出信号，那孩子就会立刻跑到车站事务所那里，打一个电话，然后大批警察就会赶来，把饭店的出入口全部封锁。我想一想，大概五分钟就足够了吧。而我呢，抵抗你们三个人，坚持五到十分钟我还是有自信的。哈哈哈……如何？只要我的手指稍稍松开，就能尽情观赏二十面相遭逮捕的精彩场面了。"

怪盗看着明智伸到窗户外面的手帕，又望了望月台上小林的身影，露出懊恼的神色。他思考了几分钟，似乎是明白自己处于劣势，脸色渐渐柔和起来了。

"那么，如果我不动手，让你安然离去的话，那块手帕就不会扔下去，你是这么打算的吧？也就是说，以我的自由来交换你的自由。"

"当然。刚才我就说了，本人现在没有任何要立刻捉你归案的想法。如果我想抓你的话，就不用拐弯抹角了，拿手帕打信号之类的太麻烦了，只需要让小林立刻去找警察，那样的话，你现在就已经被关在警局牢房里面了。哈哈哈……"

"你真是个不可思议的人。就这么想放我一条生路吗？"

"嗯，现在就这么轻易抓你，感觉确实有些可惜。等以后真正要捉你的时候，我打算把你那一大帮手下全部一网打尽，还有所有的被盗品，都拿回来。我是不是太贪心了呢，哈哈哈……"

二十面相听了这话似乎相当懊恼，紧咬着嘴唇沉默了很长时间。最终他似乎转换了心情，突然又笑了起来。

"不愧是明智小五郎，不如此我反而要失望了……请不要对刚才的事生气，我只是逗你开心一下而已，绝不是真要对你下手。那么，今天就此别过吧，我送你到饭店门口。"

但侦探可不是那种会因为这番好听的话就立刻放松警惕的老实人。

"就此别过当然可以。不过，这几位'服务生'有些碍眼了。首先我想请你把这两位，还有你布置在走廊里的同伙，都打发到厨房那边去。"

怪盗对此并没有抵触，立刻爽快地向"服务生"们下了命令，然后还把房间门完全敞开，让侦探可以看清走廊的状况。

"这样可以了吧？你听，可以听到那几个家伙走下楼梯的脚步声。"

明智终于从窗户边离开，把手帕塞回口袋里。怪盗总不至于完全占领整个铁道饭店，所以只要他走到走廊那边基本就安全了。离这里稍远些的房间里面应该有其他客人，那边的走廊里也没有怪盗的手下，有真正的服务员来回走动。

两个人就好似是亲密的朋友，肩并着肩，共同走到电梯前面。电梯门此时打开着，里面有个二十岁上下、穿着制服的电梯操作员，脸上是一副待客上门的神色。

明智不以为意，先踏出一步走进了电梯，此时二十面相却冒出一句："啊，我忘了拿手杖了，请你先乘电梯下楼吧。"话音未落，铁门就发出"喀啦喀啦"声关上了，接着电梯就开始下降。

"有点儿奇怪啊。"明智立刻有所警觉。但他并没有表现出慌乱，只是盯着电梯操作员正在操作的手。

接着，就好像事先计划好了一般，当电梯降到二层与一层中间四面都被墙壁包围的位置时，突然之间停止了运转。

"怎么啦？"

"抱歉，好像突然发生机械故障了，请稍稍等待一下，我马上就修理。"

操作员好像很抱歉的样子向明智解释，之后开始有一下没一下地转动机器的把手。

"你到底在干吗？闪开！"

　　明智厉声呵斥，一把抓住操作员的领子，往后用力一拉。因为他力道实在太大，操作员不由得一屁股坐倒在电梯角落里。

　　"你可糊弄不了我！你以为我连电梯运转的事也不懂吗？"

　　他斥责过后，伸手用力转动把手，结果怎么着？电梯就毫无阻碍地降下去了。

　　降到楼下，明智一边继续抓住把手，一边以锐利的目光紧紧盯住仍然坐在地上的操作员。他的眼神相当可怕。年轻的操作员吓得发抖，下意识地把手放在右边衣服的口袋上，好似那里面放着什么宝贵的东西。

　　无比机敏的侦探不可能看漏他的表情和手部动作。他突然扑上去，把手伸进操作员遮掩的口袋里，掏出了一张钞票，是一张千元纸钞。显然这个电梯操作员是被二十面相的手下用一千日元给收买了。

　　怪盗的打算就是将侦探困在电梯中五到十分钟的时间，然后趁此机会走楼梯偷偷逃走。无论二十面相多么胆大包天，可现在毕竟身份已经暴露，到底是没有勇气与侦探肩并肩一起走到众多用餐客人和住宿客人进进出出的饭店大门那边去的。虽然明智承诺现在不会抓他，但身为一个盗贼，是绝对不会相信这种承诺的。

　　名侦探飞奔出电梯，立刻冲出走廊向大门的方向跑去。就在此时，仍然装扮成辻野的二十面相正优哉游哉地从大堂楼梯上走下来。

　　"啊，失敬失敬，我乘坐的电梯正巧出了点儿故障，晚到了一会儿。"

明智仍然保持着笑容，从后面拍了拍"辻野"的肩膀。

"辻野"吃了一惊，回头一看确认是明智，脸色顿时变得难看起来。怪盗还以为电梯诡计彻底成功了呢。也难怪他如此吃惊，整张脸上都是气急败坏的表情。

"哈哈哈……'辻野'先生，你这是怎么了，脸色可有些不好看哪。啊，还有件事，那个电梯操作员拜托我把这个交给你。他说，对手不巧正好知道怎么操作电梯，因此无法按照你的命令拖延那么长时间，只得请你见谅了。哈哈哈……"

明智一副非常高兴的样子，一边大笑着，一边将刚才搜出来的那张千元纸钞在二十面相的面前挥舞了两三下，然后塞到他的手里，又说："那么再会了，过几日我们再见。"

说完这话，他便迅速转过身去，头也不回、毫无留恋地离开了。

"辻野"手上抓着千元纸钞，整个人呆住了，然后他望着名侦探走远的身影，愤愤然地"呸"了一声，便招手叫早已等候着的轿车过来。

就这样，名侦探与大盗贼的初次交手比试，以侦探获得完美胜利而告终。在怪盗看来，对方明明随时可以逮捕自己，却将自己放过了，对于大名鼎鼎的二十面相来说，没有比这更为耻辱的事了。

"我早晚要报复回来！"

他对着明智的背影挥舞着捏紧的拳头，不禁嘀咕道。

逮捕二十面相

"啊，明智先生，我正要去找你呢。那个家伙现在在哪里？"

明智侦探刚从铁道饭店走出来不到五十米，因为突然被人叫住而停下了脚步。

"啊，是今西君啊。"

打招呼的是警视厅搜查科的今西刑警。

"先别说客套话了，那个自称辻野的男人怎么样了？难道说你把他放跑了？"

"你为什么知道他啊？"

"我刚才看到小林君站在车站月台上，举止有些古怪。那个小家伙实在是顽固呢，无论我怎么问他都不肯说是怎么回事。但是我想方设法，终于让他坦白了。他说你和一个自称外务省辻野的男人一起走到铁道饭店里面去了，而那个辻野好像是二十面相假扮的。我立刻就往外务省打了个电话，结果辻野先生正待在办公室里，所以那家伙肯定是假冒的。然后我为了支援你，就赶忙跑过来了。"

"那真是辛苦你了。但是那个男人已经回去了。"

"啊，回去了？难道说那人并不是二十面相？"

"他就是二十面相。还是个挺有趣的男人。"

"明智先生！你这是在开什么玩笑啊？既然你知道对方是二十

面相，为什么不报警，反而要把他给放跑呢？"

今西简直哭笑不得，甚至怀疑明智侦探是不是精神不正常了。

"我有自己的一些考虑。"明智冷静地回答。

"什么考虑呀？这么大的事情你一个人擅自就做了决定，实在太不应该了！无论如何只要确定对方是那个怪盗，就不应该纵容他跑掉。我职责在身，必须要追捕他。那家伙往哪边跑了？是坐轿车吧？"

刑警对这位侦探的独断专行感到相当愤慨。

"你要去追捕他，当然是你的自由，不过应该是抓不到人了。"

"我不接受你的指挥！我马上去饭店调查轿车的车牌号，安排人手。"

"你说车牌号啊，那不用去饭店查了，我是知道的，13887。"

"什么，你连车牌号都知道？可是你仍然不想去追捕他？"

刑警再一次被惊得目瞪口呆，但现在分秒必争，这毫无意义的问答不能再继续下去了。他把车牌号记在本子上，立刻飞一般奔往前方的派出所。

通过警方电话，这件事很快就传遍了东京都内的各个警察署和派出所。

"抓捕车牌号为13887的轿车。假扮成外务省辻野的二十面相就坐在那辆车里。"

这个抓捕令让所有东京的巡警都激动不已。人人都想要亲手逮住那辆轿车里的二十面相，获得将著名的怪盗抓捕归案的荣誉。每一个派出所中的警察都瞪大了眼睛，摩拳擦掌，等待机会的到来。

怪盗从饭店出发后约二十分钟，一位在新宿区户冢町派出所执勤的警察很幸运地发现了车牌号为 13887 的轿车。

这是一位很年轻、极富勇气的巡警，他在派出所门口看到一辆轿车速度飞快地行驶，如箭一般飞驰过去，他瞥见其牌号正是13887。

年轻的警察猛一回神，不假思索地抖擞起精神来。他立刻拦停了后面过来的一辆轿车，坐进去高喊："追前面那辆车，那车上坐着那个有名的二十面相。快开，开得再快也无所谓，只要引擎还没爆缸就给我开！"

幸运的是，这辆车的驾驶员也是个有胆量的年轻人。车又是全新的，引擎一点儿问题也没有，轿车简直就像射出的炮弹一般往前直冲。

两辆轿车犹如恶魔赛跑一般在路上飞驰，引得所有路上的行人都不由得驻足观看。

只见后面车上的警察半截身子探出车窗，心无旁骛地直盯着前方，嘴里还大声嚷嚷。

"抓贼啊！抓贼！"

喜欢看热闹的人们也叫喊起来，并跟着车跑起来。接着就连路边的狗也叫起来。走在路上的人都停下了脚步，场面混乱。

但是轿车无视所有这些状况，横冲直撞地只顾朝前方飞奔。

车子超过了多少其他车辆，已经算不清了，有好几次差点儿要发生撞车事故，但都在千钧一发的时刻避开了。

因为在狭窄的道路上无法加速，怪盗的车跑上了大环状线，开始往王子地区的方向疾驰。怪盗当然注意到有车在追赶，但是，他没有任何办法。在光天化日之下的闹市中，想跳下车找地方躲藏是不可能成功的。

刚越过池袋地区，就听到从前面的那辆车里传来"乓"的一声尖锐的声音。啊，怪盗终于是忍耐不下去了，掏出他口袋里的那把手枪了吗？

不，并非那样。这又不是西方黑帮电影。事到如今，就算在如此繁华的市区内开枪，也无助于逃跑了。

这不是枪声，而是车胎爆掉的声音。怪盗的好运到头了。

接着，那辆车还勉强支撑着跑了好一会儿，但最终速度慢慢降了下来，让后面警察乘坐的车给追上了。驾驶员将车身横过来把逃跑路线封住，这下怪盗只能束手就擒了。

两辆车都停下了。周围立刻聚拢成人山人海，不一会儿，附近的巡警也赶来了。

啊，各位读者，"辻野"终于是被抓住了。

"是二十面相！是二十面相！"

不约而同地，群众当中爆发出这般喊叫声。

从附近赶过来的两名巡警，再加上户冢派出所的年轻巡警，怪盗被这三个人包围着夹在中间，又挨了一顿痛骂。只见他耷拉着头，没有抵抗的力气了。

"二十面相被逮住了！"

"这是个多么厚颜无耻的人哪。"

"说起这位巡警先生，真是伟大啊。"

"巡警先生，万岁！"

在群众不断爆发出的欢呼声中，警察和怪盗一同乘坐刚才追赶而来的那辆车，快速奔向警视厅。因为辖区警察署处理这样一个"大人物"恐怕力有不逮。

到达警视厅，判明事态进展，现场立刻爆发出一阵欢呼。实在没想到，这个令警察无比头痛的稀世大盗就这样被抓住了。这个功劳首先应归于今西刑警机敏的处置手段，当然还要归功于户冢派出所年轻警察的奋战，两个人的人气高到差点儿就被众人抬起来当英雄了。

听到了报告，中村系长比任何人都高兴。系长在处置羽柴家案件时被怪盗骗得团团转，这份仇恨他绝对不可能忘记。

他立刻跑去审讯室，开始进行仔细审问。对方毕竟是易容高手，谁都不知道其真容到底如何，所以第一要事就是确认有没有搞错人，为此必须赶快叫证人过来。

中村往明智小五郎家里打了个电话。不过，正巧名侦探前往外务省而不在家，于是由少年小林代为前来进行指证。

过了一会儿，在防卫严密的审讯室中，脸蛋如同苹果般红彤彤的可爱少年小林现身了。他只看了怪盗一眼，立刻指证此人就是假冒外务省辻野的那个人。

"我是真的……"

"就是这个人，绝对没有错。"小林君极为干脆地回答。

"哈哈哈……怎么样，你终究还是敌不过小孩子的眼力吧？你就算想找借口也没用了。你肯定就是二十面相！"

中村系长想到多次捉弄自己的怪盗终于被捉住了，真是高兴得不行。他摆出彻底胜利的架势，面对着怪盗怒目瞪视。

"可是，真的搞错啦。这可真是麻烦了啊。我对那个有名的二十面相，真的什么也不知道啊。"

装扮成绅士的怪盗，似乎打算要装傻装到底，口中说着莫名其妙的话。

"什么？你这家伙到底在说什么，完全不明白你的意思。"

"我也是摸不着头脑啊。就是说，那家伙是假扮成了我，让我当了替身。"

"喂喂，你少装蒜吧。就算你诡计多端，我也不可能上当。"

"不不，我不是这意思。请你冷静一下，听我给你解释。请看我的名片。我绝对不是什么二十面相。"

绅士一边这么说，一边好像刚刚才想起来似的，从口袋里掏出名片盒，拿出一张名片。那上面印着"松下庄兵卫"这个名字，以及在杉并区某所公寓的住所。

"我就是这个松下。因为做生意失败，现在是个失业者，一个人住在公寓里面。就在昨天，我正在日比谷公园里面闲逛，一个看上去像公司职员的男人与我攀谈。那个男人说他有一个奇怪的赚钱方法想告诉我。

"简单来说，就是只要我今天一整天坐在轿车上，按照那个男人的吩咐在东京到处逛，不但车钱我不用付，他还给我五千日元的津贴。这岂非美事？我虽然这身行头还可以，但没有工作，自然很想挣这五千日元的。那个男人还絮絮叨叨地想跟我说明这么做的一些原因，但我阻止了他，说我不想知道什么原因，马上就同意了。

"于是，今天从早上开始我就坐在轿车里到处逛。他吩咐我中午在铁道饭店享用美食，我还很感激。这一顿我吃得饱饱的，他又告诉我说就在此地等待一会儿，于是我把轿车停在饭店前面，就坐在车里面等待。等了差不多三十分钟吧，有一个男人从铁道饭店里面出来，打开我这辆车的车门，钻了进来。我看了那个男人一眼，吓了一跳，简直以为自己神经错乱了。原因就是那个钻进车的男人，从面貌到西装，乃至手杖，跟我完全是一模一样的，分毫都不差。简直好像我正在照镜子一样，就那么离谱。

"我还在目瞪口呆地看着他，接下去的事就更奇怪了。那个男人钻进车里不一会儿，却打开另一边的车门，跳下车去了。也就是说，那个和我一模一样的绅士，只是从轿车的后座经过而已。而且那个男人从我面前过去的时候还留下了奇怪的话：'好了，立刻出发吧。去哪里都行，反正让这辆车尽快开就行。'

"他扔下这句话，就马上走开了。你也知道的吧，那个铁道饭店前面有一个开在地下室的理发店，他就在那个入口消失了。而我坐的这辆轿车，就正好停在那个地下室入口前面。虽然感觉很奇怪，但因为与他事先约好必须按照他的吩咐做，所以我也就立刻让司机踩油门跑起来。

"记不太清楚具体跑了哪些地方，我想大概是跑到早稻田大学校园后面的时候吧，我注意到车后有另外一辆车紧紧追过来了。

我完全搞不懂是怎么回事，只是感到很害怕，于是我大声命令司机快跑。

"接下去的事你们应该都知道了。总而言之，我为了五千日元的报酬就昏了头，成了二十面相的替身，被他驱使了。不不，也不能算替身。我才是真的，是那个家伙当了我的替身。简直就好像拍照一样，他把我的面貌、服装模仿得丝毫不差。作为证据，请看看这个，就是这样，我才是真正的松下庄兵卫。我才是真的，那家伙才是冒牌货。这下明白了吧？"

松下这么说着，把自己的脸往前一伸，抓住自己的头发用尽力气往上拉，还捏着脸颊给对方看。

啊，真是岂有此理啊。中村系长又一次被怪盗捉弄了一通。警视厅中因为抓住怪盗而沸腾的喜悦之情，到最后终究还是一场空欢喜。

后来警方又把松下所住公寓的房东叫来指证，证明松下确实就是个没有任何可疑情况的普通人。

不得不承认，二十面相事前准备得太细致了。就为了在东京车站袭击明智侦探，他就做了这么多的准备。先是让手下混进铁道饭店冒充服务生，然后把电梯操作员收买了，甚至还雇用了松下做替身，为后续的逃走做准备。

虽说是为自己找替身，但对于二十面相来说，根本没有必要寻找与自己长相相似的人。毕竟他是个令人敬畏的易容高手。只要随便雇个人，然后自己化装成那个人的样子就行了，非常容易。对方是谁也无所谓，只要是个几句话就能轻易欺骗的老实人就行了。

这么说起来，这位姓松下的失业绅士，确实就是个很容易被骗的老实人。

二十面相的新弟子

明智小五郎的住宅位于港区龙土町的僻静社区中。名侦探本人与年轻美貌的夫人文代、助手小林，还有一个用人，一起过着朴素的生活。

明智侦探从外务省回来后去了某位朋友家，回到自己家里已经是傍晚了。正好这时被叫去警视厅的小林也回来了，他走进位于明智家二楼的书房，向他报告了关于二十面相替身的事。

"我猜差不多就是那么回事。不过，中村君也实在是可怜。"名侦探苦笑着这么说。

"老师，我有一些事搞不明白。"少年小林有着碰到什么不明白的事就一定会尽快勇敢提问的习惯。

"老师故意放走二十面相的理由，我是理解的，但为什么那个时候不让我去跟踪他呢？就算是为了防止博物馆被盗，也应该先搞清楚那家伙的藏身地点，不是吗？"

对于小林的疑问明智侦探一副胸有成竹的样子，笑着听完之后就站起身走到窗前，招手让小林过去。

"因为这件事啊，二十面相会主动来找我的。知道为什么吗？

因为刚才在饭店里，我把那家伙狠狠地羞辱了一番。那么凶恶的盗贼，被明明能抓捕他的侦探给故意放走了，这羞辱简直是超乎想象地严重。二十面相因为这件事，肯定恨我恨到骨子里了。而且只要有我在，他就不能随心所欲地继续犯罪，因此，他必须想办法把我这个碍事的家伙除掉。

"你看窗户外面，那边有个演皮影戏的。这么僻静的地方摆个演皮影戏的摊子，是做不成生意的，但那个家伙从刚才开始就呆站在那儿，装作不看这面窗户的样子，实际上拼了命往这边瞧。"

老师这么一说，小林便朝明智宅邸门前的狭窄道路上看去，果然有一个摆皮影戏摊子的人，正形迹可疑地站在那里。

"这家伙应该是二十面相的手下吧。他是来刺探老师这边的情况的。"

"正是这样。所以你看，不用我们费尽力气去找，对方就会主动靠近的。只要跟踪这个人，自然而然就能搞明白二十面相的贼巢在哪儿了。"

"那我去换个打扮，准备跟踪他。"小林很心急。

"不，用不着那么做。我已经有计划了。对方不管怎么说也是个头脑敏锐到恐怖的家伙，不能草率行事。说起来，小林君，从明天开始我的身边可能会发生一些奇怪的变化，你不要太过惊讶。我绝对不会输给二十面相这家伙的。就算我身上发生危险的事，那也不过是我的某种策略，你千万不要担心。知道了吗？"

少年小林听到老师如此冷静地嘱咐他别担心，可禁不住还是有些担心。

"老师，如果有什么危险的事，让我来做吧。老师可千万不能出什么事。"

"多谢了。"明智侦探把他温暖的手放在少年的肩头，说，"但是，那是你还没法儿做到的事。你还是相信我吧。你也清楚，我什么时候败过嘛……不要担心了，不要担心。"

第二天傍晚。明智侦探家的门前，差不多就在昨天站着皮影戏艺人的地方，坐着一个乞丐，他点头哈腰对着偶尔经过的路人嘟囔着不知什么话。

他用一块满是污渍的肮脏手巾绑着面部，穿了一件几乎打满了补丁、破破烂烂的衣服，坐在一个垫子上，似乎因为寒冷而浑身打战，看着就挺可怜的。

但是不可思议的是，只要这条路上没有了往来的行人，这个乞丐就立刻彻底变样。他一直低垂的脑袋会一下子抬起来，在几乎盖住整张脸的杂乱发须后面，锐利的眼神散发出光来，不断窥视着眼前明智侦探家的宅子。

明智侦探这天上午外出不知去往何处，三个小时之后回了家，也不知道他是否发现了门前道路上有个乞丐在对他的家进行监视。明智回来直接就进入面朝户外的二楼书房，坐在书桌旁开始专心写起什么来。他所坐的位置很靠近窗户，所以乞丐从外面可以轻而易举看清明智的一举一动。

直到傍晚前的几个小时，乞丐一直很有耐心地坐在地上。明智侦探也很有耐心地坐在那张从窗外可以窥见的书桌后面。

整个下午明智家没有一名访客，但到了傍晚，有一个怪模怪样的人穿过明智家低矮的外石门进来了。

那个男人头发很长，又乱蓬蓬的，胡须也乱糟糟的，在针织衫外面套着一件肮脏的西服，头上戴一顶已看不清原先纹样的鸭舌帽。看他这个样子像是个流浪汉，也可能只是个邋遢的人，总之看他这副模样就令人心生厌恶。这人穿过石门，又过了一会儿，可怕的吼叫声猛地传了出来。

"喂！明智！你忘了我是谁了吗？我找你道谢来了！快，给我把门打开。等我进去了，要跟你和你老婆都好好道谢！什么？你跟我没话说？就算你没话说，我可是有一大堆的话！快闪一边去！让我进去！"

看来明智本人是走到了宅邸外廊上应付这个家伙，不过听不到明智在说什么，只有流浪汉的声音震天响地传到外面来。

听了一会儿之后，那个坐在地上的乞丐直起身来，往四周环顾了一圈，然后蹑手蹑脚地走到石门旁边，躲在电线杆的阴影下，开始窥探里面的动静。

他看到明智小五郎就站在宅邸外廊上，而那个流浪汉一只脚踏在外廊阶梯上，在明智的眼前挥舞着拳头，不时发出怒吼声。

明智一点儿也没有惊慌失措，冷静地瞧着流浪汉，但眼看他也渐渐无法忍受对方越来越过分的难听话了。

"混账！我不想跟你废话，滚出去！"明智大吼一声，随即把流浪汉往外猛地一推。

被推了一把的男人踉跄了一下，立刻又站稳了，然后就发了狂，嘶吼了一声"你！"便扑向明智，与他扭打在一起。

　　但是，真格斗起来，无论流浪汉多么狂暴也敌不过拥有柔道三段实力的明智侦探。他立刻就被扭住手臂，侦探喊了一声便将他整个人扔在外廊下面的石头地面上。这男人趴在地上，一副因为疼痛而无法动弹的样子，等他过了好一会儿终于站起来的时候，外廊上的门已经紧紧关上，再也看不到明智的身影了。

　　流浪汉又走上外廊，将门把手扭得"咔嚓咔嚓"响，但门似乎已经在里面锁上了，无论是推还是拉都纹丝不动。

　　"畜生！你给我记住！"

　　男人似乎终于放弃了，嘴里嘟囔着咒骂的话语，朝着石门外走。

　　把整个经过全都看在眼里的乞丐，等流浪汉经过他之后就悄悄地跟随在其身后，走到离明智家有一段路的地方时，乞丐突然向流浪汉搭话道："喂！你等一下。"

　　"啊？"

　　流浪汉吓了一跳，回过头来一看，站在面前的是一个脏兮兮的乞丐。

　　"怎么是个讨饭的？你别找我，我可不是那种有钱施舍的主儿。"流浪汉扔下这句话，就想走开。

　　"不，我不是要钱。我是有些事想问你。"

　　"什么事？"

　　男人觉得乞丐说话的语气很奇怪，有些不可思议地盯着对方的脸。

　　"别看我这副打扮，其实我并不是真的乞丐。实话跟你说，我就是那个二十面相的手下。我从昨天开始就在监视明智那家伙。我看你对明智的怨恨也很深的样子。"

啊，果然这个乞丐就是二十面相的手下之一。

"何止是怨恨啊，我就是被那个家伙弄进监狱里面去的。我一直在想有什么办法可以报这个仇。"

流浪汉又一次挥舞起拳头，一脸愤慨。

"你叫什么？"

"我叫赤井寅三。"

"你有老大吗？"

"我没有什么老大，就独来独往。"

"哦，这样啊。"

"乞丐"稍微思考了一会儿，最后好像有了主意，突然说道："你知道我们老大二十面相的名号吗？"

"那自然是听说过的，真是个厉害人物。"

"何止厉害，他简直就是个魔法师。他这次想要把国立博物馆里面的国宝都偷个精光，这胆量没的说……但对二十面相老大来说，这个明智小五郎就是个敌人。你和明智也有积怨，所以我们立场是一样的。你想不想也成为二十面相的手下？这样的话，你要报仇雪恨就容易多了。"

赤井寅三听了这番话，反复打量着"乞丐"的脸，终于拍了一下手说："好，就这么说定了。老兄，能否请你把我引见给那位二十面相老大？"他就这样表明了入伙的意愿。

"好，我一定为你引见。老大肯定很高兴有你这样非常痛恨明智的手下。不过在那之前，作为给老大的见面礼，你需要先立功，就是参与到绑架明智那个家伙的行动中。"

扮成乞丐的二十面相的手下，一边环顾四周，一边压低声音说。

名 侦 探 的 危 难

"哎，你说什么？要绑架那个家伙？这可太有意思了，我是求之不得，请一定要让我参与，一定要啊。不过到底要什么时候开始呢？"赤井寅三一副已经急不可待的样子发出询问。

"就是今晚。"

"啊，就今晚？那真是太棒了。但是，要用什么办法绑架呢？"

"说起这个，不愧是我们的老大二十面相，他想出了一个高明的计划。老大的手下当中有一个非常漂亮的美女。他让那女人假扮成年轻贵妇，去拜托明智处理一起案件，这案件正好是能让他感兴趣并希望参与进去好好侦破的。然后请他赶快到贵妇家里去一趟，派轿车来接那个家伙。那个女人也在车上。当然，轿车司机也是我们一伙的。

"那个家伙非常喜欢对付棘手的案件，而且来拜托他的又是个柔弱的女人，他一定会放松警惕，肯定会如计划中那样上钩。然后，说起我们两个的任务，就是先去离这儿不远的青山墓地那边埋伏着，等明智乘坐的那辆车开过来——按照路线看是必然要经过那个地方的。轿车来到我们两个埋伏地点的时候就会突然停下来，然后我和你两个人就从两侧上去把车门打开，冲进车里面，让明智动弹不得，再用麻醉剂捂他的口鼻。麻醉剂我已经准备好了。我还带了两把手枪，因为我本来是要等另一个同伴来帮忙的。但也无所谓了，那家伙对明智没有仇怨，还不如让你动手。喏，给你手枪。"

化装成乞丐的男人这么说着，就从破烂的衣服里面取出一把手枪，交给赤井。

"这个东西我摸都没摸过，不知道怎么用啊。"

"没事，本来里面就没装子弹。你只要手指扣住扳机摆个射击的样子就行了。二十面相老大是很讨厌杀人的，这个手枪只是用来吓唬人的。"

听到枪里并没有子弹，赤井露出有些不满的表情，但还是把枪放进了口袋，然后催促说："那么，我们就立刻去青山墓地吧。"

"不，现在还太早了。约定好的时间是晚上七点半，可能还会更晚一些。离那时还有两个小时，我们先去什么地方吃顿饭吧，然后慢慢走过去。"

"乞丐"说着，把夹在胳膊下面的一个脏兮兮的包裹打开来，从里面取出一件吊钟形的披风，套在破衣服的外面。

两个人在附近的便宜饭馆吃了一顿，走到青山墓地的时候太阳已经完全下山了，除了稀疏的路灯之外四周一片黑暗和凄凉，似乎冒出个鬼来也不奇怪。

约定的场所是在墓地中最为僻静的一条小道上，就算是在白天也很少会有汽车经过。

两个人在路边的人行道上坐下来，静静等候行动的时刻到来。

"真慢啊，而且这么冷，真是难受。"

"不，我看快来了。刚才我在墓地入口处看了下店家的时钟，是七点二十分。应该过了十多分钟了，肯定马上就会来。"

他们不时轻声交谈几句，又等了十分钟左右，终于看到对面有轿车车头灯的亮光晃过来。

"喂，来了来了，肯定就是那辆车，好好干啊。"

如同计划中那样，那辆车开到两个人埋伏的地方时，一道尖锐的刹车声响起，车停住了。

"快上！"两个人立刻从黑暗之中扑了上去。

"你从那边绕过去！"

"好！"

两条黑影一瞬间就蹿到了轿车后座两边的车门旁，然后猛地拉开车门，从两边同时把手枪枪口对准后座上的人。同在后座上的洋装"贵妇"不知什么时候也拿出了一把手枪，就连司机也把脸转向后座，手里也有一把闪闪发亮的手枪。也就是说，同时有四把手枪的枪口都对准了坐在后座上的那个人。

啊，这个被瞄准的人正是明智侦探。难道说不出他们预料，侦探完全中了二十面相的圈套了吗？

"不准动，否则开枪！"不知是哪个人凶巴巴地向侦探吼道。

明智是已经认命了吗？只见他神情平静，好像瘫痪在座椅上一样，完全没有要反抗的意思。他这模样也太老实了，让几个贼人都感觉有些不可思议。

"动手吧!"

低沉而有力的声音响起,化装成乞丐的男人和赤井寅三两个人就以凶猛的气势扑进车里面。赤井压制住明智的上半身令其动弹不得,另一个人从怀中取出揉成一团的类似白布的东西,麻利地捂住侦探的口鼻,好长时间都没有松手。

过了差不多五分钟,等到男人松开手的时候,名侦探已经犹如死人一般,完全昏迷过去了。

"呵呵呵,真是轻松。"洋装"贵妇"发出了悦耳的笑声。

"喂,绳子,赶快把绳子拿过来。"

化装成乞丐的男人从司机那里接过一捆绳子,让赤井帮忙把明智侦探的手脚都捆绑结实,就算他清醒过来也完全无法动弹。

"好,成了,如此一来名侦探也毫无办法了。这下我们就可以毫无顾忌地大干一场了。喂,老大还等着呢,快开车。"

乞丐和赤井坐上后座,被捆了个结实的明智被扔在他们脚边,车子马上开动起来了。其目的地不用说,就是二十面相的巢穴。

怪盗的巢穴

轿车载着怪盗手下的"贵妇"、"乞丐"、赤井寅三还有昏迷过去的明智小五郎,专门挑冷清荒僻的道路不断行进,到最后经过代代木地区明治神宫附近,进入一片阴暗的杂木林中,在一座孤零零矗立在这里的住宅门前停下了。

这是一幢中产阶级住宅，挂在门柱的名牌上写着"北川十郎"。不知是不是因为里面的人都睡了，窗户里面没有光亮。从外观上看是个不太富裕的家庭。

司机（当然他也是怪盗的手下）先下了车，按了下门铃，不一会儿传来"咔嗒"一声，在门上安装的一个小窥视窗口打开了，窗后出现了两只大眼珠子，反射着门灯的光发出骇人的亮光。

"啊，是你，怎么样了，得手了吗？"眼睛的主人压低了嗓音询问道。

"嗯，得手了，快开门吧。"司机回答之后，这扇门才"嘎吱"一声打开了。

朝门里面一看，怪盗的手下穿着黑色的西服，毫不松懈地摆出警戒姿态站在那里。

"乞丐"与赤井寅三把瘫软着的明智侦探抬起来，"贵妇"也过来搭了把手，几人进入门里之后，这扇门又如同原先一样紧紧关上了。

门外只有一个司机，他回到已经空了的轿车里面，接着轿车就飞也似的开动起来，很快就消失无踪了。看来怪盗的车库是在别的地方。

门里面的三个怪盗手下抬着明智，站在玄关隔门的前面，挂在门廊上的电灯突然"啪"一声亮了起来。这盏电灯极为明亮，几乎让人头晕目眩。

初次走进这个住宅的赤井寅三因为光线太亮而吓了一跳，不过令他吃惊的事还远不止于此。

电灯刚刚亮起，不知从什么地方传来极为洪亮的说话声。这里明明没有别人，这声音却如同怪物一般，通过空气传了过来。

"好像是多出了一个人。这家伙是谁啊？"这个声音听着几乎不像是人在说话，腔调古怪。

作为新人的赤井感觉浑身不自在，四下里不停地张望。

听到质问，化装成乞丐的手下大步走到玄关的柱子旁边，把嘴巴对着那柱子上的某个部分，开始自言自语道："他是新伙伴，是个对明智有深仇大恨的男人，完全值得信任。"他这样子就好像在打电话。

"是这样啊，那行，你们进来吧。"那个奇怪的声音再次响起，接着隔门像是有什么自动装置一样，不声不响就打开了。

"哈哈哈……让你吃惊了吧。刚才我是和在里屋的老大通话。为了不让人注意到，这个柱子的背面安装了扩音器和麦克风。老大就是这么小心谨慎的人。"化装成乞丐的手下向赤井说明道。

"但是，他是怎么知道我在这里的呢？"赤井仍然满腹疑惑。

"嗯，这件事你待会儿就明白了。"

对方没有继续说明，而是抬着明智往宅子里面走去。于是赤井也不得不紧紧跟在后面走进去。

玄关旁边还有一个强壮的男人，双脚岔开站在那里，看见这一行人就呵呵笑着点头致意。

拉开纸拉门，沿着走廊一直走到最靠里面的房间，进去一看，奇怪的是这只是个十张榻榻米大小的空房间，并没有二十面相的身影。

"乞丐"扬起下巴做出一个指示，美丽的女手下便大步走近壁龛，把手伸到柱子的背面，似乎动了什么东西。

之后发生了什么？随着沉重的"咯噔"一声，位于房间中央的一块榻榻米突然往下掉了下去，留下一个长方形的黑暗洞口。

"瞧，要从这里的梯子走下去。"被这么一提醒，赤井往洞中瞧了瞧，果然是有一架颇为气派的木楼梯架在下面。

啊，这是多么小心谨慎啊。外门是关卡，玄关是关卡，就算通过了这两关，只要不知道这榻榻米下面的玄机，仍然完全搞不清二十面相到底是在这宅子中的什么地方。

"你还发什么呆，赶快下去吧。"

三个人一起抬着明智，踩着楼梯往下走，头上面又传来"咯噔"一声，榻榻米洞口又被盖子给盖上了，恢复了原样。这个机械装置实在是太精妙了。

到了地下室，却仍然并非二十面相所在的房间。借助昏暗的灯光，沿着水泥走廊又走了一段路，一扇结实的铁门挡住了去路。

化装成乞丐的男人在这扇门上以奇特的节奏"咚咚咚、咚咚"地敲了起来。然后沉重的铁门从里面打开，电灯光亮一下子照射过来，眼前出现了一间装饰华丽到好似幻境的西洋式房间，坐在正面大尺寸安乐椅上、露出笑容的三十岁左右的西装绅士，就是二十面本尊。尽管不知道这张脸是否就是他的真面貌，不过眼前的二十面相是个有着一头漂亮卷发、没有胡须的英俊男人。

"干得好，干得好啊。我决不会忘记你们的功劳。"

二十面相因最大敌人明智小五郎成为阶下囚这件事高兴得忘乎所以。这确实也不奇怪，只要把明智一直囚禁在这里，整个日本他就没有对手了。

可怜的、被捆得结结实实的明智侦探被人往旁边地板上一扔，赤井寅三似乎对仅仅将他绑架过来还不解气，又对着失去知觉的明智的脑袋踢了一脚又一脚。

"啊，你看来真是对这个家伙有深仇大恨呢，正适合做我们的伙伴嘛。但是不要再踢了，敌人也是需要怜悯的，更何况这个男人是全日本独一无二的名侦探。别再下狠手了，把绳子解开，把他放到那边长椅上去吧。"

不愧是贼首二十面相，深谙对待俘虏之道。

于是几个手下按照命令，解开了明智侦探身上的绳索，让他躺到长椅上去。但药效还未过去，侦探仍然昏迷着不省人事。

化装成乞丐的男人将绑架明智侦探的经过，还有拉拢赤井寅三成为同伙的理由，都详细做了报告。

"嗯，干得很好！赤井君，你肯定能发挥作用的。关键是你对明智仇深似海，我最看中的就是这点。"

二十面相因为抓住了名侦探而兴高采烈，心情极佳。

于是赤井正式向二十面相发誓，成为他手下弟子效忠于他，然后这个流浪汉马上就提出从刚才开始就已忍耐不住的满腹疑问。

"这个屋子里面的机关实在太令人惊讶了，也怪不得老大完全不害怕警察。但是，我有件实在想不明白的事情。刚才我们走到玄关那里的时候，为什么老大你能够看到我们？"

"哈哈哈……你问这个啊。来，你往这边瞧一瞧。"

二十面相用手指指向从天花板一角垂下来的犹如暖炉烟囱的某个东西。

听说是要往那边瞧一瞧，于是赤井走过去，往那东西下端如手掌一般弯曲的筒口里瞧去。

这一瞧真是吃惊。这个筒状物里面，是这个宅子从玄关到门口的情景，以缩小尺寸映射出来。此时可以清楚看到刚才遇到的那个守在门旁的男人，仍然老老实实地站在门里面。

"这个与潜水艇里面使用的潜望镜是同样的原理。不过相比而言，这个里面的镜面反射要更加复杂。"原来是因为这个，所以才会使用那么强光的电灯。

"其实你到现在为止见到的，不到这个宅子里面所有机关装置的一半。这其中还有一些是只有我知道，其他任何人都不知道的机关，因为这里就是我的总根据地。虽然除了这里之外我还拥有不少藏身处，但那些不过是欺骗敌人的暂时住所罢了。"

这么说，曾经困住小林的户山原旧宅，也不过是二十面相其中一处藏身之所而已。

"这宅子里面还有我的藏品室，等以后会有机会让你见识下。"

二十面相仍然心情极为舒畅，只顾滔滔不绝。仔细一瞧，他那个安乐椅的背后，有一个类似于银行金库门一般拥有复杂机械装置、尺寸巨大的大铁门，关得严严实实。

"那后面还有很多房间的。哈哈哈……吃惊了吧。这个地下室远比地面上的住宅要宽敞得多。而且各个房间里面，分门别类陈列着到目前为止我获得的全部战利品。到时会给你看的。还有些房间没有陈列物，是空的，那些过几天就会塞满各种国宝。你也看了报纸吧，就是国立博物馆的大量宝物啊。哈哈哈……"

因为除掉了明智这个大敌，所以二十面相认为那些宝物等于已经搞到手了，他的心情极为愉快，止不住哈哈大笑。

少 年 侦 探 团

到了第二天早上，明智侦探仍没有回家，家中于是陷入混乱。

与侦探一同出门的是一位前来委托处理案件的夫人，她的住所地址有留下记录，去那边一调查却发现那夫人根本不住在那个地方。所有人这才明白过来，侦探是被二十面相给绑架了。

所有晚报都用大篇幅报道了名侦探明智小五郎遭绑架的事情，并附上明智的大幅肖像，把事件添油加醋地描写出来，广播里面也进行了详细报道。

"啊，明明只有名侦探可以依靠，他却被怪盗捉去了，那博物馆可就危险了。"

千万的东京市民就好似自己家要被偷了似的懊恼，在市内各个场所，只要有人聚集就一定会谈论起这桩事。整个首都上空都笼罩着阴惨的气氛，人人都感到头顶上被不安的黑云所覆盖着。

不过对于名侦探被绑架这事，世界上感到最为懊恼的人肯定是侦探的少年助手小林芳雄。

　　他等了一个晚上直到天明时分，接着又焦急地等待了一个白天，又到了晚上，老师仍然没有回来。警方已经确认名侦探是被二十面相绑架了，报纸和广播也都这样进行报道，小林不但担心老师的生命安全，也为名侦探的崇高名誉就此崩塌而伤心不已。

　　小林在自己担心的同时，还必须要安慰先生的夫人。虽说作为明智侦探的夫人果然坚强，并没有在人前流泪，甚至还能在因强烈不安而发白的脸上勉强挤出一丝笑容来，但令小林看了更加同情，坐立不安。

　　"夫人，没事的。老师怎么可能真的被怪盗捉走。老师肯定有某种我们还不知道的高明计策，所以他才这么长时间都没回来。"

　　小林这么说着，小心安慰着明智夫人。但是他对于这番话并没有多少信心，因此一边说一边在内心深处涌动着不安的情绪，说话也断断续续的。

　　作为名侦探助手的小林这次也是毫无办法可想了。他完全没有可用于寻找二十面相藏身贼巢的线索。

　　前天有怪盗的手下假扮成摆皮影戏摊子的，跑到宅前来监视情况，今天会不会也有可疑人物在附近徘徊？如此一来，就有寻找到怪盗巢穴的一线希望了。小林有此念头，频繁跑上二楼往门前道路上张望，但连一个可疑人物的影子也没看见。对于怪盗而言，绑架的目的既然已经达到，就没必要再派人来监视了。

　　就这样，不安的第二个夜晚也过去了，已经是第三天的早上。

　　这一天正好是星期天，明智夫人和小林刚冷冷清清地吃过早饭，门口就飞也似的跑来一个少年。

"对不起，请问小林君在吗？我是羽柴。"

小林听到小孩子很有穿透力的喊声吃了一惊，急忙出去一看，站在那里的是已有很长时间没见过的少年羽柴壮二，他可爱的脸蛋涨得通红，正呼吸急促地站在那里。看来他是很着急地跑步过来的。

各位读者应该还没有忘记吧。这位少年就是那个在自家庭院里面设置陷阱，令二十面相吃了一番苦头的少年，也是大实业家羽柴壮太郎的儿子。

"哦，是壮二君啊，你来得正好，请快进来。"

小林把小自己两岁的壮二当弟弟一般看待，引他进了接待室。

"你是有什么急事吗？"

听到询问，壮二用成年人的口吻说了以下这番话。

"明智老师情况不好啊。还不知道他现在到底在哪里吧？我就是来提出一个建议。其实，从当初发生那起案件的时候开始，我就一直很崇拜你。然后我也想向你学习。我把你勇斗怪盗的事迹告诉了同学们，召集了与我有同样想法的十名同学。

"于是大家一起组成了一个名为'少年侦探团'的组织。当然是在不影响学习和日常生活的前提下活动。我爸爸也说学校方面没问题就允许我这么做。今天是星期天，所以我把大家都带到你这边来了。大家都愿意接受你的指挥，以我们少年侦探团的力量，一定能把明智老师的去向找出来。"

壮二一口气说了这么多话，可爱的双眼直视着小林，期待着他的回答。

"太感谢了！"小林眼泪都快涌出来了。他好不容易忍住，紧紧握住了壮二的手。

"如果明智老师听到你们的事，他该有多么高兴啊。好，那就请你们侦探团来帮忙吧。大家一起来寻找线索吧。不过，你们到底是和我不一样的，不能让你们去做太危险的事，万一要出了什么事，无法向你们的父母交代。但是我已经想到了一个寻找线索的办法，一点儿危险性都没有。你知道'打探'这种方法吗？就是一种向很多人打听消息，即使再小的事也不放过，从而找到线索的侦探方法。

"实际上比起大人，小孩子更加机敏，还可以让对方放下戒心，所以我想一定能干成的。而且，我还知道前天晚上把老师带出去的那个女人的长相、装扮，还有那辆轿车离开的方向，我们只需要往那个方向开始进行'打探'就行。店里的小伙计也好，路边闲聊的人也好，邮递员也行，就是附近玩耍的小孩子也可以叫过来，详细询问他们。

"不过，虽然我们现在知道大致的方向，但再往前走就会出现分岔路，想要确定该往哪条路上走会很难，好在如今人数多了。只要道路分岔了，就分出人手来分别'打探'就行。今天按照这样子用一整天进行'打探'，可能就会获得某种线索。"

"好的，就这么干吧，一点儿也不难。那么，我把侦探团的成员们都叫进来可以吗？"

"好，我跟你一起出去见他们吧。"

于是两个人得到明智夫人的许可之后，走到外面门廊上，壮二便立刻跑到外面去了，没一会儿工夫他就带领十名侦探团成员走了进来。

小林一看，团员都是小学高年级学生的样子，看着都是很健康快乐的少年。

壮二先向大家介绍了一下小林，随后小林站在门廊上向大家打了招呼，并详细说明了寻找明智侦探的方法。大家当然都一致赞成，甚至有团员因为太过高兴而激动到高喊："小林团长万岁！"就这么把小林推举为了团长。

"那么，我们这就出发吧。"于是，这一行少年如同童子军一般，踏着整齐的步伐，消失在了明智宅邸的门外。

下午四点

少年侦探团的搜索活动利用周日、周一、周二、周三的课后时间，坚持不懈地持续推进着，但这些天过去了，却没有得到任何值得一提的线索。

这毕竟是动员东京数以千计的专业巡警都束手无策的棘手案件，找不到线索并不是因为少年侦探团能力不足。这些英勇的少年们日后会有怎样的作为还不一定呢。

明智侦探一直下落不明，而令人惊恐的十二月十日却一天天地逼近了。警视厅的警察们简直坐立难安。毕竟怪盗宣称要偷盗的那些东西都是国宝级的宝物，因此搜查科科长还有负责二十面相案件的中村系长等，因为担心过度人都消瘦了。

然而，在预告犯罪日的前两天，即十二月八日，又发生了一件令社会上的议论更加喧嚣的事件。这一天的《东京每日新闻》的社会版上，公然把二十面相的来信给刊登出来了。

这封来信挺长的，总结要点就是如下这番话：

"我已经预告过十二月十日就是对博物馆动手之日，但感觉如果给出更为具体的时间应该更能彰显男子气概，因此本人向全体东京市民郑重宣告动手时间是十二月十日下午四点。请博物馆馆长也好，警视总监①也罢，尽可能把警戒工作做好。你们的警戒越是严密，就越能为我的冒险增光添彩。"

啊，怪盗这是多么嚣张啊。不但告知了犯罪日期，连具体时间都公布于众了，简直胆大妄为得令人吃惊。他对博物馆馆长和警视总监的所谓提醒更是无礼到了极点。

读了这封信的东京市民都惊讶得瞠目结舌。之前认为二十面相荒唐无稽而嘲笑不已的人们，至此也笑不出来了。

当时的博物馆馆长是日本史学界的老前辈——北小路文学博士，但这位德高望重的老学者也不得不认真对待怪盗的犯罪预告，亲自赶赴警视厅，与警视总监就警戒方法进行周密的协商。

事态发展不止如此。二十面相甚至成为国务大臣在内阁提及的话题。这使得总理大臣和法务大臣也非常担心，专门将警视总监请到另一个房间里，对他说了不少鼓励的话。

---

① 警视总监：警视厅的首长，在日本警察阶级中处于最高位置。

　　在全体东京市民的不安中，日子仍然一天天过着，终于到了十二月十日这一天。

　　国立博物馆在这一天早上以北小路馆长为首，三名系长、十名文书、十六名守卫和其他工作人员一个不落地全都上班了，按照部署各自坚守在警戒岗位上。当然这一天博物馆大门紧闭，谢绝参观。

　　警视厅派出以中村系长为首的警官队，由五十名精挑细选的优秀警察组成，在博物馆的正门、后门、围墙周围还有馆内的各处重点位置都布置了人员，这警戒部署简直严密到连蚂蚁都无缝可钻。

　　下午三点半，距离怪盗预告的时间只剩下三十分钟，警视总监带领刑事部部长也赶来了。总监因为太过担心，无法继续待在警视厅里面，于是他干脆赶来亲自守护博物馆。

　　警视总监等人视察了整个警戒情况之后前往馆长室，与北小路博士会面。

　　"没想到您会亲自出马，不好意思。"

　　"不，这事也真是让我汗颜，总之我忍不住得过来。仅仅为了这么一个盗贼，竟然惹出这么大的骚动，实在是耻辱啊。自从我进入警视厅以来，还是第一次遭受如此奇耻大辱。"

　　"啊哈哈……"老馆长无力地苦笑说，"我也是同样。就为了那个毛头小盗贼，已经失眠一星期了。"

　　"不过，剩下的时间也就只有二十分钟了。哎，北小路先生，难道说在这二十分钟的时间里，怪盗能够冲破如此严密的警戒，把这么多的收藏品给偷走？就算他真是个魔法师，恐怕也办不到这样的事吧。"

"我也不明白。我对于魔法之类的事完全不懂。我只盼望四点钟这个时间能够赶快过去。"

老馆长用颇为恼怒的口气如此说道。看来他因为太过烦恼，提到二十面相就会感到很生气。

室内的三人说到这里就中断了谈话，只是盯着墙壁上挂着的时钟看。

警视总监身穿镶金边的威严制服，身材犹如相扑手那般魁梧；刑事部部长则是中等身材，留着漂亮的八字胡；北小路博士则穿着西装，白发白须，身材瘦削好似仙鹤。三个人各自背靠在椅中，不时瞥一下时钟的指针，眼下与其说是气氛凝重，不如说是某种奇妙的、完全不该出现于此地的光景。就这样过了十几分钟，终于忍耐不住沉默的刑事部部长突然开口说话。

"啊，说起来明智君现在在干什么呢？我和他素有交情，所以我对这次的事真无法理解。按照过往的经验来看，他应该是不会犯下这种错误的啊。"

听到这话，警视总监把自己壮硕的身体扭过来，看着手下的脸说道："你们啊，成天明智、明智的，完全就是在崇拜那个男人，对此我是不赞成的。无论他多么厉害，到底只是一个私家侦探，真能干成什么事呢？他还大言不惭说要凭一己之力将二十面相逮捕，吹牛过头了。这次的失败对那个男人来说也是个绝佳的教训。"

"但是，想一想明智君过去的功绩，也不能断定他肯定失败了。我刚才在外面还和中村君谈起他，现在这个关键时刻有那个男人在就好了。"

刑事部部长的这番话还没全说完，馆长室的门就被静静地推开了，一个人出现在门口。

"明智就在这里哦。"这个人满脸笑盈盈的，用洪亮的声音说道。

"哦，明智君！"刑事部部长从椅子上跳了起来并大喊一声。

这个人穿着合身帅气的黑色西装，头发乱蓬蓬的，与过去模样别无二致，正是明智小五郎本人。

"明智，为什么你……"

"请待会儿再说，现在有更加重要的事情。"

"当然，现在必须防止收藏品被偷走。"

"不，那已经晚了。请看，约定的时间已过。"

听到明智这么说，馆长、警视总监、刑事部部长都一起抬头看向墙壁上的时钟，确实那根分针已经过了"12"的位置。

"啊哈哈，这么说起来二十面相是放弃行动了吧。博物馆内什么异样都没有啊……"

"确实，约定的四点已经过了。那个家伙，果然是没办法动手。"

刑事部部长好似高奏凯歌一般叫喊着。

"不，怪盗遵守了约定。这座博物馆已经等于被搬空了。"

明智以沉重的语气如此说道。

粗暴的名侦探

"哎？哎！你到底在说什么呢？不是没有任何东西被偷吗？就在刚才我还亲自在展览室各处进行了检查。而且，在博物馆周边还布置有五十名警察。我手下的警察可绝不是瞎子！"警视总监狠狠盯着明智，生气地大吼大叫。

"但是，确实已经被偷光了。二十面相和过去一样又使用了魔法。如果不信的话，和我一起去看一下吧？"明智很平静地说道。

"哼，你还是坚持说博物馆已经被偷了是吧？好，那就大家一起去调查。馆长，这个男人所说的话是真是假，我们到展览室里面去看一看便知究竟。"

堂堂明智侦探难道也会说谎话？警视总监这么一想就觉得还是再调查一番为好。

"就这么办吧。那么北小路先生，我们一起走一遭吧。"

明智向白发白须的老馆长露出微笑，催促着他。

于是四个人鱼贯而出，离开了馆长室，通过走廊往主馆的展览区方向走去，而明智似乎是为了照顾年老体衰的北小路馆长，扶着他的手走在最前头。

刚进入展览区，刑事部部长就急忙叫喊起来："明智君，你应该是做梦了吧！你看哪里都没有异常嘛！"

确实如刑事部部长所言，玻璃展示柜当中，一排国宝佛像好好地陈列其中，没看到有任何东西消失了。

"你说这个吗？"明智指了指那佛像的展示柜，意味深长地回头看了看部长，便大声招呼站在一旁的守卫，"请把这个玻璃门打开。"

守卫虽然并不认识明智小五郎，但馆长和警视总监都和他在一起，于是听从其命令，立刻拿来钥匙将尺寸颇大的玻璃门给打开，发出"喀啦喀啦"的声音。

接下去的一瞬间，发生了非常怪异的事情。

啊，明智侦探是不是发疯了？他竟然直接走进了宽敞的展示柜中，走近其中尺寸最大的一尊古代木雕佛像，突然一下子将佛像雕刻精美的手臂折断了。

他这动作实在太过迅速，其余三个人当场被惊呆了，都忘了去阻止他，竟然就眼睁睁看着他顷刻之间把同一个展示柜里面全都是国宝级的五尊雕像，一尊接一尊拆成了一堆无法复原的残废品。有的是被折断了手腕，有的是被拔掉了脑袋，还有的是手指被掰断了，看着都触目惊心。

"明智君，你在干什么！喂，不行，还不住手！"

警视总监和刑事部部长异口同声喊叫起来，然而明智却置若罔闻，一下子从展示柜里面跳出来，又和刚才一样站在老馆长的身边，握着他的手，仍然开心地笑着。

"喂，明智君，你到底是怎么了？瞎胡闹也要有限度。这可都是博物馆里面最珍贵的国宝啊。"

被气到满脸涨红的刑事部部长举着双手，一副立刻就要扑过去抓他的架势。

"哈哈哈……你说这是国宝吗？眼力可真不怎么样啊。请好好看看刚才我折断的佛像的断口，看一下就明白了。"

明智说话的语气充满自信，部长不由愣了一下，靠近佛像仔细观察那些断口。

这一看如何？竟然就看到那些佛像掉了脑袋、折断手臂后的断口，和外表通体泛黑且古色古香的色调一点儿也不相似，而是鲜嫩的白色木头截面。奈良时代的雕像使用如此全新的材料是根本不可能的。

"你是说，这尊佛像是个赝品？"

"正是如此，只要你稍微有一点儿欣赏艺术的眼光，就算我没有弄出这样的断口来，也一眼就能看出这是赝品。这是用全新的木头制造的仿品，涂上颜料来故意做成旧佛像的样子。只要是专门制作仿品的工匠，做出这个并不困难。"明智平静地加以说明。

"北小路先生，这究竟是怎么回事？国立博物馆的展品怎么可能会是假的……"警视总监急忙逼问老馆长。

"我也完全不知道，不知道是什么情况啊！"手还被明智握着，老馆长一脸茫然地站着，狼狈不堪，闪烁其词地回答着。

这时，因为听到骚动，有三名馆员慌忙赶了过来。其中一人是古代艺术品鉴定方面的专家，并担任这方面管理的系长，他只看了一眼被破坏的佛像，就立刻察觉出不对而高声喊叫起来："啊，这些全部都是仿造品。但是太奇怪了，直到昨天为止这里的都还是真品。我是昨天下午进到这个展示柜里确认过的，绝对没错。"

"那也就是说，直到昨天还仍然是真品，到了今天就突然变成赝品了。这也太不可思议了，到底是发生了什么事？"

警视总监的表情好似遇见了鬼，环顾身边众人。

"你们还没有明白吗？总之，这个博物馆已经被偷盗一空了。"明智这么说着，用手指向对面的其他展示柜。

"什、什么？你难道是说……"刑事部部长忍不住惊叫起来。

刚才那位馆员领悟了明智所言的意思，立刻大步走近对面的展示柜，把脸几乎贴到玻璃上，仔细凝视排列在柜中的黑色佛像画。然后很快他就叫喊起来。

"啊，这个，这个，还有那个，馆长，馆长！这里面的绘画全部都是赝品。一个都不剩，全变成假的了。"

"快检查其他的柜子，快快！"没等刑事部部长下达指示，三名馆员一边口中不知叫喊着什么，一边发狂一般从一个柜子奔到另一个柜子进行检查。

"假货！所有珍贵的艺术品都是仿造品！"

然后这些人几乎是连滚带爬，又奔往楼下的展览区，过了不一会儿又跑回二楼，此时聚在这里的馆员人数已经不止十人，而且每一个人都是愤慨到满脸通红。

"下面也都是一样的，剩下的真品都是些低等展品了。凡是能称得上珍品的展品，都变成赝品了……但是，馆长，刚才我和大家也说过了，这件事实在是太不可思议了。直到昨天为止，肯定不会有任何仿品存在的。各展区负责人关于这一点都有绝对的自信。然而在短短一天之内，大大小小数百件艺术品就好似被施了魔法般全变成赝品了！"

馆员们懊恼不已，捶胸顿足地喊叫着。

"明智君，看来我们又被那家伙给彻底耍弄了。"警视总监一脸沉痛的表情，回头对名侦探说道。

"确实如此，这个博物馆已经被二十面相盗取一空了。刚才我就已经这么说过了。"

在这一大群人中，只有明智不但丝毫没有惊慌失措，嘴角还浮起一丝淡淡的微笑。

似乎是为了激励因受到过大打击、看上去连站立的力气都快失去的老馆长，侦探还紧紧抓着他的手。

真相大白

"但是，我们还是不明白这到底怎么回事。那么多的艺术品，在仅仅一天时间内全部被替换成了赝品，这难道是人类可以做到的事吗？当然，说起制作赝品，可以在此前假扮成艺术生来观赏并画下图形，这样也并非不能进行仿造，但如何把仿品放进去替换真品才是问题的关键。这完全难以想象。"一名馆员好似碰到了非常难的数学题一般，歪着脑袋如此说道。

"你们真的确认直到昨天傍晚，这里所放的还都是真品吗？"警视总监发出质问。馆员们都充满信心地回应，他们异口同声地说："关于这一点绝对不会有任何差错。"

"那么，恐怕就是昨天晚上，二十面相一伙人不知用了什么办法，潜入到这里面来了吧？"

"不，这件事也是毫无可能。无论是正门还是后门，还是围墙周围，都有大量巡警彻夜守卫。馆内还有馆长先生和三名值班人员一直在坚守岗位。想要突破如此严密的警卫，将数量巨大的仿品带进来，又将同数量的真品带出去，怎么可能？这完全不是人力可以做到的事情啊！"馆员们坚持这个说法。

"不明白，这实在不可思议……但是二十面相那家伙，也并不像他广为吹嘘的那般信守承诺。他事前就用赝品把真品替换了，那么所谓的十日下午四点的犯罪预告，岂不是毫无意义。"

刑事部部长因为非常懊悔，忍不住要说这一番话来挽回点儿面子。

"然而，那绝非是毫无意义的。"明智小五郎简直是在为二十面相进行辩护，如此说道。他好似与老馆长北小路博士关系非常好，从刚才开始两人的手就紧握在一起没有松开。

"哦，你说绝非没意义？那你说说看这到底是怎么回事？"警视总监一脸不相信地看着名侦探的脸询问他。

"请看那里。"明智走到窗边，手指向博物馆后面的一片空地，"我认为怪盗之所以必须要等待至十二月十日，秘密就在那里。"

那片空地上，原本有着在博物馆创设之初建造的古代日本建筑式样的馆员值班室，但后来废弃不用了。几天前博物馆开始对建筑物进行拆解，现在已经基本拆完了，旧木材、瓦片等四处散乱堆放着。

"这是拆了一栋旧屋吧？但这个与二十面相的案件到底有什么关系呢？"刑事部部长惊讶万分地看着明智问道。

"到底有何关系，过会儿就可以明白……麻烦有哪位可以帮我去转告下也在馆内的中村警部？请他把今天中午看守后门的警察赶快带到这里来。"

根据明智的指示，有一名馆员尽管还不明缘由，但还是飞快跑到楼下去，过了一会儿便带着中村系长和另一位警察一起回来了。

"你就是今天中午看守后门的守卫吗？"

明智立即提出问题，而这位警察看到警视总监就在眼前，不由得毕恭毕敬，保持着直立不动的姿势回答："是的。"

"那么，今天从正午到下午一点之间，你应该看见有一辆卡车从后门出去了吧？"

"呃，您所询问的是那辆装着房屋旧木材的卡车吗？"

"正是。"

"那辆卡车确实出去了。"警察的表情似乎还想说：那些旧木材有什么问题吗？

"各位现在明白了吗？这就是怪盗所谓魔法的真相。简单来说，就是那辆卡车假装是运旧木材的，实际车上装满了被偷的艺术品。"明智环顾众人，挑明了这令人震惊的真相。

"你是说，那些拆解旧屋的工人当中混有怪盗的手下？"中村系长眨巴着眼睛提出疑问。

"正是如此。可能并不是混入其中，而是那些工人全部都是怪盗的手下。二十面相从很久以前就开始做了非常细致的准备，就等待着这个绝佳的好机会。旧屋的拆解应该是从十二月五日开始的吧？这个开工日期想必早在三个月或四个月前，相关人员就已经知道了。这样的话，本月十日不恰好就是需要运输旧木材的日子吗？所以犯罪预告中宣告的十二月十日这个日期，就是按照这个工程推算而来的。而下午四点，是真迹艺术品都已经被搬运到了贼巢中的时间，意味着就算我们发现了赝品也已经回天乏术了。"

啊，这是多么细致精妙的计划啊。二十面相的魔术总是经过周密设计，完全超乎一般人的想象。

"但是明智君，就算能够用这种方法把赃物搬出去，但怪盗到底是如何潜入展览室的，又是在什么时候用赝品替换了真品的，这些谜题仍然没有解答啊。"刑事部部长的语气似乎是仍然很难相信明智的说法。

"替换这件事，是在昨天深夜做的。"明智以一切都已明晰的口吻如此说道。

"假扮成工人的怪盗手下每天进来工作时，就会把假的艺术品一点点带进来。绘画卷成细筒，佛像分解成手、足、头、身体等部分并分别包裹起来，与木匠工具一起带进来的话是不会引起怀疑的。所有人都在防备东西被偷盗出去，完全不会去注意带进来的东西。就这样，赝品全部都藏在堆积的旧木材里面，就等昨晚夜深时分。"

"但是，到底是谁在展览室中实施了替换呢？工人们不是昨天傍晚就回去了吗？就算是其中有几个人暗中藏在博物馆里面，他们又为什么能潜入展览室呢？到了晚上出入口都是关闭的。在馆内还有馆长先生和三名值班员通宵没睡觉一直看守着。在这些人丝毫没察觉的情况下替换了这么多展品，这完全不可能啊！"一名馆员提出了符合逻辑的疑问。

"关于这一点，怪盗又使出了堪称胆大包天的手段。说起昨晚的三名值班员，今天早上他们是各自回家去了吧？请往那三个人的家里打个电话，向他们的夫人确认下，丈夫是否回到家里了？"明智又做出了一个令人难以理解的指示。

这三名值班员家里都没有安装电话，但可以拨打他们住宅附近商店的电话去叫他们，于是有一名馆员立刻去打电话，发现三个人全部从昨夜开始就没有回家。值班员们的家人都以为遭遇了紧急事件，今天这三个人需要留在博物馆加班，所以不以为意。

"这三个人离开博物馆已经八九个小时了，却没有一个人回到自己家中，这不是很奇怪吗？昨晚都是通宵值班，应该都累了，不会跑到别的地方玩去。为什么三个人没有回家，请问各位明白其中缘故吗？"

明智又扫视了一遍众人的脸庞，然后继续说下去。

"可以肯定，这三个人是被二十面相一伙人给绑架了。"

"啊，被绑架了？那是什么时候发生的事？"馆员惊叫起来。

"是在昨天傍晚，三个人为了上夜班而走出家门后不久。"

"什么？你说是昨天傍晚？那么，昨晚上在这里的三个人是……"

"其实他们是二十面相的手下。真正的值班员被关押在怪盗贼巢里面了，而怪盗手下就代替了他们进入博物馆来值班。这是多么怪异的事情啊，让盗贼来担任看守，那么把艺术品替换成赝品自然也就轻而易举了。各位，这就是二十面相的作案方法，看似是根本做不到的事情，但其实稍微动些脑筋，轻易就能做到了。"

明智侦探好似是在赞赏二十面相的头脑聪明，他一直握住老馆长北小路博士的手腕，此时更是紧握到让人发疼。

"嗯，原来那几个人是怪盗的手下吗？真是糊涂啊，我太糊涂了。"

老馆长晃动着一头白发，因懊悔而呻吟不已。他两只眼睛吊起，整张脸涨得通红，愤怒的表情让旁人看了感到害怕。但是，为什么老馆长没有看穿那三个伪装者呢？如果伪装者是二十面相的话自然难以识破，但其三名手下也能易容到连馆长都无法分辨的程度，这实在令人难以置信。北小路博士德高望重，竟会如此轻易被欺骗，这实在颇为奇怪。

抓获怪盗

"但是，明智君——"警视总监仿佛好不容易等到明智侦探说明完毕，立刻向他提出问题。

"你简直就好似本人就是二十面相，把如何盗取艺术品的作案手法详细说明了一遍，但这些都是你的想象吧？还是说你已经掌握了确凿的证据呢？"

"当然，我不可能仅凭想象的。我是亲耳从二十面相的手下那里听到了所有的秘密，而且，就是在刚才听到的。"

"啊，你说什么？你遇见了二十面相的手下吗？到底在哪里，怎么会遇到的？"堂堂的警视总监听到如此出乎意料的答案，整个人都惊呆了。

"我是在二十面相的藏身之所遇到他们的。总监阁下，你也知道我被二十面相绑架的事吧？无论是我的家人还是整个社会都这么认为，报纸上也这么报道。不过老实说，那不过是我略施小计而已。我根本没有被绑架，而是反过来变成了盗贼同伙，去帮忙绑架了某个人。

"说起来在去年的某一天，有一位不可思议的志愿者来拜访我，想要成为我的徒弟。我一见那个男人的样子就不由得大吃一惊，甚至还以为自己的眼前放着一面大镜子。因为那个想成为我徒弟的志愿者，无论身材还是容貌，甚至头发卷曲的模样，都和我几乎丝毫不差。也就是说，那个男人是希望成为我的影子武士，在某些场合可以作为我的替身出面。

"于是我没有让任何其他人知道，就雇了那名男子，找了个地方让他住下，而这次就到了他发挥作用的时候。那天我出门之后，去了那个男子的藏身之处，与他互换衣服，然后让变成我模样的那个男子先回到我的事务所。过了一会儿，我自己假扮成一个名叫赤井寅三的流浪汉，跑到明智事务所的门廊，和我自己的替身上演了一场格斗表演。

"怪盗的手下看到了事情经过，于是完全相信了我。他认为我既然与明智有深仇大恨，就引见我成为二十面相的手下。于是，我就帮助那个怪盗手下把我自己的替身绑架了，由此我终于能够进入到怪盗的老巢里面。但二十面相那个家伙，到底是小心谨慎的，从我成为他的同伙至今就只安排我在宅子里干杂活，一步都不能走到外面去。当然，关于盗窃博物馆艺术品的计划等等，他是一点儿都没有透露给我。

"就这样到了今天，我终于下定决心要采取行动，等待下午的时机到来。到了下午两点左右，怪盗老巢地下室的入口打开，许多身穿建筑工人服装的怪盗手下陆续走下来，每个人手上都拿着贵重的艺术品，当然都是博物馆的被盗品。

"我在地下室里面当班的时候，已经准备好了好酒好菜。于是，那些回来的人和我们这些留下的人，全都汇聚一堂举杯庆贺。怪盗手下们因为成功干了一票大的，高兴得忘乎所以，开始拼命喝酒。过了三十分钟之后，一个，两个，到最后一个不剩，所有人都失去知觉倒下了。你要问为什么，这不是明摆着的吗？我在怪盗的药房里面拿出了麻醉剂，预先就混在了酒水中。

"于是，我一个人逃出了那个地方，跑到附近的警察署把原委都说了，拜托他们逮捕二十面相的手下们，并对藏在地下室中的所有被盗品加以保管。各位就尽情高兴吧，被盗品已经全部拿回来了。国立博物馆的艺术品，还有那位可怜的日下部老人美术城堡中的宝物，以及二十面相迄今为止偷盗的所有东西，全都可以物归原主了。"

　　明智这一长段说明，令在场所有人都听得如痴如醉。啊，名侦探果然是名不虚传。他实现了在众人面前许下的诺言，仅凭自己一人之力寻获贼巢，取回了所有的被盗品，抓获了所有恶徒。

　　"明智君，干得太棒了！太棒了！在此之前我都小看你了。我要向你送上所有的感谢！"

　　警视总监突然走近名侦探，紧紧抓住他的左手。要说为什么就抓住左手，是因为明智的右手仍然有别的事要做。他那只右手，直到此时仍然与老馆长的手紧紧握在一起。这就奇怪了，为什么明智一直这样紧紧握着老馆长的手呢？

　　"这么说，二十面相那个家伙也喝了麻醉剂吧？你从刚才就说手下、手下的，二十面相这名字一次都没说，不会是让贼首给逃了吧？"中村系长突然有所察觉，颇为担心地发出询问。

　　"不，二十面相一次都没有回到那个地下室。不过，我已经把他牢牢给抓住了。"明智脸上仍旧带着微笑。

　　"那么他在哪里？你是在哪儿抓住他的？"急性子的中村系长急忙发问。其他人以警视总监为首，也直盯着侦探的脸庞，期待着他的回答。

　　"我就是在这里抓住他的。"明智以淡然的口吻回答。

　　"这里？那么他现在到底在哪儿？"

　　"就在这里啊。"明智这又是在说什么莫名其妙的话？

　　"我说的是二十面相。"中村一脸迷茫地提出反问。

　　"我说的正是二十面相嘛。"明智几乎是原话奉还。

　　"你别用这种猜谜似的语气说话了。这里所有人不都是我们认识的人吗？还是说，你的意思是二十面相就躲藏在这个房间里面？"

"我就是这个意思。首先，请大家看一个证据……劳烦多次了，对不住，现在楼下的接待室有四位客人正在等候，有没有人请再下去一趟把他们带上来？"明智又提出了意外的请求。

一名馆员立刻就跑下楼去了。没等几分钟，楼梯上传来很多脚步声，所谓的四位客人出现在了众人面前。

看到这四人的同时，在场所有人都高声发出惊呼："啊！"

请看站在这四个人最前头的这位白发白须的老绅士，他毫无疑问，不就是北小路博士吗？

他身后跟着的三个人都是博物馆馆员，也就是从昨天晚上就下落不明的那三名馆员。

"这几位都是我从二十面相的贼巢中救出来的。"明智如此说道。

这到底是怎么一回事呢？这下子有两位北小路博士了？

一位是刚刚从楼下走上来的北小路博士，而另一位就是从刚才开始一直和明智互相握着手的北小路博士。

这两人从服装到相貌直至体形都分毫不差，两位老馆长就这样彼此对视，死盯着对方。

"各位，你们对于二十面相是多么厉害的易容高手，这下是完全了解了吧？"

明智侦探这句话还没说完，突然就把他一直都很亲切地握着的老人的手猛然扭过去，然后将对方压倒在地板上，并且将对方的白色假发、白色胡须都扯下来。于是出现在人们面前的，是深黑色的头发和一张年轻且光滑的脸。这不用说，就是如假包换的二十面相本人。

"哈哈哈……二十面相君，真是辛苦你啦。从刚才开始你一定感到非常痛苦吧。我就在你的面前，把你所有秘密一一揭穿，而你却只能干瞪着眼忍耐，脸上还必须装出没事的样子来。想要逃跑吧？可是在这么多人的面前又办不到。不，就算你想逃，我这只手也已经像手铐一样，把你的手腕给紧紧抓住了。是不是感觉手腕都麻痹了？请多包涵吧，也许我是把你欺负得过分了些。"

二十面相已经哑口无言，耷拉着脑袋，明智以同情的眼神俯视着他，同时送上颇为讽刺的安慰话。

但是，变身为馆长的二十面相为什么不早些逃走呢？他在昨天晚上就已经达成了目的，如果他与三名假馆员一起赶快逃走的话，就不会落得如此丢人现眼的下场了。

可是各位读者，这就是二十面相。他是不会逃跑的，无比猖狂地留在犯罪现场，也实在很符合二十面相的行事风格。他就是想欣赏警察们发现藏品被换成赝品时是如何又惊又气的。

如果没有发生明智突然现身这档子事，他的打算是假扮成馆长，在下午四点后装作刚刚发现被窃的样子，令所有人都大吃一惊。这确实是二十面相非常喜欢的冒险。但正因为他冒险过头，终于犯下了无可挽回的错误，满盘皆输了。

明智侦探突然转过身来，对着警视总监很严肃地行了个礼，说："阁下，我将怪盗二十面相转交给你。"

如此意外的场面，令所有人呆愣在原地，连赞扬名侦探如此巨大的功劳都忘记了，他们只是纹丝不动呆立当场。终于，搜查系系长中村首先回过神来，立刻大踏步走到二十面相的身边，拿出预先准备好的捆绳，以娴熟的手法三下五除二把怪盗反手绑了个结实。

"明智君，太感谢了！拜你所赐，这个多次让我遭受耻辱的二十面相，终于是真正束手就擒了。我从没有这么高兴过。"

中村系长的眼中已经有感激的泪光闪烁。

"那么，我就把这家伙带出去了，在外面的所有警官都会非常高兴的……喂，二十面相，站起来！"

系长把耷拉着脑袋的怪盗拉起来，向众人点头致意，就和刚才一直站在一旁的警察一起匆忙下楼去了。

"各位，有个大好消息！在明智君的大力协助下，我们终于抓住了贼首二十面相，看，就是此人！"

系长充满自豪地向所有警察宣告，于是警察中间响起一片欢呼。

此时的二十面相着实丢脸。如此厉害的怪盗，因为运气用尽而放弃了挣扎，连在脸上挤出过去那种狂妄表情的力气都没有了，而且他的脑袋也奇怪地耷拉着，连把脸抬起来的精神都丧失了。

接下去一行人组成队列，把怪盗包围在中间，往大门那边走去。门外是一片树林，树林对面可见停着两辆警车。

"喂，谁去把那边的车叫一辆过来。"

接到系长的命令，一位警察提着一根警棍跑了过去。此时所有人的视线也都跟着这位警察的背影，投向还在远处的警车。警察们因为怪盗萎靡的样子而放松了警惕，中村系长的注意力也被警车给吸引了过去。

就在这一瞬间，不可思议的是每个人的目光都离开了怪盗，这对于怪盗而言是个大好机会。怪盗紧咬牙关，用尽全身的力气，猛然挣脱了握在中村系长手里的捆绳。

"啊！站住！"

等系长稳住身体并发出吼叫的时候，怪盗已经如飞箭一般飞奔到十米开外的地方了。他的手臂仍然被反绑在身后，因此奔跑姿势很奇怪，好似随时都会跌倒，却直冲向树林的方向去了。

在树林的入口处，有十几名好像是散步在回家路上的小学生，此时停住脚步，看着眼前发生的情况。

二十面相一边奔跑，一边想为什么眼前正好会有一群碍事的小鬼，但要逃进树林里面就必须通过他们那里。转念一想，不过是一群不知哪里来的小孩儿罢了，看到自己凶恶的脸肯定就害怕得四散奔逃了。即使他们没有逃开，直接把他们踢开就行了。

怪盗瞬间思考完毕，不管不顾地往那群小学生那里猛冲过去。

但是，二十面相的如意算盘彻底打错了，这群小学生非但没逃跑，反而"哇"地吼叫着往怪盗这边扑了过来。

各位读者已经明白过来了吧，这群小学生就是把小林芳雄推举为团长的那个少年侦探团。少年们已经用了很长时间在博物馆的周围巡逻，摩拳擦掌等待着，只等在需要的时刻能够帮上忙。

在最前面的少年小林一看到二十面相，就如同出膛子弹一般飞扑上去。跟在后面的羽柴壮二，还有一个又一个少年，接连扑到怪盗的身上，层层叠摞起来，两只手被绑住的二十面相立刻就被压倒在地上。

无论怪盗有多厉害，这次终于是彻底用光了运气。

"啊，太感激了，你们好勇敢啊！"急忙赶过来的中村系长向少年们道谢，与手下警察一起将怪盗拉起来。这次为了让他再没机会逃跑，立刻将他押进了正好抵达近旁的警车。

此时从博物馆里面跑出来一位穿黑色西服的绅士，他就是听到外面的骚动而跑出来的明智侦探。眼尖的小林看到了老师平安无事的身影，惊喜地发出欢呼声，立刻往老师身边飞奔过去。

"啊，小林！"

明智侦探也情不自禁呼唤着少年的名字，伸出双手，把飞奔而来的小林紧紧抱在怀中。这是多么美好而值得骄傲的一幕啊。这对令人羡慕的亲密师徒，同心协力，终于成功逮捕了怪盗。两人一边分享着快乐，一边互相慰问。

周围的警察们也被这美好的一幕打动了，人人脸上都带着笑容，同时也都以感慨万千的心情看着这对师徒。少年侦探团的小学生们此时早已按捺不住，也不知道是谁带了头，所有人的双手都举向空中。接着，他们用可爱的声音一起反复高喊起来：

"明智老师，万岁！"

"小林团长，万岁！

马戏团里的怪人

サーカスの怪人　サーカスのかいじん

这是你的命运，无法改变。无论你如何小心，也无法逃离这命运的安排。

骸骨绅士

　　某个傍晚，少年侦探团里的老搭档井上一郎和小野吕在世田谷区内一条不怎么热闹的街上散步。井上刚到小野吕家做了客，现在小野吕正要送井上回家。

　　小野吕是野吕一平的外号，他在团员中是最为胆小的一个，但天真调皮，特别可爱，所以大家都喜欢他。

　　井上一郎是团员中块头最大、最有力气的一个，而且井上的父亲是退役拳击手，经常教他拳击，所以在学校里没有人打得过他。那个高大强壮的井上和瘦小赢弱的小野吕关系这么好，着实让人想不通。

　　这条街不怎么热闹，两边都是水泥墙。两人走了一会儿后，远远看到对面街角处有一位绅士朝这边走来，深灰色大衣搭配深灰色呢子礼帽，正拄着手杖快步前行。

　　不知怎的，两个少年从远处第一眼看到那人时，就害怕得想缩成一团，仿佛从对面突然吹来了寒冷刺骨的风，让人浑身发冷。

　　由于是傍晚时分，所以那人的脸从远处不怎么看得清，两人就这样继续向前走去。随着绅士与两个少年之间的距离越来越近，又靠近了大约十米时，他们终于能看清绅士恐怖的脸了。

小野吕"啊！"地小声叫了出来，井上慌忙地抓住小野吕的胳膊想要稳住他。

啊，这难不成是个恐怖的梦？绅士的那张脸根本不是活人该有的脸。起初看到那双一黑到底的眼睛时，还以为是戴了黑色眼镜，但事实并非如此，眼睛那里竟是两个黑不见底的洞，鼻子的地方也是个三角形的洞，而且因为没有嘴唇，长长的上下排牙齿毫无遮拦地裸露在外，整个儿就是个骷髅头。骷髅穿着衣服，戴着礼帽，拄着手杖，正在慢慢走近。

两个少年怀疑自己是遇到了黄昏时分专门出来吓人的怪物，心中只觉得这景象千万不能看，似乎眼神一旦对上那张脸就要有不好的事情发生。两人面朝水泥墙的方向停下，不去看那张骷髅脸，并在心里祈祷对方赶快走过去。

骷髅绅士走在两人斜后方，发出"咚咚咚"的脚步声。然而脚步声刚好来到两人正后面时，突然再也听不到了。

原来是骷髅绅士停下了脚步。莫非他正在用那双黑不见底的眼睛紧紧盯着两人的背影？

想到这里，两个少年害怕得心跳都停了一拍，井上甚至能明显感觉到小野吕在打战。

联想到下一秒钟那家伙就会从背后袭来，用长长的牙齿紧紧咬住自己，然后把自己拖到幽暗不见底的地狱中，两人吓得魂飞魄散。

但是最终什么都没有发生，很快，两人就又能听到"咚咚咚"的脚步声了。那家伙渐渐走远了。

　　直到脚步声离得很远了，两人才心有余悸地回头看看，接着又向街对面望去，只见骸骨绅士的背影越来越模糊。

　　"哎呀，小野吕，我们可是少年侦探团的成员啊，可不能就这样逃走，我们跟上那家伙去看看吧。妖怪什么的都是假的，那家伙一定有蹊跷。走吧，我们去跟踪他，但要注意别被发现了。"

　　小野吕害怕得不得了，但是和强壮的井上在一起让他有了安全感，于是他跟随井上，开始了对骸骨绅士的跟踪行动。

　　跟踪的方法小林团长已经教过大家了，应该与对方保持约二十米远的距离，并藏身于电线杆等东西的阴影里，保证任何时候对方回头看都不会发现自己，然后紧紧地在后面跟住。

　　骸骨绅士走过一个又一个街角，就是不停下。天色暗了下来，跟踪难度渐渐增大。

　　就这样又尾随了大约一公里，两个少年猛地发现对面宽阔的平地上有一个大帐篷，音乐很是热闹。原来那是个大型马戏团，而骸骨绅士正在向那个马戏团走去。

　　大到令人惊讶的帐篷边上停了好几辆大型巴士，马戏团的演员们在里面休息，把巴士当作演出的后台。巴士旁还停着若干辆卡车，车上装有坚固的铁笼，用来关大象、狮子和老虎等动物。

　　抬头看大帐篷的正上方，天鹅绒幕布上有用金线绣成的"盛大马戏团"字样，还挂着一排画有各种杂技节目的招牌，向下看则能看到许多匹马圈在一起，而另一边的围栏里高大的象正不安分地甩着鼻子。吊在帐篷顶上的若干电灯泡将这幅景象照得分外明亮。

白天这里可是人山人海，但刚刚太阳已经落山了，只剩零零散散的二三十人驻足在帐篷外面。

骸骨绅士避开有人的地方，朝着大帐篷侧面"咚咚咚"地走过去，接着他的身影消失于帐篷的阴影里。两个少年害怕跟丢，赶紧跑到帐篷拐角处张望，却惊奇地发现已没有半个人影。

大帐篷的一条边有五十多米长，如果说骸骨绅士在两个少年跑到拐角前就已经拐到帐篷的后面去了，那种神速是无论如何也达不到的。可是帐篷外面确实空无一人。

难道骸骨绅士真是妖怪，能使用妖术像一缕烟似的消失吗？

"我知道了，那家伙是从帐篷底下偷偷钻到里面去了，把我们甩掉了。"

小野吕快速反应过来，喊道。

"嗯，很有可能。那我们从正面入口进去调查下吧，那样恐怖的一张脸是很好找的。"

井上说着，朝马戏团入口跑去。

座席上的骸骨

这个时候，马戏团正中间的圆形水泥地上正上演着华丽的马戏。刚刚圈在帐篷外的七匹马正载着曼妙的女子一圈圈地来回绕着，这些女孩子坐在马上表演着各种节目，身上穿着织有金丝银丝的绣花衬衫。

这顶帐篷有普通马戏团帐篷的三倍大，宽敞的帐篷里座无虚席，拥挤得能把人闷出汗来。普通观众席就是在木板上铺上垫子，观众们直接坐在上面观赏。而在入口正对面的普通观众席后面更高一点儿的位置，还有许多用幕布围起来的特别座席，每一个挡板分隔开六个人，这样的挡板设置了十个左右。

在特别座席前面坐着的观众一直排到帐篷正中间的表演区域。在特别座席中间稍靠前的位置上，坐着一个跟爸爸妈妈一起过来的少年，看样子上小学五六年级。

那个少年猛地向后看了一下——所有观众都在紧紧盯着表演区域，唯独这个少年突然回头看了一下。

周围到处都是由幕布隔开的箱子一样的特别座席，每个隔间里都能看到五六个男男女女的脸庞。但是最中间的一个隔间，仿佛是人嘴里缺了一颗牙齿般突兀地空无一人，也只有那里出奇地昏暗，仿佛是什么洞穴的入口。

当少年把目光投到那个空空如也的座席上时，突然心里一惊，他看到在昏暗的隔板中间隐约有白色的东西飘浮起来。

那似乎是一张戴着大大的黑色眼镜的脸，但少年马上发现并非如此，那不是黑色眼镜，而是两个黑色的洞，鼻子那里也是个三角形的洞，下面白色的牙齿毫无遮拦地裸露在外……那就是骸骨，一张骸骨脸飘浮在空中。

少年震惊极了，呆呆地把脸转向正面。"仔细想想，马戏团的观众席上怎么可能会出现骸骨，一定是我的眼睛出了问题。"少年这样告诉自己，但眼前的马戏对他来说已经丝毫没有吸引力了，他还是忍不住想再看看身后的情形。

强忍住心中的恐惧，少年又猛地往后一看，那里依然飘浮着一张骸骨脸。不对，再仔细看看，那并不是只有一张脸在飘浮着，而是有一具骸骨戴着呢子礼帽、穿着大衣坐在那里。因为礼帽和大衣都是深灰色的，不能一眼就看出来，所以看上去就像是只有一张骸骨脸浮在空中。

少年看了又看，确定是骸骨后他终于开始摇晃坐在旁边的爸爸。"爸爸，后面有个奇怪的东西！"他小声说，一边用手示意。

爸爸惊讶地回头去看，妈妈察觉后也跟着回头看。他们都看到了那具骸骨。

"啊！"

妈妈受到了惊吓，不自觉发出了刺耳的尖叫声。

于是附近的观众们齐刷刷朝这边看，接着就都看到了身着大衣的骸骨。

特别座席这儿瞬间炸开了锅，紧接着大帐篷中其余的众多观众也都朝后方望去，紧紧盯着特别座席上的可疑之物。没有一个人再去关注马戏表演。

这时，从帐篷中间圆形表演区的边上跑过来一些人，最前面的是少年井上和小野吕，其后是马戏团的三名管理人员。井上指着骸骨所在的特别座席，告诉他们："就是那里，就在那里！"

骚动之中，一直在绕着表演区域转圈的七匹马适时地停了下来，坐在马背上表演节目的少女们也齐刷刷地朝特别座席的方向看去。

大帐篷中所有人的目光都集中在了特别座席上。

坐在特别座席上的骸骨绅士即使被几千双眼睛盯着也并未露出慌张的样子。他默默地从座位上站起身，朝前跨了一大步，于是那张恐怖的脸在电灯的照射下清晰地显现了出来。

始终在注视着这一切的几千张脸一动不动，仿佛正在播放的电影突然被按下了暂停键，没有人出声，大帐篷里的一切仿佛在一瞬间失去了生机，万籁俱寂。

骸骨绅士倚靠在特别座席隔板前的扶手上，把自己瘆人的白色脸庞悠悠地面向观众，随之轻轻一笑，没有嘴唇包裹的牙齿显露出奇异的形状，令人毛骨悚然。

观众席间发出一片"啊！"的尖叫声。刚才屏住呼吸注视着怪物的观众纷纷从座位上站起身想要逃走，观众席如被风吹过的稻田般开始波浪滚滚。

马戏团的几个工作人员赶到井上和小野吕前面，拨开观众向骸骨绅士的座位靠近，紧随其后的是马戏团里的其他人，他们正和两名警官一起迅速赶来。

"嘿嘿嘿……"

无法形容的诡异笑声在大帐篷中扩散开来，骸骨绅士仿佛在嘲笑大家似的，发出了夸张的大笑，接着又快速隐身于特别座席深处。

隔间后面的幕布已经落下，他是打算从那里逃到外面去。

"啊，他逃走了！大家快去后面围堵！"

有人大喊。只见马戏团的人沿着特别座席的边缘朝后面跑去。

镜子前面

骸骨绅士明明已经被前后围堵得无处可逃,可这次还是如一缕烟般消失了。

他曾坐过的座位两边当时坐了很多观众,所以他不可能逃向那里,前面又有几千双眼睛在盯着,显然也无法藏身,于是只剩下后面——他除了穿过幕布逃向特别座席外面,别无他法。

但是那里已经有马戏团的人赶过去了。另外,在特别座席旁边还有空座位,从那里可以清晰地看到特别座席后面,所以如果骸骨绅士是穿过幕布逃走的话,马上就会被发现。然而观众们什么都没有发现,马戏团的人在特别座席后面仔细查找后也没有找到任何线索。

考虑到对方可能会从帐篷下面钻出去逃走,马戏团的人早早就来到大帐篷外面盯守,然而并没有发现骸骨绅士,连他的影子都没看到。这怪物仿佛是被一阵风吹走了。

由于这场闹剧,有一半观众都走掉了,只留下勇敢的观众吵着要看压轴的空中杂技,所以表演又继续了。

这时,一名叫木下晴美的美女杂技演员走出大帐篷,慌忙赶去作为临时后台的大型巴士那边。晴美人称空中杂技女王,是剧团里的大红人。由于空中杂技的表演现在需要继续,所以她走出帐篷去取遗忘的东西。

　　大帐篷旁边的空地上停着很多大型巴士，车身上写有"盛大马戏团"字样。晴美走近其中一辆，踏上设置在巴士后面的三级梯，打开了车门。因为刚才那场闹剧，杂技演员们都去了大帐篷那里，所以巴士里应该是没有人的。

　　但是在昏暗的灯光下，她分明看到车里坐着一个身穿深灰色大衣、头戴同色礼帽的男人。这辆巴士是专门供女性用的，谁也想不到会有男人进来。晴美惊讶地看着那个男人。

　　巴士里的两边都置有长长的收纳架，上面放了很多化妆用的镜子，男人就坐在其中一面镜子前，他的脸庞映射到了镜子中。从晴美的角度只能看到他的侧脸，让人心生不安。

　　"啊，那里有人啊，是谁啊？"

　　晴美带着责难的语气问道。接着男人突然把脸转了过来。

　　啊啊，那张脸！眼睛那里是黑不见底的大洞，鼻子也是三角形的黑洞，再往下两排牙齿光秃秃地裸露在外——就是那家伙，方才从特别座席上消失的骸骨绅士竟然藏在这里！晴美"哇"地大叫出来，跳下踏板，朝大帐篷冲了过去。

消失的怪人

　　晴美跑出去后，骸骨绅士蹿出巴士，下了踏板，大步追在晴美身后。而晴美头也不回地一直往前跑，丝毫未注意身后的情形。

　　骸骨绅士的脚步越来越快，最后竟如飘在空中一般无声无息地跑了起来，转眼间就已紧紧贴在晴美身后，好像下一秒就要伸出长长的手臂抓住她的肩膀。

此时晴美如果回头看的话，很可能会吓得晕过去，骸骨绅士简直就是在紧贴着她跑。但是不知道为什么，骸骨绅士似乎并不打算抓住晴美，只是紧紧跟着她。

幸好晴美一次也没有回头，她跑到大帐篷后门，直接冲了进去。

"救救我……骸骨男在……骸骨男在……"

从大帐篷后门进去，是用幕布隔出来的通道，那里摆放着许多表演用的道具。道具管理员木村赶忙截住她，大声问道：

"啊，看你这一脸惊慌的，发生什么事了？"

"哎呀，木村，那个骸骨男刚刚就在巴士里面呢！有没有追过来？要不你先去看看外面的情况。"

"什么？你说他刚刚就躲在巴士里吗？"

木村说着，从后门小心地探出头观察了下外面。

"什么都没有啊，是不是你搞错了？毕竟你刚才太害怕了……"

"不是的，他刚刚确实就在那里，在巴士里的镜子前仔细端详自己的脸呢。就是那个骸骨男呀！"

晴美确定无疑。

接着，通道旁团长室的门帘突然被拉开，马戏团团长笠原太郎走了出来。

"怎么了，乱哄哄的，你们在吵什么？"

笠原团长年约四十岁，体格健硕，身穿紫色天鹅绒材质配有金色亮片刺绣的宽大睡衣，头上是带有红色穗子的同色天鹅绒帽。

"啊，团长大人，刚才跑掉的骸骨男就躲在三号巴士里面，吓得我拼命逃了出来。"

"你说什么，骸骨男？好，召集大家围堵三号巴士，抓住那家伙！"

团长大声做出指示，接着道具管理员迅速跑去召集马戏团的男人们，很快几十个男人包围了三号巴士。可是，众人从入口处观察，发现巴士里空无一人。担心那家伙逃到了外面，大家又仔仔细细地把周围搜索了个遍，但仍没有任何发现。

骸骨男到底藏到哪里去了呢？当时他追晴美一直追到了大帐篷后门，所以现在肯定不在巴士里。但是大家在帐篷外的广场上找了个遍也没有发现他，这又该如何解释呢？如果他是潜入了帐篷里面，那么在演出正在进行的情况下，马戏团的成员和观众没理由发现不了。

又一次，怪物像烟一般消失了。这位骸骨绅士难道是会什么神奇的魔法吗？

小　丑　怪

事情发生在第二天上午。在观众入场之前，观众席中间的圆形表演区内，有五个成人小丑和三个儿童小丑正在练习新的节目。

因为扮演的是小丑，所以他们都穿着特别的服装：有的身穿红白相间的横条纹小丑服，戴着同色系尖头帽子，脸涂得雪白，嘴唇染得鲜红，两颊画着红色圆圈；有的穿着红底白色花纹小丑服；还有的身上套着装红酒的大木桶，从上下两端露出头和脚，两只手从木桶两侧开的圆孔中伸出来，化身木桶怪物正在跳舞；也有的头上套着足有自己头五倍大的纸糊娃娃头，摇摇晃晃地往前走。总之，尽是些打扮怪异的男人，旁人看上一眼就会忍不住笑出来。

三个儿童小丑也是一副奇怪的打扮，这两名少年和一名少女都在十岁左右，分别将身体塞进了白色、红色以及有着红白横条纹的橡胶大球里，只有头和手脚露在外面。他们正笨拙地走来走去，看起来就像几个大大的彩球在行走。

成人小丑们嘴里不时地发出带奇怪口音的"呦、呦"声，细看之下他们有的倒立，有的翻跟头，那个套着木桶的小丑躺下后滚来滚去，还有的模仿吵架的情形互相殴斗，被打到的就顺势夸张地倒下并翻滚起来，他们就是这样来练习各种滑稽动作的。

等到练习差不多结束后，除了套进木桶里的那个成人小丑，另外四个成人小丑分散到四周开始了奇特的扔球游戏。

所谓球，就是将身体塞进大彩球里的那三个孩子。一个成人小丑两手托起一个球，随着"呀"的一声抛出后，对面的成人小丑大喊"呦"并接住。身处彩球中的孩子们头晕眼花，这些练习就是为了让他们逐渐适应这种不适感。

白色、红色还有红白条纹的巨大彩球在四个小丑手中一次又一次被抛出，被接住，看起来倒是挺好看的。小丑们不是直接将球扔出去那么简单，而是要将球旋转着扔出去，还要让对方能接住。里面的孩子会把头和手脚都伸到外面，在球的带动下甩来甩去。

过了一会儿，一个小丑接住了红色彩球，准备要再扔出去时，里边转来转去的少年大声叫起来：

"等等……"

"什么嘛，原来是个胆小鬼啊，这就不行了啊。"

小丑的话里满是嘲讽。

"不是啊，这对我可不算什么。是我刚刚看到个奇怪的东西，所以稍微停一下……"

"奇怪的东西？你是指什么？"

小丑说着，手上停止转动橡胶球，接着少年从橡胶球中伸出右手指向对面说：

"就是那个木桶，刚刚里面有奇怪的东西在往外看呢。"

在距离四个扔球小丑稍远些的地方，有一个孤零零的大木桶。木桶怪物小丑一般都是把手脚缩进木桶里坐着休息，所以望过去就是一个大大的木桶。

"你说有奇怪的东西在往外看？在哪里？"

小丑检查了下木桶，但并没有发现什么异常。

"明明什么都没有嘛，你是刚刚转来转去眼花了，才会有那样的错觉。那个木桶里只有丈吉在偷懒坐着休息呀。"

"不，不是这样的。我确实看到那里面藏着个奇怪的家伙，好像是什么怪物。"

听到少年语气如此笃定,小丑也不禁注视起那个木桶。就在此时,仿佛百宝箱里突然蹦出个玩偶头一样,只见木桶里有什么东西"嗖"地飞了出来。

小丑见状不由得"啊"地大叫,脚下好像被粘住了似的动弹不得。刚叫出声,那个奇怪的东西已经钻回木桶里再看不到了。那东西只看一眼便让人忘不了——一双又大又黑的眼睛,鼻子那里是三角形的洞,上下排牙齿裸露在外面。没错,是骸骨男,藏在木桶里的不是小丑丈吉,而是骸骨男。

"喂,大家快看!"

小丑喊另外三人过来看,然后自己蹑手蹑脚地靠近木桶,另外三人小心翼翼地跟在后面。

到木桶边上后,大家战战兢兢地从上面往里看,就在此时,大木桶突然倒下了。

就在大家惊恐万分之时,一个身穿红色紧身衬衫和裤子的男人从木桶中蹿出来逃向了对面,那张脸分明就是那个恐怖的骸骨男。原来骸骨男装成小丑丈吉,戴着雪白的面具戏弄了大家半天。

空中捉迷藏

身着红色衬衫的骸骨男一直跑到圆形表演区的另外一端,扑到竖着的长长的圆木柱上。木柱上每隔约三十厘米钉有木片,骸

骨男就踩在木片上"嚕嚕嚕"地往上爬，一直爬到了大帐篷顶端
的秋千板上。他从上面朝下俯视，露出长长的牙齿发出嗤笑。

小丑们因为身体笨重无法爬上木柱，只能喊来表演空中马戏
杂技的男演员帮忙。

"喂，三太，六郎，吉十郎，大家都过来，骸骨男爬上秋千板
了，快去抓住那家伙！"

很快，后台入口处的男演员们一个接一个地冲过来，他们身
穿肉色紧身衣，搭配带有金线刺绣的短衬裤，身强体壮。

"就是那里，看，就在秋千板上！"

小丑手指着大帐篷的高处，在那块小小的秋千板上有个身穿
红色衬衣的奇怪家伙正蹲在那里，远远看去并不起眼。

"喂，快给我下来！不然我们就要上去赶你了，从那儿掉下来
可是会没命的哦！"

空中杂技演员吉十郎将双手围成喇叭状，朝高高的帐篷顶端
大声喊道。

接着似乎是在回应一样，有声音从上边传下来：

"哇、哇、哇……"

听起来仿佛鸟妖嘶叫的声音，原来是骸骨男开合着只有长长
牙齿的嘴巴，笑了起来。

"好啊，你给我等着！"

吉十郎招呼来两个同伴，跑到圆木柱下，开始迅速向上攀登。
不愧是空中杂技的名角，他像猴子一样轻轻松松顺着木柱爬到了
秋千板上。

就在他想要抓住蹲在那里的骸骨男时，红色衬衫的骸骨男猛地在空中翻了个筋斗，跳到了垂在秋千板下的秋千上，秋千开始摇晃起来。

秋千板上的三名演员已束手无策，只能看着骸骨男所坐的秋千晃得越来越厉害。

快看啊！秋千已经荡得快够到大帐篷的顶了！就在这时，一个男人如蛇一般爬到了秋千上面的横梁上，那正是吉十郎。他双手抓住秋千绳，想把不断晃动的秋千往上拉。

秋千晃得厉害，如果现在把秋千拽上来的话，骸骨男必定会从高高的秋千上摔下去。

不过骸骨男可不会坐以待毙，他注意到有人向上拉秋千绳后，立马闪身离开秋千，鲜红的衬衫在空中舞动起来。

在下面目睹这一切的小丑们不禁"啊"地叫出声来，手心里捏了把汗，眼看骸骨男离开秋千马上就要摔到地上——如果真掉下来一定会没命的。

"哇、哇、哇、哇、哇、哇、哇……"

鸟妖般的笑声从高处传下来，骸骨男的身体已轻巧地从秋千上跳到了五米开外的帐篷顶横梁上。

地上的小丑们不禁发出"哇啊"的惊叹声。

接着，在高高的帐篷顶部的一个由圆木柱搭成的空间里，一场恐怖的捉迷藏游戏开始了。

被追捕的对象是身穿红衬衫的骸骨男，追击者是三名空中杂技演员，他们使尽浑身解数试图将骸骨男逼到绝境，可是骸骨男总能灵巧地闪身逃离，着实不像人类能够做到的。

终于，吉十郎和另一位杂技演员分别从前后方慢慢靠近其中一根木柱，使骸骨男陷入了被两面夹击的困境，不论是什么妖魔鬼怪，现在都无路可逃了。吉十郎猛地往前伸手，眼看就要抓住骸骨男的时候，后方的杂技演员也朝骸骨男脚的方向伸出手，他已无路可退。

就在这一瞬间，骸骨男的身体一下掉了下去，难道是觉得无计可施，所以选择跳下去了吗？

不对，不是这样，身穿红衬衫的身影停在了空中。啊，原来他提前准备好了细绳，把连在细绳尾部的铁索套在了木柱上，然后他顺着细绳向下滑。

吉十郎想把细绳拉上来，然而就在此时，骸骨男已经下滑到了距离地面几米左右的地方，他猛地松手跳到地上，顺势朝着大帐篷的后门像离弦的箭一般飞奔而去。

小丑们吃了一惊，反应过来后便快速追上去。帐篷顶部的三名空中杂技演员顺着骸骨男留下的细绳到达地面后，也开始了迅疾的追捕。但是哪里都已看不到骸骨男的踪影。

嘶叫声

小丑事件过去约三天后，又发生了一起恐怖事件。

那是一个中午，马戏团大帐篷里座无虚席，在高到令人目眩的空中，杂技表演已经开始了。

帐篷顶部两侧的秋千摇晃不止，一边是吉十郎，另一边是人气明星晴美，两人都屈腿倒挂在高空秋千上，不断变换位置的表演令人心惊肉跳。

吊在秋千上的两人眼看就要碰个正着，下一秒又一下子拉远了距离。

吉十郎瞅准时机向对方发出"嗬"的声音，晴美这边用"嗬啊"回应他后，紧接着把勾在秋千上的腿伸直，身体刚离开秋千便开始在空中翩翩起舞。

下面观众席上的数千位观众目不转睛地朝上看，手心里捏了把汗。

吉十郎迅速将秋千靠近正伸出双手在空中舞蹈的晴美，然后摊开双手只等晴美过来后接住她。

"啊……"

晴美口中发出恐怖的哀鸣。

原来她在空中舞动的时候猛地发现对面竟换了人。

那是骷髅男的脸，那张可怕的脸突然朝这边转过来了。

晴美害怕得不得了，不敢去抓对方的双手，嘴里一边发出哀鸣，一边向下坠落。

她从高空头朝下落下，观众席上发出了"哇"的叫喊声。

如果真的这样落到地面，晴美会没命的。

啊，太危险了！人们眼看着晴美白皙的身体如离弦之箭般向下坠落。

不过晴美最终并没有坠落到地面，她在距离地面几米的位置像弹珠一样弹了起来，原来那里早已拉起了一张紧密的大网。

晴美得救了，她霍地从网上跳起来走到大网边缘，然后起身跳到了地面上。

马戏团的人从周围冲过来，抱住晴美打算送到后台。

"我没事，别管我了，快看看那家伙，别让他跑了！"

晴美口中说着，手指指向空中的秋千。

大家抬头去看。

由骸骨男扮成的吉十郎不知道去了哪里，到处都看不到他的踪影，只剩秋千在剧烈摇摆。

"吉十郎的脸突然变成骸骨男的了，真是吓死我了……"

因为从下面看得不太清楚，所以大家还不理解晴美为什么没有抓住吉十郎的手。

"喂，吉十郎爬到帐篷上面了啊……"

一名马戏团成员一边喊一边跑了过来。

他们看见吉十郎顺着秋千爬到高处的圆木柱上，然后到了帐篷顶上。

真正的吉十郎肯定不会做出这样奇怪的举动，果然那就是骸骨男。

那之后场面便陷入了混乱，会空中杂技的男人们爬上高空检查了帐篷顶，可哪里都看不到扮成吉十郎的那个男人了。

"如果刚刚那人就是骸骨男，那吉十郎哪儿去了？"

其中一个团员注意到这一点，跑去那个用作吉十郎化妆间的大型巴士上检查了一番。

结果他在巴士的一个角落处发现了躺在地上的吉十郎，吉十郎的手脚被绑着，嘴里塞了东西。

团员把吉十郎嘴里的东西拿掉后向他打听刚才的情况，吉十郎回答说：

"突然有人从背后捂住我的鼻子和嘴巴，我只闻到一股恶臭就晕过去了。"

就是这么回事——骸骨男先给吉十郎闻了麻醉药再绑住他，然后自己换上吉十郎的衣服爬上秋千，把晴美吓了一跳。

话说回来，骸骨男应该是知道秋千下面有一张大网的，也知道晴美就算掉下去也不会受伤，那他为什么要这样做呢？难道仅仅是为了吓唬晴美吗？那个怪物做这些事情的目的到底是什么呢？这些都还不得而知。

窗外的脸

事情发生在晚上八点左右，马戏团团长笠原的两个可爱的孩子正在团长专用的大型巴士里等待他们的团长爸爸回来。马戏团的演出刚结束，爸爸还没有回来。

哥哥笠原正一上小学六年级，妹妹美代子上小学三年级，因为是团长的孩子，所以他们与马戏团里的其他孩子不同，并不怎么学习杂技，一直以来接受的教育都是要学好学校里的功课。但是两个孩子多少也是会一些杂技的，偶尔也会在马戏团里表演。

由于马戏团持续在国内巡演，所以他们很难长时间待在同一所学校，只能在各个小学间不断转学，长则三个月，短则一个月就又要去别的学校。对普通孩子来说这样频繁转学很痛苦，但正一和美代子已经习惯了，并没有太多不适。大约在三年前，两个孩子的妈妈去世了，只剩下爸爸。

这次马戏团计划在东京都内多个地方长期演出，所以两个孩子终于可以在一所学校待上三个月以上，他们十分开心。

在这所学校里，正一与少年侦探团成员小野吕同在一个班级，可真是有缘。小野吕很自来熟，马上就和刚来的笠原正一成了好朋友。

这也是为什么在"马戏团怪人事件"中，少年侦探团的参与度这么高。

大型巴士中设置了团长和两个孩子的床，还靠窗架了一块长板当作正一他们的学习桌，上面就是镜子，所以学习桌也可以当作化妆台用。巴士内略微有些昏暗的灯照亮了这张桌子。

正一和美代子正坐在床上等爸爸回来，这时美代子突然把可爱的眼睛睁得圆圆的，注视起后面的玻璃窗，两只手紧紧地抓住了哥哥正一。

正一惊了一下，也看向那扇窗。

窗外漆黑无比，黑暗中慢慢飘起一个白色的东西，并逐渐向玻璃窗靠近。随着距离不断拉近，白色物体越发清晰。

啊，是骸骨男！

那个恐怖的骸骨男终于还是来了。

两人跳下床抱在一起，蜷缩在巴士的一角。

骸骨男把脸紧紧贴在玻璃窗上朝里边看。黑洞似的眼睛，三角形洞口一样的鼻子，嘴巴那里长长的牙齿裸露在外，只见那张嘴"嘎吱"一下张开了，开始"咯咯"地笑。

正一和美代子害怕得不得了，嗓子仿佛被磁铁吸住了一样发不出声，只是直直地盯着窗户外的骸骨男。他们因为恐惧心悸得厉害，喉咙也开始干痒，只觉得自己下一秒就要死了。

过了一会儿，骸骨男轻轻把脸从玻璃窗上挪开了。难道他走了吗？不对，他不可能走的，说不定正溜到入口处打算开门进来。

很快外面传来"咚咚咚"的脚步声，肯定是骸骨男的脚步声。

啊，声音变了，现在是踩在巴士入口处木头台阶上的声音。骸骨男终于要进来了，正一和美代子想到这里，紧张得呼吸越发急促。

门把手转动了，紧接着他们听到"吱呀"的开门声。啊，黑暗中有什么东西立在那里，模模糊糊的似乎是个人。

"你们在那里做什么呢？"

从门外进来的不是骸骨男，而是父亲笠原先生。

正一和美代子"哇"地叫出来，扑到父亲身上，然后颤抖着告诉他刚刚骸骨男从窗外往里看的事情。

"什么？是骸骨男吗？"

笠原先生飞奔到巴士外面，召集附近的马戏团团员一起拿着手电筒在附近仔细搜寻，但怎么也找不到那个怪物。骸骨男在任何时候都知道如何脱身，真是让大家束手无策。

少年侦探团

骸骨男为何会出现在马戏团里？他的目的又是什么？目前大家没有一点儿头绪。考虑到如果这件事情传出去，就不会再有观众敢来观看演出了，所以笠原团长请警察务必想办法抓住这个怪物。

大批身穿制服或是便服的警察进驻马戏团后想方设法搜寻怪物，但没有找到任何线索。

冥冥之中，笠原正一察觉到他们兄妹俩似乎被怪物盯上了，心里害怕得不得了，于是在学校时他把这件事告诉了朋友小野吕，接着小野吕又告诉了少年侦探团团长小林君。至此，少年侦探团终于开始参与到这起神秘事件中。

这个案件的主要负责人是警视厅的搜查系系长中村，而少年小林和中村警部关系特别好，所以小林找到警部，希望能让少年侦探团参与保护正一和美代子。

"原来野吕君和团长的孩子是好朋友啊，这样的话白天或者其他方便的时候就拜托你们来警戒吧。虽然警察也在进行警戒，但大人嘛总会比较显眼，你们这样的少年只要不被对方发现就没什么问题，而且对你的能力我是十分放心的。

"但是半夜可不行哦，最多到晚上八点吧，之后我的下属来接班。你们的团员小一点儿的才小学五六年级，最大的也就中学一二年级，要是给你们父母知道中村警部让你们晚上熬到那么晚，我要被骂的。

"还有，我的下属们会一直守在附近，如果你们发现什么可疑的家伙就吹响这个哨子。你们还是些小孩子，如果直接去抓怪物说不定会有危险哦。好了，现在明白了吧？"

中村警部对少年小林絮絮叨叨地说了一会儿。

平时明智先生也这样叮嘱，所以小林心里有数。最后，身材高大强壮并且有父母支持的六个少年从众多团员中脱颖而出，由小林担任队长来共同进行警戒活动。

那是骸骨男在巴士外隔窗向里看的第二天，小林和六名团员从学校放学后，一起到正一和美代子的巴士附近集合。

大家都乔装打扮过，穿上了流浪儿似的脏衣服，脸也涂得黑黝黝的。明智侦探事务所里有很多这种用于变装的脏衣服，小林是从那里拿来让大家换上的。

在停着巴士的那片空地上到处都是草，也有小树，同时因为停了很多巴士，所以可以藏身的地方有很多。

少年团员们有的藏在小树的阴影里，有的藏在巴士底下，有的趴在茂密的草丛中，还有的藏在巴士后面入口处的台阶阴影里。大家分散在四周一起盯着正一的巴士。

白天风平浪静，很快夜晚来临了。少年们没有便当，便拿出提前放在口袋里的面包开始啃，始终坚守在自己的藏身处。

四周已经漆黑一片，抬头望去，夜空中的星星闪闪发光。对面大帐篷里灯火通明，乐队的声音听起来热闹极了，马戏团的表演还在进行，最后的压轴节目空中杂技就快要开始了吧。

打扮成流浪儿的小林躲在正一的巴士入口的台阶阴影中，全神贯注地环顾四周，而在巴士里面，正一和美代子正在书桌前读书。

过了一会儿，对面大帐篷里灯光逐渐变暗，马戏团的演出结束了，观众散场离去的脚步声和说话声很嘈杂。

又过了一会儿，在微弱的灯光下，只见马戏团成员陆续回到各自的巴士中，笠原先生也回到了正一他们所在的巴士。笠原先生当然知道少年侦探团正在警戒，所以在登上巴士台阶时找到藏在这里的小林，开口说道："辛苦了，为了我们家孩子你们这么努力，我都不知道该怎么感谢你们才好。现在已经很晚了，今天就到这里，快回去吧，接下来会有警察进行警戒的。"他的话里满是关心。

"好的，我们马上就回去。"

小林虽然嘴里这样回答，可是直到笠原先生进入巴士关上门，他也没有动地方。中村警部说过要他们最晚八点钟回家，但这群少年兴致勃勃地打算待到八点半。现在才八点，还有三十分钟呢。

周围静悄悄的，因为大帐篷的灯已经关闭，夜空中的星星显得分外明亮。这里距离热闹的商业区有些远，虽然才八点就已经安静得像深夜一般了。

长时间藏身一处，会感觉时间过得很慢，八点半前的这三十分钟，给人的感觉似乎有两三个小时那么长。

小林的夜光手表终于显示到了八点半，他正打算召集大家解散回家时，巴士里传来哀叫声，巴士门随之突然打开，两个小身影跌跌撞撞倒在了木头台阶上，正是正一和美代子。

小林马上站起身抱住他们，问他们发生了什么事，正一声音颤抖着说：

"那家伙在巴士里，刚刚骸骨男朝我们扑过来了，赶快逃命……"

啊，到底发生了什么？明明没有一个人进到巴士里，为什么正一他们却说骸骨男出现了？莫非他们是在梦里看到的？

洞口的秘密

小林立马吹响了口哨，接着从对面一片漆黑中传来急促的脚步声，五名警察迅速地赶来了。

"骸骨男就在巴士里，请赶快抓住他！"

小林叫了起来。

"好的！"

其中一名警察冲到后面的入口。

"喂，开门！快开门！"

警察攥紧拳头敲门，大声喊道。

门不知什么时候关上了，似乎是怪物从里面上了锁，打不开。

此时巴士里应该不只有骸骨男，还有正一和美代子的父亲笠原先生，骸骨男会不会正在对笠原先生下手呢？

紧接着，巴士里又传来了恐怖的声音，有东西倒地的声音，有"咯吱咯吱"的划地板的声音，还有"咚咚"的重物碰撞的声音！

笠原团长和骸骨男一定已经扭打在一起了，只听声音越来越激烈，整个巴士都开始摇晃。

"窗户！赶快破窗进去！"

一名警察大声喊起来。

"麻烦让我踩到你的肩膀上，我来破窗！"

少年侦探团的井上一郎快速跑到那名警察旁。井上在团员中力气最大，还和他的父亲学过拳击，是个勇敢的少年。

"好的！你踩到我肩膀上，把玻璃窗破开！"

警察用力把井上"噌"地抱起来举高，让他跨坐在自己肩膀上。

井上用刀柄猛地在玻璃窗上砸出一个大窟窿，接着将手伸到窟窿里面拨开了插销，一下子就把窗户打开了。

巴士里灯已经熄灭，漆黑一片。格斗似乎已经结束了，静悄悄的，听不到任何声音。

"叔叔，你没事吧？"

井上大声喊出来。接着，在一片黑暗中传来"呜呜"的痛苦呻吟。

啊，是不是笠原团长遇到了什么不测？还有，现在骸骨男很可能正蹲守在黑暗中，等着袭击进去的人。

这时似乎有人在动,一直发出窸窸窣窣的声音。

"太奇怪了,他竟然消失了。这里太黑了我什么都看不清,灯,快开灯!"

好像是笠原团长的声音。

"请给我个手电筒。"

井上说完,警察便把手电筒递了上去。井上打开手电筒,光亮从窗户进去照亮了巴士内部。

圆柱形的一束光照到了倒在地上的笠原先生。似乎被吓了一跳,笠原先生晃晃悠悠地站了起来。

啊,快看团长的样子!睡衣皱皱巴巴的,有不少破损的地方,脸上、手上都有擦伤,正在流血,睡衣上也沾满了血。

那张满是鲜血的脸迎着手电筒的光,慢慢靠近。

"手电筒,借我下……"

井上顺从地递给笠原先生。

笠原先生接过手电筒四处照,检查起巴士内部。

"真神奇,真的消失了,哪里也找不到……"

笠原先生小声嘟囔着。

"骸骨男消失了吗?"

井上开口问。

"对,他不见了,消失了。"

警察听到上面的问答,在下面大声喊:

"麻烦先打开门,门锁着从外面打不开!"

笠原先生朝门的方向摇摇晃晃走去,"咔嚓"一下转动插在钥匙孔里的钥匙，打开了门。

在外面等待许久的警察们拿着手电筒拥入巴士中。

但是他们怎么也找不到骸骨男。

笠原先生一边擦脸上的血，一边说出刚才的经过。

"当时我躺在床上正昏昏欲睡，结果那家伙突然卡住我的喉咙——当然就是那家伙，那个长着骸骨脸的怪物。

"我震惊地跳起来和那家伙扭打在一起。我本以为自己算很有力气的，但碰到那家伙的胳膊时才发现那简直就像钢铁机械一样。

"这是场豁出命和死神之间的搏斗。当我被推到角落时，我找准时机双脚发力踢了那家伙的肚子。

"那不可一世的怪物看样子是受到了剧烈冲击，滚到角落里直不起身，我顺势从上面扑过去。

"但此时发生了诡异的事情。我从上面控制住他后，没想到这家伙的身体竟'噗'地开始慢慢变小，然后过会儿就消失不见了。这太离奇了，我想不通这是怎么回事。"

警察们听到这里也面面相觑，陷入了沉默。

难道骸骨男曾学过什么魔法吗？要知道除了妖怪或是幽灵，谁也做不到突然缩小身体然后消失不见。

"啊！不对劲儿啊，请看这里！"

井上拿着手电筒在巴士里爬来爬去的时候突然喊道。

警察们走上前去看井上指着的地方，发现在巴士地板上有个约六十厘米见方的正方形切痕。

"我按下去后发现这里凹凸不平，你看。"

井上用力按下去，那块地板竟猛地往下陷。

"啊，原来这是个装有弹簧的机关，那家伙是从这里逃出去了！"

警察大喊，然后一脚踩上去，地板上出现了一个正方形的洞。

刚刚笠原先生之所以感觉骸骨男的身体越来越小，原来是因为骸骨男正在往下陷，最后从这里逃到下面去了。当时一片漆黑，很难发现有个洞。

果然骸骨男不是妖怪或者幽灵，而是狡猾的人类。他在事发前认真地凿出了这个洞，从这个洞进到了巴士中。

现在看来，之前他多次突然消失肯定也是因为使用了类似的诡计。

巨 大 的 阴 影

之后警察和少年侦探团成员们拿着手电筒仔细搜查了巴士附近的草地，但没有任何发现。看来骸骨男已经逃到了别处。

于是大家暂时就地解散，但其中有两个少年一直留到最后，在漆黑一片的空荡荡的大帐篷旁散步，那就是少年侦探团的团长小林和团员井上。

"有件事我怎么也想不通，那家伙的确是从地板上的洞里逃出去的不假，但那之后的事就很让我想不明白了。"

小林陷入思考，低声说。

"啊，那之后的事是指什么？"

井上君反问道。

"从洞里逃出去的话就可以钻到巴士下面吧？"

"对，没错。"

"但那时巴士下面没出现过任何人。"

"是吗？为什么你这么确信？"

"因为我一直躲在巴士下面啊，从你踩着警察肩膀破窗之前我就开始在那儿守着了。"

"天哪，团长一直躲在巴士下面吗？难怪刚才大家闹哄哄的时候没看到团长你呢。"

"是啊，我当时想还是有个人在巴士下面守着比较好，所以如果那家伙真是从洞里钻出来的，我肯定不会错过。"

"嗯嗯，真奇怪，难道那家伙是忍者？"

"也许是，也许不是，只有问问明智先生才知道了。话说我好像有点儿害怕了，真的很害怕啊。"

一向勇敢的小林团长很少会感到这么害怕，井上有些惊讶地看着他的侧脸。

就在此时，两人面前出现了如同噩梦一般的骇人景象。

在一片漆黑中，马戏团的大帐篷旁隐约露出了一点儿白色，然后逐渐现出一个灰色的庞然大物。原来，约三十米远的地方，有一个相当于人体几十倍大的庞然大物正在靠近。

小林和井上两个少年惊呆了，一动不动。

灰色的庞然大物慢慢向这边移动，现在已经到了距离他们十五米远的地方了。

"啊，那是一头象，可能是马戏团的象逃出来了。"

小林小声嘀咕。

原来如此，那是一头巨大的象。但是知道那是一头象后，两人马上又陷入了另一种恐惧中——他们害怕被象踩扁，或者被象鼻子卷起来，要是那样的话就糟了。

于是两人起身逃跑。

接着，不知从哪里竟传来了阴森的笑声。

两人一边逃跑，一边忍不住回头看。

在巨象背上有什么东西在摇摇晃晃地动，原来就是那家伙在笑。

"啊，骸骨男……"

就是那个骸骨男，他脱掉了之前穿的大衣和西服，正一丝不挂地跨坐在象背上。

正因为他一丝不挂，更能看出那并不是人类的身体，而是一具骸骨——白色的肋骨、腰椎，细长的手骨、腿骨，和学校标本室里摆放的人体骨骼模型一模一样，一眼望去完全就是一具骸骨在大象背上摇摇晃晃。

那家伙连身体也只有骨头啊，之前就是这只有骨头的身体在套着西服、靴子，拄着手杖走路啊！

两个少年震惊极了，一直呆呆地注视着这个奇怪的生物。

巨象看也不看少年们，沿着大帐篷慢吞吞朝前走。而在背上坐着的那具白色骸骨好似在悠闲地散步一般左摇右摆。

"啊，我知道了。那家伙穿着黑色衬衫呢，在衬衫上用白色画笔画出了骸骨的形状。"

"什么啊，说到底还是人类嘛。"

"是啊，不过如果对方是人类的话那可当真比骸骨还要恐怖，而且比妖怪和幽灵更加恐怖。"

小林非常害怕地小声嘀咕。

"哼、哼、哼、哼、哼……"

象背上的那具骸骨又发出了令人毛骨悚然的笑声，接着朝这边抛出了什么白色的东西。

那似乎是个正正方方的信封，在黑漆漆的空中信封翩翩起舞，最后落到了两个少年和巨象中间的地上。

就在两个少年目瞪口呆的时候，巨象沿着帐篷渐渐朝另外一边走远，灰色的庞然大物缓缓将身影隐入黑暗之中，再也看不到了。

目睹了这一切，两个少年仿佛从噩梦中醒来一般，在黑暗中面面相觑。

"帐篷里还有两位警察叔叔，我们赶快去通知他们吧。"

两人赶忙捡起落在地上的信封，朝大帐篷入口处跑去。

帐篷里用幕布隔成的小房间中正坐着两名警察，旁边亮着一盏小灯。

两个少年走到警察旁边，详细描述了刚才发生的事情，并把刚刚捡到的信封递了过去。

其中一名警察拿过信封打开，发现里面有一张纸写着如下奇特的内容。

笠原太郎君：

　　最近在你身上将会发生可怕的事情，你将会亲手杀死自己的孩子。这是你的命运，无法改变。无论你如何小心，也无法逃离这命运的安排。

两名警察读完，十分惊讶地互相对视着。

"必须马上上报。还有，最好也给笠原先生看看这个。"

其中一名警察飞奔出去打电话给警视厅，留下的警察带着两名少年匆忙朝笠原先生的大巴赶去。

笠原先生脸上和手上扎着绷带正躺在巴士中的床上，看到警察进来，就在床上重新坐了起来。他从警察口中听到了事情的经过，又读了恐怖的信后，他的脸都青了。

"请马上召集警察抓住那家伙。如果他是坐在象上的，那有可能还在附近慢悠悠地走着。我去之前关象的地方调查一下。按理说有驯象师吉村在值班看守，那家伙怎么能把象偷出来呢？真令人费解。"

接着笠原先生和警察还有少年们一起赶到临时关象的大型巴士那边，发现驯象师吉村被丢到了远处，嘴里被塞了东西，手脚也被绑着，而且巨象不知何时又回到了原处。想来是骸骨男把象还回来后又迅速逃走了，真是个行动敏捷的怪物。

但是骸骨男留下的信到底是什么意思呢？

小林觉得这样离谱的事情肯定不会发生。可生了这个念头后，无法言说的恐怖想法却接连不断地翻涌而出。

奇怪的地毯

自从读了骸骨男的信，笠原先生害怕极了，不敢继续住在巴士里，便准备搬进壁垒森严的房子中。

碰巧世田谷区有一幢美国人住过的洋楼空着，他马上租下来和两个孩子搬到了里面，打算以后每天往返于这里和马戏团。

笠原先生觉得只有他们一家三口和女佣的话还是不放心，于是从马戏团团员中挑了三个最强壮勇敢的小伙子，让他们搬过来一起住，三人白天晚上轮流看守正一他们的房间。

然而在搬完家的第二天中午，还是有事情发生了。

那时笠原先生正要动身去马戏团，突然电话铃响了。他拿起话筒后听到令人恶心的嘶哑声音。

"哈哈哈哈……觉得巴士里不安全，竟然跑到了洋楼里。哈哈哈哈……不过，我可是魔法师，可以潜入任何地方。哈哈哈哈……多加小心吧，命中注定你将会亲手杀死自己可爱的孩子，这不是换个房子就能改变的事情。哈哈哈哈……真可怜，但这就是你的命运。"

接着，电话突然被挂断了。

笠原先生脸色发青，慌忙跑去二楼正一和美代子的房间。房间门口有一名马戏团团员正坐在椅子上严阵以待。

"刚刚骸骨男打电话过来了,他已经知道我搬到这里的事情了,切不可大意,认真值好你的班。孩子们现在都安全吧?"

"很安全,窗户上都装着铁栅栏,从外面是进不来的,要进来只能走这扇门。能听到唱歌的声音吧? 正一和美代子正开心地唱歌呢。"

"嗯,是吗?"

笠原先生打开房门朝里看一眼,似乎是放下心来了,微微点头说:

"我马上要去马戏团,后面就拜托你们了,没问题吧?"

"没问题,我们三人轮流值好班,请您放心。"

团员充满自信地回答。

接着笠原先生就出门了,马戏团一直营业到晚上,所以他回来时应该会很晚。

那天下午四点左右,一辆物流公司的卡车停在洋楼门口,两个男人从卡车上搬下来电线杆那么粗的棒状物,扛着就来到了玄关。

门铃响了,一名马戏团团员打开后,两个男人就径直把长棒似的东西扛进洋楼里,开口说:

"这里是最近刚搬过来的笠原先生家没错吧? 我是美浓屋这边过来送东西的。"

"什么? 美浓屋是哪里的店? 这又是什么东西?"

马戏团团员不知所措地反问道。

"是地毯哦，铺在三个房间里的地毯。"

这个长两米以上，比电线杆还粗的棒状物，就是紧紧卷着的三个房间用量的地毯。

马戏团团员感到很奇怪。

"没听说买了地毯啊，是不是你们弄错了？"

"我们不可能弄错。这条街上只有您这一个笠原家，而且最近刚搬过来的也只有您这一家，绝对没有错。"

"但是我不知道这件事，所以也不方便付款……"

"货款吗？货款已经付过了，我们是预付制，之前已经收到货款了。没问题的话我们就把东西放进去了哦。"

两个男人把卷成棒状的地毯横滚着推进玄关的角落处，接着快速离开了。

马戏团团员心想这肯定是笠原先生买的东西，所以他们决定在笠原先生回来之前先放在那里不动。

很快到了傍晚，正一和美代子还有三名马戏团团员在餐厅吃起了晚饭。

与此同时，玄关角落里发生了神奇的事情。

卷成棒状横放在地板上的地毯好像活了一样开始动了。

棒状地毯卷静悄悄地滚动着，接着卷好的地毯一端被解开，然后是另一端，再滚几下又解开了一层地毯，第三次滚动时从地毯中间爬出了个黑咕隆咚的东西。

那东西有着人类的体形，身着紧身黑色衬衫和黑色牛仔裤，黑色手套搭配黑色袜子，全身漆黑。

那家伙站起身开始走动。那张脸！果然没错，是骸骨男，那就是骸骨男的脸！

骸骨男是藏在地毯里偷偷潜入的。多么巧妙的藏身处啊，从外面只看到卷得紧紧的地毯，没想到里面竟有着能容下一个人的空洞。

浑身漆黑的骸骨男沿着走廊墙壁悄悄往里面走，经过餐厅前面，走向厨房。餐厅里人并不少，可谁都没有发现他。

啊，这个令人毛骨悚然的骸骨男到底想做什么？

消失的正一

当天晚上八点，笠原先生还没有回来，正一和美代子已经上床准备休息了。而在两人房间门口，接替白班的晚班马戏团团员正瞪大眼睛毫不松懈地坚守着。

时间一分一秒过去，一名团员睁得大大的眼睛逐渐变小，直到最后完全闭上，头也不自觉地向前倾。

转瞬，团员又振作精神猛地睁开眼，但清醒的时间很短，他马上又不自觉地合上了眼皮。

这样的过程不断重复，最终那名团员陷入了酣睡，身体从椅子上滑下来，摆出奇怪的姿势并开始打呼噜。

此时同样的事情也在一楼餐厅上演。有两名团员留在餐厅，一边等待换班一边聊天，但不知不觉间，两人都悄悄开始了小憩。

厨房里女佣把盘子洗好，嘟囔着"好累"，刚坐到椅子上就也晕乎乎地陷入沉睡。

家里每个人都进入了沉睡状态，这到底是怎么了？要说大家的共同点，那就是刚刚吃完饭的时候，马戏团团员们都喝了咖啡，女佣也在厨房喝了一样的咖啡。不会是谁在咖啡里下了安眠药吧？如果真有人这样做了，不会是别人，那一定是从地毯里爬出来的骸骨男干的。

视角转向卧室里的正一。美代子因为还小，所以睡得很熟，而正一心里害怕得怎么也睡不着，一想到出现在巴士里的骸骨男的脸，他就害怕得浑身抖个不停。

门外有身强力壮的马戏团团员在看守，窗户上也装了坚固的铁栅栏，所以正一丝毫不必担心那家伙会进到卧室中，可他还是害怕得不得了。

隐隐约约地，他听到窸窸窣窣的声音，正一吃了一惊，下意识屏住呼吸。

窸窸窣窣，窸窸窣窣……

"是爸爸，把门打开。"

因为隔着门，爸爸的声音听起来像是另一个人。但因为正一正害怕得不行，所以一听到是爸爸就跳起来跑去转动钥匙开了门，之前他特地把门从里面锁上了。

门应声而开。

然而站在那里的却并不是爸爸，而是那个一直在正一脑海里阴魂不散的家伙——让人起鸡皮疙瘩的骸骨男！

正一"啊"地大叫一声转身就往床上逃,但对方毕竟是个大人,马上反应过来,从背后扑过来抓住了正一。

正一使出吃奶的劲儿也挣脱不了,骸骨男不知从哪里拿出个巨大的手帕,捂住了正一的嘴巴和鼻子。

正一刚闻到刺鼻的味道就失去了意识。在一片漆黑中,骸骨男那令人讨厌的脸被放大了千倍,正一的耳边不断传来窃窃嗤笑,整个世界都是骸骨男巨大的脸。

正一昏迷后,骸骨男拿出一个类似毛巾的东西把正一的嘴堵上,接着用提前准备好的细绳小心地绑住了正一的手脚。

在同一个房间里的美代子睡得很沉,毫不知晓发生了什么,骸骨男的动作利索而从容。

果然,刚才在咖啡里下安眠药的就是骸骨男,走廊上的马戏团团员从椅子上滑落到地上也还在酣睡,一楼的其他人大概也是同样的情况吧。骸骨男丝毫不用担心有人打扰,可以为所欲为。

他把正一夹在腋下,从容不迫地走下楼梯,回到玄关处的角落那里,然后把正一放到地毯上,再像之前一样把地毯卷起来,用绳子绑好,防止散开。

接着他走到房门前,从口袋里取出铁丝插入钥匙孔中,鼓捣了一会儿后,只听"咔嗒"一声,锁被撬开,门开了。铁丝是小偷在开锁时常用的工具。

骸骨男走到外面后关上门,然后用刚刚的铁丝给门重新上锁,之后便消失了踪影。

等笠原先生从马戏团赶回来,时间已经过去了三十分钟。

笠原先生按响了玄关的门铃却没有人来开门，他紧接着又按了不知多少次，还是没有任何反应。

他不禁开始有些担心了，难道骸骨男趁自己不在偷偷溜进家里，挟持了家里的人，然后对正一和美代子下手了？此时他突然想到自己口袋里有备用钥匙，急忙掏出来打开了门。他冲进房里，一边大声喊团员的名字，一边朝里面跑。

他来到餐厅后发现一名团员正睡得东倒西歪，再看一眼厨房，连女佣也在睡。

最令人担心的还是二楼孩子们的房间。笠原先生脚下生风般跑到二楼正一他们的卧室门前，这里守卫的团员也瘫在地板上睡得不省人事。

他打开门冲进卧室，看到美代子正在睡梦中，但正一的床已经空了。

"美代子，美代子，快醒醒。哥哥去哪里了？"

美代子睁开眼一脸惊讶，她一直睡得很沉，什么都不知道，所以哥哥去了哪里她回答不上来，再看到爸爸十分不悦马上要发火的表情，美代子抑制不住哭了起来。

看着美代子一问三不知的样子，笠原先生索性回到走廊拼命摇晃在地上不省人事的马戏团团员，大声喊他的名字。

团员终于睁开了眼睛，用迷迷糊糊的表情环顾四周。

"喂，发生了什么？正一都不见了，你怎么还躺在这儿值班？"

"啊，是团长吗？我到底是怎么了？真奇怪，为什么会睡过去？我一点儿头绪都没有。小正一不在吗？"

"你在说什么呢？不光你，楼下大家都睡得很沉。这、这到底是……"

笠原先生气得连话都说不出了。

"啊，是吗？那我知道了，肯定是那样没错。"

团员的声音很激动。

"什么？那样是哪样？你在说什么？"

"是安眠药。咖啡里被下了安眠药，那个咖啡喝起来特别苦。"

"安眠药？竟然是这样。那是谁下的药？"

"我不知道。咖啡是女佣端过来的，但有可能是谁趁女佣不注意掺进去的。"

"你是指谁？门没有锁吗？有人从外面进来了吗？"

"没有，门锁得好好的。大家一起确认过，肯定没错，从外面是绝对进不来人的。"

这样的话，为什么咖啡里会混入安眠药？正一又为什么消失了？

"那么，现在马上把大家叫起来寻找正一，说不定他就在家里某个地方。"

接着大家被叫醒，把房子里面，房子外面从庭院到围墙，所有可能的地方都仔细认真地检查了个遍，可是怎么也找不到正一的身影。

大家就这样焦急地寻找了一夜。第二天一早，昨天来送货的那两个男人又过来了，说昨天送过来的地毯送错了，于是取过放在玄关角落里的地毯卷放到卡车上，然后绝尘而去。

团员这边谁也不记得曾买过地毯，所以觉得他们取回去也很正常，没有一个人怀疑过正一可能被困在那卷地毯里。

骸骨男的诡计圆满成功，然而可怜的正一接下来会面临怎样的厄运呢？那封信中写到正一会被自己的父亲亲手杀掉，可这样离谱的事情真的会发生吗？

名侦探明智小五郎

明智侦探事务所的书房中，明智小五郎和少年小林正在谈论案情。

小林报告了少年笠原正一消失的事情。

大家被下了安眠药陷入沉睡，正一似乎就是在此期间被掳走的，但是被谁带去哪里了，目前没有丁点儿线索。家里的门好好地锁着，没有其他出口，现在唯一的可能性就是正一像烟似的从门缝里飘出去了。作案的当然就是那个骸骨男，那家伙又一次使用了魔法。

小林认真地看着明智先生的脸，心里充满期待——如果是明智侦探的话，一定可以解开这个谜题。

"那家伙曾经说过笠原先生会亲手杀死正一，对吧？"

"是的，就是这一点让人害怕。"

明智侦探思考了一会儿后，好像突然想起了什么，开口问：

"因为搬家昨天又运过来很多东西对吧？有没有什么大件物品

被运过来后又原样运走的情况？"

小林听到这里，猛地灵光一闪，睁大了眼睛。

"这样说来，是发生过一件这样的事。我听在那里守护正一他们的马戏团团员说，昨天物流公司送来了成卷的地毯，他们虽然告知对方没有买过，但对方说都付过钱了，非要放进家里。不过今天早上那家物流公司的人又过来了，说昨天送的地毯弄错收件人了，把东西取回去了。"

"所以你并没有亲眼看到那卷地毯对吧？"

"是啊，我到那里的时候物流公司已经取走了。"

明智侦探听到这里，马上拿起桌上的电话打给笠原先生。

"这里是明智侦探事务所，笠原先生在吗？……什么，他出门了吗？……您是？哦哦，是马戏团的成员啊。刚刚我听小林说了一件事，昨天有人送来了地毯对吧？您有看过实物吗？……啊，就是您签收的啊。当时地毯是被卷起来的对吧？我想知道具体尺寸，有多长？……大约两米是吗？多粗？……直径有五十厘米？那么粗啊。对对，是铺在三个房间的地毯，我明白了。……话说笠原先生是什么时候出门的呢？刚才吗？他是去了马戏团吗？什么，不是马戏团？那是哪里？射击场？是去练习射击了啊。那个射击场是在哪里呢？世田谷区的鸟山町，就在芦花公园对面，对吧？鸟山射击场，有射击场的电话吗？是321-5490没错吧？没事，谢谢。"

明智侦探放下话筒马上又重新拿起，拨打刚刚记下的电话号码。

"是鸟山射击场吗？您是？……啊，原来是射击场的主任啊。射击训练已经开始了吗？还没有是吗？盛大马戏团的笠原先生在吗？什么，还没到？今天会有多少人来参加练习呢？……三个人是吗？笠原先生就是其中一个吧？我明白了。我是私家侦探明智小五郎，我马上驱车去您那里，大约需要三十分钟。在我到之前请不要开始训练，一定不能进行射击，您听明白了吗？这可是人命关天的事，有可能会发生杀人事件，所以一定要等我到那里。您懂了吧？"

明智侦探反复叮嘱后才挂了电话。

"先生，您要出门了吗？"

小林不知所措地问，他现在一点儿也猜不透明智先生在想什么。

"对，现在情况很紧急，快帮我叫辆出租车，然后你和我一起去。有可能是我想错了，不过不亲自去验证一下我不放心，说不定正一马上就要被父亲笠原先生杀死了。"

"什么？正一？那不是正好应了骸骨男的预言了吗？"

"是啊，所以情况很紧急。马上叫出租车。"

射击场的怪事件

笠原先生偶尔会登上马戏团的舞台，凭借他多年锻炼出来的技艺，无论是空中杂技还是摩托车特技，对他来说都不在话下。

他尤以射击术最为出名，可以从远处击落助手叼着的烟，且丝毫不会伤到助手，还可以纸牌为靶子，一个接一个地射穿纸牌上的红心。

为了不荒废技艺，笠原先生会定时去射击场练习，今天刚好是该练习的日子，所以他来到了鸟山射击场。

其实笠原先生因为担心正一已无心练习，但既然已经报了警，也拜托少年小林告诉了明智侦探，现在只能等待这些专业人士去搜寻正一的下落。他自己再怎么焦急也无济于事，而且待在家中闷闷不乐只会越来越消沉，恰好又到了练习日，所以他才下定决心去了射击场。

鸟山射击场里除了一幢小小的事务所之外，就是一大片森林。另外还设置有防弹河堤，河堤前面是堆得像山一般的白色沙子，中间并排立着三个靶子。

笠原先生总是挑选最中间的靶子进行练习，另外两个是别人用的。

笠原先生从事务所拿来枪后站在射击台上给枪装上子弹，马上就要开始训练。就在此时，事务所的主任慌慌张张地跑来了，边跑边挥动双手。

"请等一下，请等一下！"他大喊着。

"怎么了？"

笠原先生一脸不解地问道。

"十分抱歉，有特殊情况，请等十分钟左右，您可以先在办公室休息下。"

"十分钟的话等一下也可以，但请给我个理由，毕竟我也不是什么闲人。"

"二十分钟前我接到了一个电话，对方说大约再过三十分钟他就会到这里，在此之前千万不能开始射击。"

"嗯，这个电话是谁打来的呢？"

"是著名的私家侦探明智先生，他强调了好几遍，说是人命关天，让我们一定等他过来。"

"什么，是明智侦探说的吗？真奇怪，在这种地方怎么会有人命关天的事情发生？不过既然明智先生都这样说了，还是等等吧。可以，那就暂且在办公室休息一会儿吧。"

笠原先生这样说，手里拿着枪和主任一起回办公室去了。

过了一会儿，一辆车停在了办公室门前，明智侦探和少年小林打开车门下了车。

主任上前迎接，把他们带到了办公室，在这里少年小林注意到在一旁休息的笠原先生后，便为明智侦探引见。

"是明智先生吧？初次见面，这几天也多多麻烦小林和少年侦探团的孩子们了。"

笠原先生恭敬地打招呼。

"听小林说您家孩子失踪了，现在一定很担心吧？本人不才，希望能尽些绵薄之力。"

"多谢。有您这位名侦探帮忙，我就安心了。话说刚刚您在电话中交代千万不能进行射击训练，这是为什么呢？"

"因为有件事情我很担心。有可能是我弄错了，但是不确认一下我怎么也不放心。"

"确认什么呢?"

"确认下这个射击场的靶子有无问题。有人愿意帮个忙拿上铲子跟我走吗?"

明智侦探向主任提出请求,主任吩咐旁边一个年轻男人上前。

明智侦探带着这个男人,朝立有靶子的白色沙山走去。少年小林、笠原先生、主任,还有来练习射击的另外两个男人,一个接一个地跟在后面。

来到靶子那里,明智指挥拿着铲子的男人把中间那个靶子后面的白沙铲到一边。

男人把铲子插入白沙中开始铲沙子。很快,在铲了五六下后竟发现沙子下面露出了奇怪的东西。

"不要伤到里面的东西,轻轻移走沙子。"

明智下达指令。男人放下铲子,随着他小心地移走沙子,那个奇怪的东西露出来的部分越来越多。

"果然是这样,这就是之前那卷地毯。大家一起帮忙把这个东西拉到外面。"

于是大家齐心协力把地毯卷拉到了沙子外面。

面对卷起来的地毯,明智用手敲敲这里敲敲那里,确认了一番后解开了系着的绳子,地毯滚动着自己摊开来。

"啊!"

大家不由得叫出声来。快看啊,地毯卷中间竟然是个空洞,一个少年被囚禁在里面。

"啊，是正一！喂，正一，快醒醒。明智先生，这就是我那被掳走的儿子啊！"

笠原先生抱起手脚被绑着的正一，解开绳子又拿掉孩子嘴里塞着的东西。

"正一，你怎么样？有没有哪里受伤？"

失去了意识的正一慢慢清醒过来，他睁开眼睛，马上哇哇大哭起来，将头紧紧贴在爸爸的胸口。

"好了好了，已经没事了。放心吧，爸爸以后再也不会让你遭这些罪了。"

正一并没有受伤，地毯卷上下两端可以通风换气，所以也不存在难以呼吸的情况。

"明智先生，真谢谢您。要不是您的提醒，我可能已经亲手杀死了自己的孩子。谁能想到这孩子就在我经常用的靶子后面呢？太好了，太好了，明智先生是正一的救命恩人。正一，快向先生说谢谢，多亏了明智先生还有小林，你才捡回一条命。"

话说回来，那个家伙藏身于卷起的地毯里偷偷潜入笠原先生家，再把正一囚禁于地毯卷中，然后将其埋到笠原先生练习射击时常用的靶子后面的沙山里！多么让人不寒而栗，只有恶魔才能想到这样的阴谋诡计。

好在明智侦探马上识破这一诡计并行动迅速地及时阻止了射击，这智慧让人佩服，果然不负名侦探之名。

似幽灵一般

从那之后，笠原先生的房子里警戒更加森严了，不仅有马戏团团员守着，还有警视厅的优秀刑警也三人一班地在笠原家昼夜轮流值班。

这样一来厨房的工作量也会增加，所以除了现有的女佣，明智侦探还另外介绍来了一位年轻的住家女佣。这个新来的女佣虽然还是个年仅十五六岁的可爱少女，但做事稳重可靠，工作完成得很好。说起来这个女佣有个奇怪的习惯，她经常半夜三更在家中走来走去，而且为了不被别人发现，她总是悄悄地极力压低脚步声。

在射击场事件发生大概五天后，笠原家夜里发生了一件事情。这位年轻女佣又一次溜出自己的卧室，仿佛小偷似的在二楼走廊悄无声息地走来走去。

女佣来到走廊拐角时因为听到微弱的声音所以停了下来，她藏到走廊一角，悄悄望向声音的源头。

紧接着她就看到从昏暗的走廊对面有什么奇怪的东西走了过来。她本来以为是刑警在巡逻，但其实并不是，刑警不会长那样一张特别的脸。那家伙穿着黑色紧身衬衫，啊，他的脸和那个骸骨男一模一样。

那就是骸骨男。骸骨男又一次打破森严壁垒进入了这个家中，目标当然一定是正一或美代子。女佣刚开始还在想要不要把大家喊过来，接着她仿佛下定了决心似的，突然从拐角跳出来挡在骸骨男前面。

看到女佣这个大胆的举动，骸骨男很惊讶。

万一让她叫出来那可就危险了，只听骸骨男小声发出"啊"的一声后突然逃走了。

勇敢的女佣追在后面。这个女佣到底是什么来历？为什么胆子这么大？骸骨男知道少女追在自己后面更加慌张了，沿着走廊还没跑出去几步，突然随手打开一扇房门逃了进去。

少女下一秒就追到了那扇门前，但要推门而入时却犹豫了，她心想骸骨男会不会正埋伏在门的另一面，准备突然跳出来袭击。

少女从钥匙孔悄悄往里看，透过钥匙孔只能看到房间的一部分，视野范围内并没有人，而且对方似乎也没有藏在门后。

她把心一横，转动房门把手。门没有上锁，她轻手轻脚地打开门进入了房间……房中空无一人。

那个房间平时没有人住，只在角落里放了一张床。少女走到床边拍拍枕头，又检查了床下，但哪里都看不到人影。

窗户上装着铁栅栏，房间里也没有柜子，根本找不到什么可以藏身的地方。

骸骨男确实是逃进了这个房间，然而房间里却空无一人，他再一次像幽灵一般消失不见了。

少女慌忙从二楼下来，拿着手电筒从后门跑去院子里。

假如骸骨男是从二楼窗户逃出去的，那一定会落到下面的院子里，她想看看在那里能不能找到他。

但是院子里也没有发现什么可疑人物。难道他这么快就逃走了？就算是这样，院子里松软的土上也应该会留下足迹。

少女把空房间窗户下面的每一寸地面都仔仔细细用手电筒照着检查了一遍，结果没有发现任何足迹。

因为笠原先生家是独栋的房子，所以他不可能跳到邻居家房顶逃跑。但空房间下面一楼那里有个略微凸起的狭窄房顶，所以骸骨男很可能是从那个房顶下到了地面。

少女把房顶一侧的地面仔仔细细检查了一番，不过也没有发现一丝足迹。

难不成他正屈身藏在那个狭窄的房顶上？少女带着疑问走到稍远一点儿的地方看向房顶，但没有发现什么可疑的身影。就算夜已经深了，借着夜空的一点儿亮光还是能看清有没有人的。

现在只能想到骸骨男是跳到下面逃走了，而且是在柔软的地上没有留下一丝足迹地逃走了。

能从坚固无比的铁栅栏里钻出窗外实在是不可思议，同时又没有在地面上留下一丝足迹，那就更不可思议了。那家伙真的就像幽灵一样脚不沾地，轻飘飘地从空中飞走了吗？

少女回到房子中告诉了大家这件事后引起一阵骚动，三名刑警率先检查了二楼的空房间，但墙上、天花板上、地上都没有发现密洞，窗户上的铁栅栏也没有异常。

之后大家齐心协力拿手电筒仔仔细细搜索了院子和围墙，但没有发现骸骨男留下的任何痕迹。

恐怖的梦

两天之后的深夜，又有事情发生了。

当时正一和爸爸笠原先生正分别躺在房间里挨着的两张床上熟睡。

妹妹美代子还小，为了保险起见暂时没有去学校，现在寄宿在台东区笠原先生的亲戚家，因此卧室里看不到美代子的身影。

这间卧室在二楼，旁边就是两天前骸骨男神秘消失的那个空房间，窗户上也装有坚固的铁栅栏。

门外走廊上的刑警和马戏团团员正坐在长椅上严阵以待，三名刑警和三名团员会轮班看守到早上。

这样一来骸骨男就找不到空子溜进来了，正一很安全。就算他们看守时有所松懈，让那家伙进了卧室，正一旁边的床上还躺着强壮的笠原先生，他绝不会轻易让骸骨男得手，让正一有什么闪失。

此时的正一正在做一个恐怖的梦——

昏暗的天空密密麻麻下着黄豆似的东西，而且越往下掉变得越大，如乒乓球大小的白色物体不断落到正一头上。

仔细一看，那些白色的东西长着漆黑的眼睛，鼻子那里是三角形的黑洞，嘴巴那里牙齿露在外面——那是骸骨男的头，几十个、上百个数不清的头正不断掉落下来。

正一发狂似的逃跑，但是他跑得再快也躲不过骸骨雨，无论跑到哪里天地间都是密密麻麻的骸骨。

正一跑累了倒在地上，骸骨不断落下，由乒乓球大小变成茶碗大小，又变成托盘大小，一下子就逼近眼前。

很快，一张骸骨脸大到充满整个视野，有这个挡着，他无法看到其他骸骨，这个巨大的骸骨脸已经近到就要将正一碾碎。

正一"呀"的一声叫出来，接着骸骨脸那恐怖的嘴巴"啪"地突然张开，咬住了正一的肩膀……

"正一，快醒醒，你怎么了？振作起来！"

父亲笠原走下床，叫醒了正陷入梦魇中的正一。

"是做噩梦了吗？"

正一刚刚之所以感觉被骸骨男咬住了，是因为父亲正抓着他的肩膀摇晃。

"是的，我刚刚做了恐怖的梦，但已经没事了。"

正一的声音听起来很精神，所以父亲没再多想，打开卧室另一边的门去了卫生间。

其实刚刚正一是为了让父亲安心才那样说的，事实上他害怕得不得了，而且一想到睡着以后可能又会做那个恐怖的梦，他现在一点儿也不想闭上眼睛。

"爸爸怎么这么慢，怎么还没从卫生间回来呢？"

正一心里正觉得奇怪，突然听到卫生间里传来"咚"的一声东西倒地的声音，接着是"嗯嗯"的呻吟声。

正一吓了一跳，急忙钻进被窝里，但很快外面又静悄悄的了，听不到任何声音。

"到底发生了什么？是爸爸在卫生间摔倒了吗？"

他畏畏缩缩地从被窝里露出脸来看向那边。

"啊！"一瞬间正一感觉心脏都要跳出来了。

那家伙就在那里，那个恐怖的骸骨男正从房间的一个角落走过来，他穿着黑色紧身衬衫和裤子、黑色袜子，戴着黑色手套，脸像是刚从墓地里爬出来的一样。

正一想要起床逃跑却动弹不得，他就像被蛇吓住了的青蛙，只是出神地盯着怪物的脸，顾不上看旁边，也无法发出声音。

"呵呵呵……这次你可逃不掉了，我一定要带你回我的地盘！"

骸骨男那满是长牙的嘴不停张合，发出令人恶心的声音。

这之后又发生了什么？正一已经失去意识什么都不知道了。

仿佛是继续刚刚那个做了一半的梦，骸骨男把脸凑得越来越近。

正一拼尽全力终于能发出声音了。

"啊啊啊……"他嘶吼着，手脚并用不停反抗。

但是骸骨男用铁一般的胳膊把正一从床上拽下来，让他滚到地板上，接着骑在他身上把团好的布塞进他嘴里，再用毛巾一样的东西绑住了他的嘴巴。正一无法发出声音了。

然后骸骨男又不知从哪里取出两根细绳，把正一的手背在身后绑起来，脚也绑了起来。

正一的身体一下子浮到半空中，原来是骸骨男把他拎起来夹在了腋下，不知道要把正一带到哪里去。不过怪物到底想怎样从这间卧室出去呢?

门外刑警和马戏团团员正严阵以待,窗户上也装着铁栅栏,卫生间只能从卧室出入,没有别的出口。又到了骸骨男施展魔法的时候了。

话说回来,刚刚进入卫生间的笠原先生在做什么呢?他为什么不赶快来救正一呢?

其实笠原先生没能从卫生间出来是有原因的,尽管他知道正一遭遇了不测,但他没有办法赶去救援。

融化在空气中

正一刚刚的哀号自然也传到了走廊上,正坐在长凳上严阵以待的刑警和马戏团团员猛地站了起来。

刑警快速赶到门前转动把手,不过门从里面上了锁。

虽然这扇门有备用钥匙,但考虑到如果放在别的地方被骸骨男偷走就糟糕了,所以两把钥匙都在笠原先生手中。因此,这扇门现在只能从卧室里面打开,从外面是无论如何也打不开的。

刑警大声呼喊,可门内没有传来一丝回应,鸦雀无声。

"笠原先生,请打开门,刚刚的叫喊声是怎么回事?发生了什么?"

"真奇怪啊,难道是……"

"刚刚确实是正一的叫声,这样磨蹭下去可不行,闯进去!破开这扇门进去！"

马戏团团员激动地说道。

"好，那就由我来破开这扇门。"

刑警说完就退到走廊的一边开始助跑，接着猛地朝门撞去，发出可怕的巨响，但门纹丝未动，真是扇坚固的门。

其他刑警和团员察觉到这里的骚动从楼下跑了上来，那位机灵的女佣也过来了，大家都在一脸严肃地思考骸骨男的事情，说不定那个幽灵似的骸骨男已经使用神奇的魔法潜入了卧室中，少年正一很可能正遭遇不测。

两次，三次，刑警不断尝试破门，每次都能听到木头碎裂的声音，后来门板终于有了反应，出现了裂缝。

刑警看准那个裂缝用力撞去，裂缝渐渐变大，他伸手进去使劲拽下几块门板，一个大小可供人进出的洞终于出现了。

刑警和马戏团团员一个接一个穿洞进入了卧室。

"哎呀！人呢？"

卧室中已空无一人，正一和父亲笠原先生都不知去向，两张床上毯子和被子乱作一团，大家找遍了屋中各个地方，可哪里也看不到人影。

刑警们打开房内的两扇窗检查了铁栅栏后并未发现异常，铁栅栏好好地卡在窗框上，并没有发现有人进出的痕迹。

那位机灵的女佣站在房间一角关注着事情的进展，然后好像突然吃了一惊似的竖起耳朵仔细听起来。原来她听到了一种奇怪的声音，那声音仿佛是有人在呻吟，再认真一听，竟像是从洗手间内传出来的。

女佣小心地打开门。

"哎呀，糟糕！团长先生在这里……"

大家很快聚过来。

笠原先生身穿睡衣被捆得结结实实，手脚动弹不得，嘴里塞着毛巾，倒在洗手池下面，他努力发出的声音刚好让女佣听到了。

大家把绳子解开，拿掉他嘴里的东西后，笠原先生说：

"那家伙在哪里？抓到了吗？"

他一边说一边环视周围。

"那家伙是指谁？刚刚有人在这里吗？"

一名刑警开口问。

"就是骸骨男。我刚刚进了卫生间，这家伙从背后偷袭我，他强壮的胳膊像钢铁一样，我不是他的对手，没几下就被绑起来了……正一呢？那家伙一定是来抓正一的，正一还好吗？正一在哪里？"

"这个……正一不知道去了哪里，而且骸骨男也消失了。"

"这不可能，正一刚才就躺在对面的床上睡觉，然后还发出了那样的哀叫。都怪我，正一肯定被骸骨男害惨了。但两人一起消失了是不可能的，门锁得牢牢的，窗户上又装有铁栅栏，整个房间天花板上、墙壁上、地上，密道什么的一个都没有。骸骨男和正一到底是怎么出去的？"

"我们也不知道，很困惑。他简直就像是融化在了空气中。"

刑警回答道。

　　然后笠原先生也跟着大家一起，把卧室和整个房子的其他各个房间，以及从院子到围墙外都仔仔细细搜索了一遍，但是找不到骸骨男出入的一丝痕迹，任何可疑的足迹都没有。

　　怪物骸骨男又一次施展了高超的魔法，如融化在密室的空气中一般消失得无影无踪。

　　不过这件事情并不是什么怪谈。虽然骸骨男就像是个妖怪，但这世上并不存在什么妖怪，所以不管对方看起来多么神奇，都不过是人类在耍把戏而已。

　　人是无法做到像烟一样飘走的，这件事情中藏着一个令人意想不到的诡计。啊，这到底是什么诡计呢？

魔法背后

　　正一和骸骨男一起消失不见的第二天午后，笠原先生和刑警们出门前往警察署，骸骨男案的搜查总部就设在那里。此时笠原先生家中只留了一人看家。

　　趁这时，那位酷爱侦探活动的女佣悄悄爬上二楼，潜入了正一被掳走的那间卧室，仔仔细细找遍房间每一个角落后，又细致地检查了窗户上的铁栅栏。

　　铁栅栏下面的框是用两根螺栓固定住的。这种螺栓的螺杆一端刻有螺纹，嵌上六角形的金属螺母，再用扳手拧紧就可以了。

　　"好奇怪啊，没见过这种固定铁栅栏的方法。"

女佣用男孩儿般的声音自言自语道。接着她又检查了铁栅栏上方。"啊,我知道了!"她大叫一声后突然跑出卧室,不知道从哪里找了个扳手回来,然后右手拿着扳手从窗上铁栅栏的空隙伸出去,拧开并卸下了那两个固定在下面的螺母。接着她两手用力将铁栅栏向外推,没想到铁栅栏竟然朝外打开了。原来铁栅栏上端有个不太明显的合页,整个铁栅栏可以向外打开。

从外面看,铁栅栏的右边框和左边框也都是用四个螺母固定住的,但实际上另有玄机。上面只装了螺母,却没有螺栓,因此只要卸下底框的两个螺母,就可以利用上端的合页自由地向外打开铁栅栏。

"这么一来,卧室的秘密就解开了!"

女佣又用男孩儿般的声音自言自语,接着冲到旁边的空房间里又检查了那边窗上的铁栅栏。果然那里也是同样的装置,只要将底框的两个螺母卸下,就可以轻松打开铁栅栏。

前一晚骸骨男逃进这个房间后消失不见,实际上就是逃到铁栅栏外面,把螺母原样装好,然后藏身在二楼与一楼中间的那个狭窄房顶上了吧。而后在女佣拿着手电筒检查院子里的足迹时,那家伙又回到房间中躲了起来。

那么,他带着正一消失时应该也是打开卧室窗户的铁栅栏逃走的,但那时检查院子为什么没有发现踪迹呢?那时周围人并不少,他不大可能再回到卧室中。

女佣在心里思考这些疑问,总觉得有些不对劲儿。突然,她灵光一闪,想到可以从铁栅栏出去,爬到窗户下面的房顶上去看看。

在一楼的房顶，只有朝着院子的那边有延伸出去的宽约一米的遮雨檐。

女佣在房顶上像猫一样四肢着地匍匐着爬行，爬到旁边那个空房间的窗户附近，竟在两个房间之间的那堵墙对应的屋顶位置发现了可疑之处。那里的房顶上有一块宽约五十厘米、长约两米的区域，与房顶其他区域颜色不同，摸上去发现并不是瓦片，似乎是用铁板做成的。尽管看上去形状、颜色都很像瓦片，但其实是把铁板做成相连的瓦片形状，再涂成瓦片一样的颜色。

女佣把手放到铁板上试着拽了一下，发现它竟然可以像盖子一样打开。因为是很薄的铁板，所以并不重。

"哎呀，那家伙之前可能就躲在这里。"

女佣想，铁板下面肯定有个狭长的空间，人可以横躺进去藏身。

于是她用力把那个铁板打开，刚打开女佣就"啊"地叫出声，震惊地呆住了。

她发现了实在令人意想不到的事情。啊，她到底发现了什么呢？那个空间中竟躺着一个手脚被绑住、嘴被堵住的虚弱少年。

这当然就是正一。大家都觉得他是被骸骨男掳走了，没想到竟然被藏在这个地方。

到底是怎么回事呢？显然骸骨男并没有把正一掳走，那么那家伙是否和前一晚消失于空房间时一样，故技重施又回到了房子中呢？一定是这样，院子里没有留下足迹就是最好的证明。

女佣越来越不解了，骸骨男一次都没有逃到外面去，总是再次回到房子中藏在某个地方，可真是这样的话没理由这么多人从没有发现过他。骸骨男是如何能瞒过这么多人的眼睛呢？

女佣竟忘记了需要先救出躺在狭小空间中的正一。为了解开这个谜题她陷入了深思，闭着眼睛全神贯注地专心思考。

思考了一会儿，女佣的脸眼看着变得煞白，好像被吓到了似的眼睛睁得圆圆的，嘴略微张着，就像玩偶一样一动不动。

"啊，好吓人，这样做真的好吗？"

女佣用颤抖的声音自言自语，依然是男孩子的声音。

"没错，一定是这样。好，我要去试一试，如果真是这样的话……"

女佣说着，轻轻盖上房顶的铁板，她下定决心要暂缓救出正一。尽管这样一来正一很可怜，但为了验证一个可怕的猜想，她必须要这样做。

接着机灵的女佣脸色煞白地回到房间，把铁栅栏上的螺母按原样拧回去，沿着楼梯下了楼。

洞穴中的怪人

那天傍晚，在笠原先生家的门口，有一位拿着手提箱的男人前来拜访。

男人身着又肥又大的西服，头戴贝雷帽，大约三十五六岁的样子，塌鼻子，眼尾下垂，大嘴，一副滑稽面孔。

这时笠原先生已经从警察署回来了，他走到门口，询问男人有什么事，对方回答说：

"我是个到处游历的腹语师，希望能用腹语为老板的盛大马戏团助助兴，特此前来。我自认为我的腹语术就算在东京的名人圈中也不算差，请您抱着试试看的心态允许我小试一下可好？"

"原来是这样。虽然现在家里乱糟糟的，不过我正好希望引入一名腹语师，你进来试试吧。"

笠原先生说着把腹语师引到会客厅，并召集家里的人过来观看腹语术。

刑警们已经回去了，前来观看的只有马戏团的三人还有一个女佣。

"咦，少了一个女佣，是那个新来的年轻女佣不在，她怎么了？"

听到笠原先生的询问，年长的女佣回答说：

"那个孩子下午的时候脸色发青，说身体不太舒服想回家休息，她走了以后到现在还没有回来。"

"啊，是吗？那孩子真是有点儿奇怪啊。"

笠原先生说完便没再注意，请腹语师开始表演。腹语师打开随身携带的大手提箱，拿出两个十岁小孩儿一样的玩偶，两个玩偶一个是日本男孩儿，一个是黑人男孩儿。

接着他让这两个玩偶交替上场，用腹语术表演了有趣的节目，等表演差不多结束的时候，笠原先生说："嗯，表演确实不错。可以，就让你加入马戏团吧。薪水什么的还需要再商量，来我的卧室我们慢慢聊，请往这边走。"

他一边说着一边走出会客厅，腹语师把两个玩偶收到大手提箱中，用手提着跟在笠原先生后面。

那之后过了大约三十分钟，薪水的事情谈得差不多了，腹语师笑眯眯地朝门口走去，接着在笠原先生的送别下提着那个大手提箱消失在了门外。

门外五十米左右的地方停着一辆气派的汽车，腹语师坐进去后，汽车向西出发。

到处旅居的腹语师竟然有一辆这么气派的车在等着他，这总让人觉得哪里不对劲儿，他应该不是那么有钱的人。

更奇怪的是，当腹语师靠近汽车的时候，汽车后备厢的盖子打开了一条大约两厘米宽的缝隙，从里面露出两只眼睛紧紧盯着外面。难道是什么人潜入了汽车的后备厢里？

腹语师并没有察觉，指挥司机一直往西走。

很快车子走上了京滨国道，经过横滨的时候天已经彻底暗了下来，附近漆黑一片。

之后汽车仍然向西行驶，周围渐渐变得荒凉，汽车开始驶上了山路。汽车绕着山路一圈一圈往上走，来到了大山的入口。

从离开笠原先生家到现在已经过去了三个小时，汽车终于停了下来，停在郁郁葱葱的山林之中。腹语师来到这样的地方到底是要做什么呢？

他提起那个大手提箱从车上下来。

"喂，你打开手电筒走在前面。"

他对司机发出命令，自己"嘿咻"一声把大手提箱扛到肩上，箱子似乎有些重量。

借着手电筒的光，两人走入山林中。

空车被留在一片漆黑的山路上，但在那两人进入山林后，汽车后备厢的盖子"啪"的一声打开了，从里面钻出了一个人。

那是个十五六岁的男孩儿，在那孩子经过汽车前照灯时可以看清他的样子——漆黑的脸，头发乱蓬蓬的，身上穿着破旧的衣服，就像一个乞丐。

那个乞丐男孩儿跟在腹语师他们后面，也进入了山林。

腹语师扛着手提箱和司机在蜿蜒的林中小道上走了约百米后，看到了一间小屋。

小屋里好像有人在活动，依稀可见煤油灯的亮光。

腹语师来到小屋前放下手提箱，"咚、咚咚咚、咚、咚咚咚"地用奇怪的节奏敲响小屋的门，似乎是在对某种暗号。接着，门"吱呀"一声从里面打开，身着卡其色工作服的烧煤工猛地探出头。他看样子四十岁出头，头发乱蓬蓬的，黑色胡子显得很是邋遢，骇人的眼睛直直盯着外边。

"是我啊，自己人。喂，老爷子最近好吗？"

腹语师漫不经心地开口问道。

"啊，是你啊。老爷子还是老样子，一言不发地想事情，已经安静了有一段时间了。"

"给他吃饭了吧？"

294 | D坂杀人事件 |

"嗯，这你不用担心，我是不会让他饿死的。"

"好，那我们去见下他吧。"

腹语师说着，又背起那个大手提箱进了小屋中。

小屋仅有十平方米大小，并不宽敞，旁边水泥地上堆积着薪柴，地板上铺着草席，中间隔出了围炉的位置，被烟熏得污黑的房顶上垂着一盏吊灯。

"还是和以前一样，你来带路。"

听到腹语师的话，烧煤工走到房间的角落，掀开草席，"咚咚咚"地敲下面的地板，然后猛地将其抬起来。原来那是个一米见方的盖子。

盖子下面是一个很深的洞，可以看到石头砌的台阶一直向下延伸。

"老样子，还是你打开手电筒在前面带路。"

腹语师对司机下达命令，然后自己背上大手提箱，跟在后面沿着台阶往下走。

下了十二个石阶后，面前出现横洞，是一条高度可以让人直立行走的隧道。沿着隧道走一会儿后，便是一扇坚固的门，一把大锁紧紧锁在上面。

烧煤工拿钥匙打开锁后，只见门后是个漆黑无比的房间，里面似乎有什么东西在动。

司机将手电筒照向里面。

光束中出现了一个人。那还可以称之为人吗？头发和胡子很长，其间依稀可见一张苍白消瘦的老人脸，破旧不堪的衣服挡不住胸口，肋骨清晰可见，简直就是一具骸骨。

啊，这个悲惨的老人到底是谁？还有神秘的腹语师到底是什么人？他的大手提箱里又装了什么东西？难道真的只是玩偶吗？

乞丐少年

乞丐少年从汽车后备厢里爬出来后，跟在腹语师他们后面。看到那两人进入小屋后，他将身体贴在小屋窗户上，透过窗户缝隙仔细观察小屋里的情况。

看到腹语师和司机掀开小屋的地板向地下走去，少年知道了这个小屋是有地下室的。看到这一切，乞丐少年陷入了沉思，思考了一会儿，他突然灵光一闪，走到小屋门前"咚咚咚"地敲起来。

"谁啊？是谁在敲门？"

房间里传来烧煤工粗犷的声音。

乞丐少年偷偷笑着并不说话，又开始"咚咚咚"地敲门，这次敲得更用力了。

"是谁啊？真烦人，都这个时间了有什么事情啊？等等，等等，我这就来开门……"

烧煤工的声音离门口越来越近，然后门"吱呀"一声打开了。

"哎呀，真奇怪，这不是没人嘛。喂，刚刚敲门的人去哪里了？"

烧煤工环视漆黑的四周，纳闷儿这是怎么回事。

等了一会儿也没人出现，于是烧煤工关上门又回到了小屋里，可是马上又听到有人"咚咚咚"地使劲儿敲门。

"可恶，太烦人了，是谁在恶作剧吧？小狐狸来捉弄大爷了是吧？好，我一定要逮住你，给我等着！"

"吱呀"一声，门开了，胡子拉碴的烧煤工冲了出去，听到从对面茂密的树林里传来"咔哧咔哧"的声音，烧煤工挽起袖子就往里面跑。

原来是乞丐少年藏在小屋旁边用长线拉扯小屋对面的树枝。趁男人不在，他放开绳子悄悄从门口溜进去，走到刚才地板上的盖子旁边，打开盖子迅速进了地下室。

"刚刚果然是野狐狸，不知道给它逃到哪里去了。这调皮的狐狸真让人头疼。"

烧煤工嘴里嘟囔着回到小屋。因为地下室盖板和之前一样是紧闭着的，所以他并没有发现已经有外人进了地下室，开始在围炉旁盘起腿抽烟。

乞丐少年蹑手蹑脚地沿着地下室的台阶往下走，停在隧道尽头的门旁侧耳倾听。

门的另一边传来的似乎是腹语师的声音。

"笠原先生，我给你带来了有趣的礼物哦，我这就从手提箱里拿出来给你看。"

咦，笠原先生什么时候到这深山里来了？少年觉得很奇怪，从门缝往里看。

虽然门很坚固，但并不严丝合缝，少年通过一条细缝，往里面一看，那着实是奇异的场景。

正面坐着的是一位消瘦羸弱的老人，黑白相间的头发乱蓬蓬的，嘴上、脸上的胡子长长的，仿佛是一位长久与疾病打交道的病人。

肥胖的腹语师在老人面前放下那个大手提箱准备打开，司机站在房间角落里拿着手电筒为手提箱打光，少年便再看不到那个被称作笠原先生的老人的身影。

少年的心扑通直跳，继续从缝隙里偷窥。

"看，这就是我给你的礼物！"

腹语师利索地打开手提箱。天哪，手提箱里竟装着一个蜷缩着的少年。

腹语师从手提箱里抱起少年，扔到老人面前的水泥地上。

少年手脚被绑着，嘴里还塞了东西。

"啊！是笠原正一！"

乞丐少年忍不住小声说了出来。

让乞丐少年更感到震惊的是那位羸弱的老人。老人晃晃悠悠地站起身，移步来到了翻倒在地的少年旁边。

"啊，是正一啊，光是我也就算了，他竟然还对你下手！坏人！坏人！为什么你这家伙要这么折磨我们？为什么？告诉我为什么！"

老人声音嘶哑，拼尽力气喊道。

"那要问问你自己。我只是那个人的下属，所以并不了解详细情况，不过那个人似乎对你怨恨不浅。"

腹语师无情地回答道。那么，"那个人"到底是谁呢？

"我什么都不知道，你们的老大到底是谁？我一点儿头绪也没有。那个把我囚禁在这里，自己假扮成盛大马戏团团长的男人究竟是什么人，我完全不清楚。这次竟然连我的孩子也被卷进来受罪……"

"我们可没怎么折磨他，而且我们是为了让你们父子团圆才把这孩子带到这里来的，很快妹妹美代子也会过来，哈哈哈哈……"

腹语师的笑声仿佛是在嘲笑对方。

乞丐少年一直在默默观察，感到十分不可思议。这到底是怎么回事？难道说这个消瘦衰弱的老人才是真正的笠原团长，而另一位笠原先生是假的？

骸骨男的真面目

之后地下室里又发生了什么事，大家很快就会知道，所以现在请允许我省略此段情节，直接跳到三天之后。那天下午，名侦探明智小五郎来到了笠原团长的家中。

明智想来谈谈骸骨男的事情，于是笠原先生毕恭毕敬地将其引到会客厅。两人围桌落座后，女佣端上了咖啡。

"明智先生，您介绍过来的那个女佣三天前说身体不舒服回家了，那以后再也没回来，昨天我也有致电您的事务所，她的身体情况怎么样了？"

笠原先生满脸担心地问。

"这件事有特殊情况，那孩子不是生病了，不过应该也不会再回来了。"

明智的话耐人寻味。

"什么？是有什么特殊情况呢？"

笠原先生一脸奇怪地问道。

"晚些我会告诉您的。说起来，我今天带了有意思的东西过来，不如您先看看。"

明智一边说一边解开带过来的包袱，从里面取出了令人惊讶的东西。

"啊，这是……"

"这是骷髅男戴过的骷髅面具，终于让我弄到了这个，还有其他东西。这下骷髅男的秘密再也藏不住了。"明智侦探一边说，一边仔细观察笠原先生的表情。

"什么？骷髅男的秘密……"

笠原先生大为惊讶，仿佛马上就要从椅子上站起来，脸色也变了。

明智把骷髅面具放到桌上，开始详细说明。

"那家伙就是戴着这个面具来吓唬大家的。看，就是这样戴上。"

明智两手拿着骷髅面具往自己头上套，瞬间便化身成了恐怖的骷髅男。

"他就是这样进行变身的,并不是真的有个男人长了一张骸骨脸。而且因为面具戴在脑袋上,所以这个骸骨脸要比人脸大很多,这样看起来就更吓人了。当然,这都是假的。"

笠原先生听到这些话并没有表现出多么震惊,他抱着胳膊始终紧闭双眼,仿佛已陷入沉睡当中。明智继续说下去。

"无论是在马戏团的帐篷中,还是在大型巴士中,抑或是在这个家中,骸骨男之所以无数次能如烟般成功消失,秘密就藏在这个骷髅面具中。他只需在事前随便把它藏到某个地方,然后在事后取下面具马上就可以改头换面变成另一个人。而且如果他提前准备了其他衣服事后换上的话,大家就更认不出来了,凶手一定是提前准备了其他衣服。

"首先我来解说一下骸骨男从这个家中二楼的房间独自消失,后来又带着正一一起消失的秘密,这个秘密还是我的少年助手小林发现的。我瞒着大家,派小林到这里做了住家女佣。"

"什么?小林就是那个女佣?"

笠原先生刚才闭着的眼睛陡然睁开,惊讶地问。

"小林打扮成女孩子的样子来到这里做女佣,发现了许多线索。"

紧接着明智详细讲述了少年小林伪装成女佣在这里所发现的秘密,包括二楼窗户上的铁栅栏可以开关,以及房顶上有可以藏身的地方,等等。

"虽然我们有小林做内应,但仍然留有一个未解之谜——房顶的藏身处只能容下一人,骸骨男把正一藏在那里后,余下的空间就不够他再藏身了，而地上没有发现他的足迹，可以确定他未下到院子里，这样的话骷髅男到底是躲在了哪里呢？

"那时刑警们把家中每个角落都检查了一遍，但未发现任何可疑之处，这到底是为什么呢？其实这里藏着一个恐怖的秘密。"

说到这里，明智停了下来，看向笠原先生。笠原先生紧闭的双眼再次猛地睁开，他看着明智的脸，不知为何笑了起来。

"所以关于那个秘密，您终于知道答案了对吗？"

"是的，我知道了真相。笠原先生，其实凶手一直都在大家眼前，但却没有人怀疑过他。

"为什么没有人产生过怀疑呢？是因为大家始终以为那个男人只是一个被坏人盯上的受害者。骷髅男如此频繁地出现在盛大马戏团，导致观众越来越少，损失最大的是你，笠原先生。骷髅男把目标瞄准了正一，而正一是你的孩子，最痛苦的也是你。

"身为受害者，竟会戴上骷髅面具化身为骷髅男，这换谁也想不到。而这就是你的恐怖秘密。

"每次骷髅男消失之后你都会出现，但是从没有人产生过怀疑，毕竟谁能想到你和骷髅男是同一个人呢？比如有一次骷髅男从大型巴士里消失，你用车子地板上的洞糊弄过去，实际上演了一场独角戏，演的是自己和骷髅男进行了激烈的打斗。

"这个秘密也是小林揭开的，三天前你的部下腹语师带着藏有正一的手提箱驱车去大山深处的小屋时，小林打扮成乞丐少年藏在了汽车后备厢里，弄清楚了被关在小屋地下室里的人的身份。

"笠原先生，现在警察已经都知道了，你的部下腹语师、司机，还有乔装打扮成烧煤工的那个男人都被抓起来了，被关在地下室里的真正的笠原先生和正一也被救了出来。

"哎呀，说起枪的话，还是我的更快些，而且你应该不喜欢杀人吧？"

明智迅速从口袋里掏出一把小型黑色手枪，放在膝盖上瞄准笠原的方向。

笠原仿佛是被逼到绝境的野兽，始终在回瞪着明智。他本想掏出手枪，没想到却被明智抢了先机，于是手插在口袋里没动，发出瘆人的笑声。

"哈哈哈哈……不愧是名侦探啊，竟然能调查到这一层，还有小林这个家伙确实是身手灵活，我丝毫没发现女佣竟然是他假扮的。不过，明智君你打算怎么对付我呢？没有证据的话，你什么也做不了，不是吗？"

笠原毫不掩饰脸上的狂妄，根本没当一回事。

"你要证据的话，那我给你看。"

明智让女佣把等在门外的人领进来。在女佣的引领下，一位老人来到了会客厅。虽然他穿着整洁的新西服，但从那张消瘦衰老的脸可以看出这分明就是被关在地下室里的那位老人。

由于一整年都被囚禁在地下室里，他变得十分瘦弱，外表看起来已经是老年人的样子了，但其实他的年纪和这里的假笠原一般大，以前身材还很胖。

"笠原君，这位就是盛大马戏团真正的主人笠原太郎。笠原先生，这一年间假扮成你的就是这个男人。"

明智做了一个奇怪的开场介绍。

真正的笠原先生颤抖着靠近桌旁，假笠原马上从椅子上站起身，正面瞪着他。足足有两分钟，两人均脸色铁青，身体颤抖，眼神里充满敌意。

"啊，明智先生，我想不起来了，十五年前的远藤平吉不是长这个样子，不过这家伙十分擅长变装，所以他变成什么样子都不奇怪。这家伙现在这张脸和一年前的我简直一模一样。"

真正的笠原先生用沙哑的声音说。

"昨天我和明智先生聊了很久才终于想起来，会把我折磨成这样的人只有远藤平吉了。年轻时候远藤和我同是盛大马戏团的杂技演员，但是因为我被选为盛大马戏团的下任团长，所以远藤对我十分怨恨，甚至因此离开了马戏团。

"不仅如此，三年前远藤犯了事被警察抓住时，我曾作为证人证实是这家伙所为，远藤因此对我更加怨恨，想要彻底毁了我。而且他不光是想毁了我，还要折磨我的孩子，给我带来无尽的痛苦。"

真正的笠原先生一口气说了这么多，他刚停下来，明智紧接着站了起来。

"你的真名叫远藤平吉，我在三年前也听说了。可是现在的你有无数个名字，脸也时不时大变样。你有二十张脸，哦不，是四十张脸！"

说着，明智侦探从正面直指假笠原的脸。

"喂，二十面相，还是说你更喜欢四十面相这个称呼？不管怎么样，你的好运终于到头了，这个房子已经被二十名警察团团围住了，你插翅难飞！"

名侦探和二十面相

"因为你对笠原先生有深深的怨念，所以你趁着盛大马戏团最鼎盛的时候，开始了你的复仇行动，但是你的目的不止于此吧？"

明智侦探神情严肃，直瞪着二十面相，接着二十面相目中无人地笑了起来。

"哈哈哈哈……当然了，我的目的不是这个。比起笠原，我还有更憎恨的对象，你猜是谁？当然是你，是你明智小五郎！"

二十面相的表情由笑脸瞬间变得狰狞，他恨得咬牙切齿。

"因为你，我遭受了无数不幸，每次都有你捣乱，甚至还把我关进监狱。不过明智君，对我来说，监狱的铁栅栏形同虚设，我可以气定神闲地逃出牢笼。你猜为什么？不为别的，就是因为我想要向你复仇，让你震惊得叫出声，主动丢盔弃甲。这下你明白了吧？明智君，其实这次的骸骨男事件也是冲你来的。当然了，我是讨厌杀人的，在之前的射击场事件中我并没有想杀害正一，只是想试试你的身手。

"如果你是个愚蠢之人，没有及时赶来阻止我，那么我就会在开枪时故意弄错目标。哈哈哈……这些事情你都不知道，还惊慌失措地跑到了射击场呢。"

听到这里，明智开始笑起来。

"是吗？你这么想和我比比谁更聪明啊，那智慧比拼就从现在开始。你能从这里逃出去吗？你有逃脱的智慧吗？在这个房间里我和笠原先生是一起的，而你孤身一人。还有你看这个，我可是拿着枪的，而且这幢房子已经被二十名警察包围。不，不仅如此，我还留了后手，至于是什么后手，我现在还不能告诉你。怎么样，以你的智慧能否冲出重围成功逃脱呢？"

"哈哈哈哈……喂，明智君，你的脸上写满了胜利者的骄傲呢。不过你太天真了吧？你那边留了后手，我这里也不可能没有后手。比如这幢洋楼，你们自认为这是我在事件发生后紧急租下的，但其实不是这样，很久以前这里就是我的一个藏身之处了，否则二楼窗户上可以开关的铁栅栏，房顶上可以藏人的空间之类的，都不可能存在。

"哈哈哈哈……看起来你有点儿慌张了吧？没错，这个家中到底还有什么机关你可搞不清楚，小心点儿吧。喂，明智君，你的脸色怎么不太好啦？"

二十面相始终在咄咄逼人。

但是明智一直很淡定，因为明智这边已经彻底揭开了二十面相的秘密。

"所以你现在要借助那个秘密机关脱身对吗？哈哈哈哈……你尽管试试。"

"什么？我真的逃走也没关系吗？"

"对，你尽可一试。"

"好，看好了！"

二十面相站起身，往后撤了两三步，这时，只听到"咯噔"一声，他的身影瞬间就消失不见了。

不对，不是消失了。会客厅的地板也有盖子，二十面相打开后从这里逃走了。

看到这里，明智侦探飞奔到窗边，拿起手中的枪朝空中扣响了扳机，"砰"的一声，似乎是发出了某种信号。

口袋中的老鼠

明智侦探折回盖板那里，发现带弹簧的盖板已经恢复了原样。

"明智先生，这怎么也打不开，是不是从下面上了锁？"

真正的笠原先生蹲在那里，两只手试图打开盖板。

"不，不是这样的，应该在某个地方有小按钮，按下按钮就好。"

明智一边说，一边不断在周边寻找，结果在桌下的地板上发现了一个按钮，于是用穿着拖鞋的脚使劲踩了上去。

接着只听到"咯噔"一声，盖板自动打开，露出下面漆黑一片的洞。

此时走廊上传来"咚咚咚"的脚步声，是五名警察赶了过来。走在最前面的是明智侦探的老伙伴——警视厅的中村警部。

"我听到你用枪声发出信号，就赶了过来。啊，果然是逃到了地下通道里！"

"就是这么回事，你们也一起过来吧……啊，对了，还是留一个人在这里守着比较好，万一他趁机溜出去就糟了。"

话音刚落，明智就跳进了黑不见底的洞中。

洞里没有梯子之类的东西，想要下到底，只能抓住洞口边缘将身体探下去，然后直接跳下去。

中村警部留了一个警察在上面，然后和其他三人一起接连跳入了洞里。大家都拿出手枪，做好紧急时刻随时开枪的准备。

这时，在漆黑的地下通道中，突然闪现一道白色的光。原来是明智打开了手电筒。

借着这道光可以看到，这条地下通道就像一条隧道，一直向前延伸。有人突然躲到了最前端的拐角处。不好，是二十面相要逃走。

"二十面相，别跑！"

中村警部粗犷的声音传遍整个地下通道，回音嘹亮。

大家借着明智手电筒的光迅速赶到通道拐角，看到了二十面相逃跑的身影。

二十面相不停地跑，终于跑到了通道尽头，那里铁门紧闭。二十面相从口袋中取出钥匙，打开了门。

他心想，只要从这里出去，外面就是杂草丛生的旷野，想往哪儿逃往哪儿逃。

但是刚打开那扇门，二十面相就"啊"的一声定住了，接着突然向后跑起来。

到底发生了什么？后面可是有明智和四名警察正在追捕他啊。

原来，他以为这下可以逃出去了，然而在那扇铁门外面有五名警察已经等候多时，门一开就气势汹汹地冲进通道里。

通道中就只有一条路，在警察们的前后夹击下他无处可逃，二十面相终于成了瓮中之鳖。

应该可以抓住他了，不过说不定他还有什么后手，所以千万不可大意。

警察们从通道两头不断接近，紧逼被夹在中间的二十面相。

哎呀，发生了什么？大家拿着手电筒竟怎么照也看不到二十面相的身影。难道通道里面还有别的岔路？

"原来在这里啊，抓到你了！"

叫喊声回荡在地下通道中。

"在哪里？"

"在这里，在这里。"

明智循着声音，一边用手电筒照一边靠近。突然，有人伸手把手电筒打落了，亮光瞬间消失，周围马上变得漆黑一片。其他人谁都没有准备手电筒，所以大家顿时无计可施。

黑暗中，恐怖的骚乱发生了。

"喂，你在做什么啊！是我呀，是我呀，自己人！"

那是警察的声音，现在自己人和自己人扭打在一起了。

"喂，大家守住入口！那家伙可能摸黑逃走！"

中村警部大声喊。

"没事的，入口外面已经留了两个我们的人，他们正守着呢。"

一名警察回答说。

"谁去拿下手电筒，这么黑什么也做不了。"

听到中村警部的话，一名警察赶快朝铁门方向跑去了。

黑暗中的骚乱仍在继续。

"哇！好痛。是我啊，是我啊。"

"二十面相，你到底藏在哪里？快给我出来！"

"啊，是谁蹲在那里？"

"是我啊，别搞错了。"

"好痛，混蛋。"

"哎呀，是二十面相，快给我过来！"

骚乱大概持续了有五分钟，终于有两道手电筒的光从入口处照进来，仿佛怪物的眼睛。

原来是一名警察拿着两个手电筒照着赶了过来。

深处的手

中村警部拿过其中一个手电筒，挨个儿照亮警察们的身影，他们有站着的，也有蹲着的。

不过被照到的只有自己人，身穿肥大衣服的二十面相却不见了。

"大家听着！现在各自归位，守住出入口。我和明智君再仔仔细细检查一遍。"

中村警部说着，催促警察们分别朝出入口走去，然后和明智一人一个手电筒，开始在地下通道中不断走来走去。可是哪里也没有发现奇怪的身影。

"他消失了，难道那家伙又用了忍术？明智君，这到底是怎么回事呢？"

中村警部的话里带着不甘。

"总之，我们先出去吧，我好像已经明白那家伙使的什么诡计了。"

明智说着，率先站起身朝铁门走去。

门外是水泥筑成的台阶，拾级而上就是一片旷野。

入口处十分狭窄，勉强容一人通行，而且被草所遮盖，所以没有人注意到那竟是一条地下通道的入口。这个入口平时不使用时应该会盖上盖子，旁边放着一块像是盖子的扁平石头。

旷野上站着七名警察，就是刚才进入隧道的五人，再加上一直驻守在这里的两人。

已经是傍晚时分了，四周逐渐昏暗起来。

"你们几个人当中，刚刚留在这里看守的是谁啊？"

听到明智的问题，两名警察主动上前。

"你们刚刚一直守在这个入口处对吧？"

"是的，没错。"

"那么刚刚一共进去了多少人呢？"

"五六个人。啊，对了，是六个人。"

"你说六个人啊，可是这里除了你俩，只有五个人啊。"

"不对，刚才还有一个人出来了。"

"啊，是那个出来找手电筒的警察吧？"

"不对，不是这样的，那个人去别的地方借到手电筒后又回到了通道中。刚刚从那里出来的是另一个警察。"

"真奇怪，我刚刚在地下通道里仔细数了从这里进去的警察人数，确实是五个人，那五个人就在这里。除此之外如果还有一个人出去了的话，那就不是五个人，而是六个人了，你们有人认识那个多出来的警察吗？"

"不，我们不认识他。今天警视厅和辖区的警察都混在一起了，所以有很多生面孔。"

"嗯，那么那名警察是去哪里了呢？"

"不知道，那人自称接到中村警部的命令，要去附近的派出所打电话，然后就跑了。"

"那有些奇怪，我不记得曾下令让谁去打电话。"

中村警部很惊讶，大声说。

"对了，那名警察手里是不是拿着什么东西？"

听到明智的问题，警察点头。

"是的，他好像在腋下夹着包裹之类的东西。"

"我知道了，那家伙就是二十面相。"

明智低声说。

"什么？那名警官就是二十面相吗？"

中村警部惊讶地问。

"对，没错，除此之外没有别的可能性，那家伙提前准备好了在这种情况下会用到的警察制服，将其藏在隧道里的某个地方了。

"刚才把我手电筒打落的肯定是那家伙，他趁着大家在黑暗中乱作一团时脱下肥大的外套，换上制服，然后将外套卷起来，像包裹一样夹在腋下，镇定自若地出去了。

"一下子来了二十名警察，大家并不是都互相认识。只要他穿上制服戴上警帽，别人就会觉得那是自己的同伴，况且天已经那么黑了，很难看清彼此的脸哪。"

听了明智的说明，中村警部连连点头。打扮成警察模样逃出去，这家伙是多么诡计多端啊。

"不过真是这样的话，要赶快采取行动，必须要设置紧急岗哨。"

看到中村警部如此着急，明智伸手制止了他。

"中村君，没事的，放心吧。如果这就是那家伙的后手，那我这里还有技高一筹的后手，我们一定能抓住那家伙的。"

明智斩钉截铁地说。

怪老人

让我们把时间线稍微往前倒一下，回到二十面相依靠警察制服蒙混过关，逃出地下通道在旷野上朝城镇方向急匆匆赶路的时候。就在这个时候，那片旷野上发生了不可思议的事情。

旷野上的草十分茂盛，差不多到人的腰部那么高，奇怪的是明明没有风吹来，草丛里却沙沙作响，并且不止一处，响声此起彼伏。

难道是有什么动物躲在草丛里？那声音听起来像巨蛇劈开草丛爬行似的，令人不由得直起鸡皮疙瘩。

这未知的动物似乎正在不断前进，紧紧跟在打扮成警察的二十面相后面，草丛不断响动着，一会儿这边，一会儿那边。

"喂，你看那个警察有点儿可疑，鬼头鬼脑地环视周围，他不会是在逃跑吧？我们追上去看看。"

"嗯，那家伙说不定就是骷髅男，就是那个二十面相。明智先生不是说了嘛，即使对方看上去是警察也不能放松警惕。"

窃窃私语声从并不平静的草丛里传了过来。

虽然看不到身影，但听声音就知道一个是少年小林，另一个是井上一郎。

原来在草丛中爬行前进的不是什么动物，而是少年侦探团的成员。因为草丛中有好几处响动，所以也并不是仅有两三个人，至少有十名少年正在草丛里埋伏，等待着可疑人物出现。

已经是傍晚了，天色渐渐昏暗。可疑的警察在暮色中劈开草丛急速前行，接着他面前的旷野中出现一片类似小岛的茂密树丛，于是他突然钻进树丛，消失不见。

"越来越不对劲了，我们一起来把四周围起来守住。"

"那我去告诉大家。"

井上在草丛中爬行，小声向附近的团员传达这个计划，然后一个传一个，很快大家就都接到了小林的命令。于是少年们借着草丛的遮掩迅速包围那片茂密的树丛，严加看守，坚决不放走那个可疑的警察。

过了一会儿，树枝开始沙沙作响，令人意想不到的是，一个老人从茂密的树丛中走了出来。

老人身穿深灰色西装，搭配深灰色贝雷帽，满头白发，驼背，拄着拐杖蹒跚地向草丛走来。

"真奇怪啊，他可能乔装打扮过了，我们去调查下。"

小林小声对井上说完，悄悄靠近茂密的树丛，拨开层层叠叠的树枝潜入其中。

小林仔细搜查了一番也没找到人，心想那家伙果然是假扮成老人逃走了。这有可能是因为他担心继续保持警察装扮的话会被人发现，那么他必定是未雨绸缪地提前就准备好了老人的服装，将其藏在了茂密的树丛中。

如果是这样的话，警察服装应该还留在这里。果然，小林在附近搜寻了一番后，发现警察的制服被揉成一团丢在了树丛深处。

之前那家伙夹在腋下的外套也在里面，卷成一团像个包裹似的。

小林匆忙离开树丛后，和井上小声耳语。

"他把警察的衣服留下来了，所以那个老人就是二十面相，我们去跟踪他吧……要是再有一个人就好了。"

"那……要不我们叫上小野吕一起去吧？"

"嗯，这样不错，然后剩下的团员们负责去告诉明智先生这件事。"

　　井上叫上躲在旁边草丛里的小野吕——野吕一平，同时拜托在场的另一个少年去通知大家到明智先生那里去。

　　接着，小林、井上和小野吕三个少年借着草丛的掩护急匆匆地跟上了那个可疑的老人。

蓝色汽车

　　怪老人走出草丛来到大路，叫了一辆路过的出租车坐了进去。

　　三个少年躲在暗处目睹了这一切，心想如果让对方逃走可就大事不好了，于是急忙冲到大路上，幸好后面刚巧来了一辆空出租车，小林挥手叫住，三人一同坐了进去。

　　"这是我的名片，我们现在正在追捕犯人，麻烦跟着前面那辆蓝色汽车，别跟丢了。"

　　小林说着，向司机递去名片。

　　司机狐疑地看了下名片，接着一脸惊讶地扭头去看小林。

　　"这么说，你就是明智侦探身边那个著名的少年助手小林君啊？我知道了，那辆车我绝对不会跟丢的，放心。话说那家伙是什么大反派吗？"

　　这名年轻又有朝气的司机眨着眼问道。

　　"嗯，是个大反派，马上你就知道了。拜托千万不要被对方发现哦。"

　　就这样，二十面相乘坐的蓝色汽车与小林他们乘坐的黑色汽车开始了捉迷藏游戏。

在东京街头跟踪一辆汽车绝不是什么容易的事情，因为有无数汽车不断从对面、左面、右面擦肩而过，被其他汽车耽误了时间就很容易跟丢。如果过十字路口时刚好又遇到红灯，更是会被对方甩得越来越远。

不过小林他们这辆车的司机是个头脑灵活的青年，而且在听说车上的乘客是名侦探的助手后更加勇猛，所以一路开得都十分顺畅，始终紧紧地追在蓝色汽车后面。

行驶了二十多分钟后，小林突然吓了一跳，因为前方竟出现了熟悉的盛大马戏团大帐篷。

这正是二十面相假扮成笠原先生担任团长的那个马戏团。

他回到这个地方，到底在谋划什么呢？

只见蓝色汽车停在马戏团前面，怪老人下了车。

小林这边尽量躲开对方的视线，把汽车停在附近，然后三个少年也下了车。

怪老人走进了帐篷中。

这越来越奇怪了，马戏团里的表演还在进行中，后台也还有很多马戏团团员在候场，二十面相走进人群中到底是打的什么算盘呢？

小林看到后，对小野吕小声说了些什么，然后小野吕慌忙朝街上跑去。原来他是要打电话给还在笠原家的明智侦探，告诉他这件事情。因为怪老人是从帐篷后门走进去的，所以留在原地的小林和井上两个少年靠近后门，悄悄朝里看。

里面已经看不到怪老人的踪影了，倒是有个站在一边的马戏团团员面露惊异之色。

小林走到那名团员旁边搭话说："你还记得我吗？我是明智侦探的助手小林。"

听到这话，年轻团员笑眯眯地开口：

"我记得哦，有什么事吗？"

"刚刚是不是有个驼背老人进来了？"

"没错，是有这回事，他说是笠原团长差他过来的。"

"那家伙可不一般。"

小林说完，贴近这名团员的耳朵又小声说了一会儿。

团员听完后脸色发青，尤其是听到笠原团长竟然就是怪人二十面相以后震惊得不得了。

"也就是说，刚刚进去的那个老头儿就是二十面相对吗？"

"没错，就是那家伙。我刚刚已经电话联系过了，所以马上会有警察赶过来，在那之前千万不能让那家伙跑了。还有这件事别让大家知道，只告诉相关人员让他们去搜寻那个老人，毕竟现在我们还不知道那家伙藏着什么阴谋诡计。"

于是团员去后台将这件事告诉了一名担任副团长的空中杂技演员，接着有四五个人把附近搜寻了个遍，可大家怎么也找不到怪老人的身影，后台那么多人竟没有一个人看到过那个老人。

那么有没有可能是那家伙混入了观众席呢？大家沿着圆形表演区走了一圈，可在观众席上也没有发现可疑的身影。就这样，怪老人刚一进入帐篷的后门就消失不见了。

精彩的表演

怪老人消失了大概十分钟后，观众席上发生了骚乱，观众们争先恐后想要逃出大帐篷，场面一度十分混乱。

摔倒后哭喊的孩子，发出哀叫的年轻女人，拥向入口的人群……这场骚乱简直要把大帐篷掀翻。

这期间也不乏选择留在观众席上的勇者，他们整齐地望向大帐篷上方。

在大帐篷的高处有一块表演空中杂技用的秋千台子，那里突然出现了奇怪的身影——是那家伙，就是那个讨厌的骸骨男，他穿着黑色紧身衬衫和裤子，脸和骷髅一模一样。怪物二十面相已迅速从驼背老人变身为他最擅长演绎的骸骨男角色。他应该是提前备了好几套骸骨男的面具和衣服，在马戏团的某个秘密角落里也藏了一套。

再看向空中，骸骨男上到秋千上之后气势十足地荡了起来，越荡越高，最后高到甚至要碰着帐篷的顶端。在到达最高点时，他"啪"地甩开秋千，开始在空中舞蹈，而下面并没有网，如果掉下去必死无疑。

留下的观众们"啊"地叫出来，手里捏了一把汗。

不过骸骨男并没有掉下去，他跳到了横在帐篷顶部的一根又圆又粗的木头上，然后从这根圆木跳到另一根圆木上，好似猴子一般敏捷地不停变换位置。

终于他跳到了另一侧的秋千台上，那下面吊着杂技演员下降用的长绳。骸骨男抓住那条长绳"嗖"一下就滑落到接近地面的位置，接着他像荡秋千似的摇晃起那条长长的绳子。

渐渐地，他晃得越来越厉害，就像钟摆一样，在圆形表演区上晃荡，几乎快晃荡到了观众的头顶上。晃到后方的时候，甚至能够到后台入口。

"唰，唰……"巨大的"钟摆"在晃动，堪称精彩绝伦的表演，虽然让人害怕，却也充满美感。

就在"钟摆"靠近后台入口时，眼看着骸骨男又一次松开了手。

骸骨男的黑色身影离开长绳后像箭一般飞了出去，如果撞上什么东西可就完了。

但是骸骨男不愧是技艺高超的杂技演员，他在空中翻转绕圈后，轻轻地立在了后台入口处的白色幕布前，然后迅速卷起幕布穿过去，就这样消失了。

刚才骸骨男在表演空中杂技时，马戏团团员全都来到了中间的表演区，一边抬头看，嘴里还不断喊着。当看到骸骨男消失在了后台时，大家"哇啊"地叫出声，追了上去。

不过在幕布的另一边已经没有了他的踪影，神出鬼没的骸骨男又一次不知道去了哪里。

就在大家不知所措地吵吵闹闹时，后台出现了个庞然大物，原来是一头象，一头象正在走来。

仔细一看，骸骨男不就跨坐在象的头顶上吗？手里还拿着赶象用的长鞭。

刚巧驯象师不在附近，大家什么也做不了，只会吵嚷。

象听到长鞭扬起的声音开始跑起来，从后台入口处的幕布下方钻出去，跑向了圆形表演区。

观众席发出"哇"的叫喊声，那些勇敢的观众看到这里再也坐不住了，全场一齐站起来朝出口方向拥去。

骸骨男在大象头上猛地站了起来，然后不断扬起长鞭，象开始在圆形表演区绕圈。

"哈哈哈哈……"

恐怖的笑声响彻大帐篷，骸骨男仿佛是看到了什么好笑得不得了的东西，笑个不停。

"哈哈哈哈哈……"

他站在大象头顶上一边挥舞长鞭，一边没完没了地狂笑。

骸骨男终于疯掉了吧？还是说他在嘲笑这些抓不到二十面相的马戏团团员和警察呢？

小林、井上和小野吕三个少年也在后台入口处目睹了这奇异的场面。骸骨男为何要表演这样的节目呢？少年们猜不透他的心思。

不停绕圈的大象经过后台入口前时，立在大象头顶上的骸骨男一瞬间感到有些惊讶，因为他和少年小林的视线对上了。这时骸骨男才知道原来小林也在帐篷中。

骸骨男的笑声停止了一下，但很快恐怖的笑声再次袭来。

"那里站着的是明智的学生小林吧？"

正在前进的大象停下了脚步，是骸骨男停住了它。骸骨男开口说了话，眼睛始终在盯着小林。

小林拨开马戏团的人群站到最前面，回瞪过去的同时大声喊道："没错，我就是明智先生的学生。你假扮成警官从那个地下通道钻出来的事情，大家都已经知道了，现在明智先生正在赶过来……啊，警笛响了。喂，你能听到那个声音吗？那是警车上的警笛，警察们已经到了，你逃不出去了。"

警笛声逐渐逼近帐篷，随着抽打长鞭的声音响起，象瞬间朝帐篷外跑了起来，而骸骨男在大象的头顶上手舞足蹈，得意忘形。看到这里，在场观众发出了"啊"的叫声。

大 熊 的 秘 密

少年小林他们和马戏团团员跟着骸骨男骑着的象跑到了帐篷外面。在入口外的平地上，观众们围成了一个大大的圆圈不停吵吵闹闹。象在圆圈中间呆呆地站着，而刚刚坐在象上的骸骨男却不见了。

"逃到那边去了，逃到那边去了。"

观众们嘴里叫嚷着，手指着帐篷里面。

小林和马戏团的其他人一起赶了过去，从后门进后台搜寻了一圈，却没有发现一个人。大家都跑出去了，后台里空荡荡的。

驯象师原本在大帐篷外面的大型巴士里休息，听到喧闹声，他跑出来把象牵回了帐篷里。

此时警视厅的三台白色警车也终于赶到，里面坐满了警察。明智侦探和中村警部一同坐在最前面的车里。

两人下车向观众们询问情况，下令警察们包围大帐篷，然后带着三名警察急奔帐篷后门。

"啊，先生，那家伙又一次消失了。"

明智侦探进入帐篷后，小林跳出来向他汇报了目前的情况。

之后明智侦探和中村警部他们一起在附近搜寻，不过还是找不到骸骨男。

过了一会儿，小林靠到明智侦探旁边开始耳语。

"嗯，是吗？是你找到的呀？那好，我们去看看。"

明智侦探向身旁的中村警部使了个眼色，接着大家一齐跟在小林后面。

小林、井上、小野吕三个少年带路，目标是大帐篷后台旁专门放动物笼子的场所。

笼子是有车专门负责运送的，马戏团的表演开始后，有人会把它们从停在帐篷外大平地上的卡车上卸下来，运到这里。

一进去，动物的气味扑鼻而来。首先看到三个大型笼子，每一个笼子里面关着一只狮子，有的在侧卧，有的在笼子里悠闲地来回散步。

旁边是关老虎和豹子的笼子。这些动物因为已经熟悉人类，所以即使看到人们一窝蜂冲上来也不会惊慌吼叫，不管是老虎还是豹子都淡定从容地在笼中散步。

这里还有个关熊的笼子，里面蹲着一只恐怖的大棕熊。

少年小林停在那个熊笼子前，对站在后面的马戏团团员说：

"请打开这个笼子。"

"什么？你要我打开这个笼子吗？打开可不得了，这家伙脾气超级暴躁。"

马戏团团员惊讶地望向小林。

小林笑眯眯地凑到马戏团团员耳朵旁，不知说了什么。

"什么？就在这只熊里面？"

团员吓了一跳，仔细端详那只熊。

"啊，不妙，那个锁并没有锁上！"

他一边大喊，一边靠近笼子门。

就在这时，笼子门从里面"砰"地打开了，只见大棕熊吼叫着，突然就跳到了大家面前。

看到这个场景，小林使出吃奶的劲儿大喊：

"这家伙不是真正的熊，二十面相就藏在熊的皮囊下面。别害怕，我们大家一起抓住他！"

马戏团成员们和警察们一起冲向熊。

"嗷吼……"

熊发出令人害怕的吼叫声，靠两只后掌站立住，接着突然向人群展开了袭击。

恐怖的打斗开始了。

"嗷吼，嗷吼……"

一名马戏团团员被熊踩在地上，发出痛苦的呻吟，三名警察立刻飞奔过去想要推开上面的熊。

又是一番激烈的格斗。

"哈，抓住他啦，快拿来绳子，绳子……"

一名警察抱住熊背，一名警察拽住熊的前掌，两名马戏团团员紧紧抱住熊的后掌。

一名警察想取出垂在腰间的绳子，不过现在顾不上了。

突然，随着"啊！"的一声，攀在熊身上的人们因为惯性跌倒在地，而他们身下只剩下平平整整的熊皮。

原来，皮的腹部位置装了隐藏式的纽扣，人可以从那里自由进出，二十面相趁打斗间隙，先把纽扣一个一个解开，然后等大家以为已经抓住熊终于松懈下来的时候，他趁机迅速从那里逃了出去。

那是骸骨男的身影，恐怖的骸骨男拨开人群，像弹珠一样横冲直撞地逃走了。

趁大家因这意料之外的变化呆住的时候，骸骨男消失在了房间入口处悬挂着的幕布后面。

接着，大家听到了马的嘶鸣声。

"啊，那家伙打算骑马逃跑！"

中村警部叫了起来。

"好，追上他！我骑马，你们开车去追！"

明智说完就跑开了，他擅长一切体育项目，骑马对他来说更是小菜一碟。

明智冲进马戏团后台，抓起旁边一根长马鞭，跑到帐篷的马厩里选了最强壮的一匹马牵出来，跳上马鞍。

这时骸骨男——二十面相已经骑马来到了帐篷外面，留在帐篷外的观众们发出"哇、哇"的叫喊声。

一场不可思议的赛马在名侦探和怪人二十面相之间开始了，明智侦探能否顺利追上二十面相呢？

二十面相的结局

二十面相跨坐在马背上不断抽响鞭子，在开阔的平地上驰骋。时间虽然已到了晚上，但大帐篷周围很多电灯泡都还亮着，整个平地犹如白昼一般明亮，灯光下很多观众亲眼看到二十面相骑着马渐渐逃远，焦急地大喊大叫。

二十面相的身影穿过对面大道即将消失不见时，同样骑在马上的明智侦探才冲到平地上。

"他往那边走了，就是那边！"

有热心观众指出二十面相逃跑的方向。

明智敏捷地掉转马头，朝那个方向赶过去，而周围的观众们仿佛在看一场赛马似的，有人大喊"名侦探加油啊"，紧接着又响起"哇啊"的惊叫声。

警视厅这边也紧随其后派出两台车，只留下一台备用。这些车平时是用来巡逻的，汽车当然比马跑得更快。然而就算追上了对方也很难让马停下，所以他们计划绕路赶到前面，然后把车横在路中间以此逼停那匹马。

最前面的车里坐着中村警部和三名警察，他们腿上还坐着小林、井上、小野吕三个少年。

车子行驶到大道上，他们远远地看到明智策马的身影。

二十面相的马似乎跑在前面，但因为是晚上，所以看得并不清楚。

一名警察把警车上配备的小型探照灯取出来，在保持汽车匀速前进的同时按下了装在车顶前侧的开关，光束"啪"的一下子拉长，前面百米的地方都被照亮了。

"啊，二十面相的马已经跑远了……啊，他拐弯了。通知后面的车抄近道冲到那家伙面前！"

接到中村警部的指示后，坐在驾驶座上的警察拿起无线电话，大声喊："一百三十六号，一百三十六号，这里是中村警部。一百三十六号车请抄近道赶到二十面相的马前面，我这边继续在后面追赶。"

接着，警察手边的扩音器里传来回答。

"一百三十六号收到。"

这个无线电话连着警视厅本部，但同时其他车也可以听到，所以对方能马上回应。

中村警部他们的车开了探照灯，一边警笛狂响，一边紧紧跟在明智侦探的马后。

这会儿天色还不算晚，镇上的人看到这场马和汽车的追击都来凑热闹。跑在最前面的"选手"是骑在马上的二十面相。

　　镇上的人没见过这样奇异的场景，纷纷从家里跑出来，一边大喊"快看啊，快看啊"，一边目不转睛地看着，人行横道上的行人停下了脚步，连汽车也停下了。白色警车拉响了警笛，其他车纷纷避让，警车畅通无阻地追赶着。

　　二十面相频频朝马屁股抽鞭子，拐过一个又一个街角，往人烟稀少的地方逃去。

　　他逃到了几乎没有行人的宽阔大路上，两边的高楼鳞次栉比，整条街上却一片寂静。不过每隔二十米左右就有一盏明亮的街灯，所以明智侦探不用担心会把二十面相跟丢。此时两人之间的距离已经逼近五十米。

　　二十面相的马似乎有点儿累了，可他仍是不要命地骑，一个劲儿地抽打鞭子，这让马更累了。

　　而明智尽量让马能跑得更舒服，不用鞭子，所以他的马并不怎么累，正撒欢儿地跑着。

　　明智和二十面相之间的距离不断缩短，四十米，三十米，二十米，啊，已经逼近十米了。后面的马步步紧逼前面的马，这场赛马真是让人手心里捏了把汗。

　　这时明智放开缰绳，靠腰部的动作指挥马前行，同时双手解开一束细绳挽成结，做了一个巨大的套索。接着，他右手拿着套索开始在头上转起来。

　　明智知道使用套索的技巧。他打算将套索套到前面二十面相的头上，然后把那家伙从马上拽下来。

小林在后面的车上目睹了这一切。

"喂，快看那里！明智先生竟然和牛仔一样会使套索！"

他用手肘戳旁边的井上，一脸骄傲地高喊。

"嗯，真不愧是明智君啊，竟然还有这一手。"

中村警部也十分佩服，小声赞叹。

前面两匹马转眼间已经近在眼前。在探照灯的强光下，再小的细节都清晰可见。

两匹马像离弦的箭一样向前飞奔着，二十面相却突然回了头。大概是因为听到明智的马蹄声了吧，而且他似乎也注意到了明智头顶上转着圈的套索。

就在这时，明智突然伸出右手，把套索甩了出去。

坐在后面汽车上的小林等人不自觉地发出惊叹声。

在探照灯的照射下，他们看到二十面相头朝下地从马上滚落了下来——明智成功套住了他。

二十面相的马疾驰而去，而明智的马一直跑到了摔倒在地的二十面相前面。二十面相因为脖子上套着绳索，在地上被马拖着。

要是让这个绳子把脖子勒紧他就没命了，二十面相左手去拽套在脖子上的细绳，同时右手偷偷做小动作，从黑色T恤口袋里拿出了一个似乎闪着光的东西。

啊，是刀。他把刀抵到细绳上，然后右手开始动作，紧接着细绳"嘣"的一声断掉了。

二十面相霍地站起来，一瞬间就跑了出去。

小林他们在车上又一次发出"啊"的惊叫声，手心里全是汗。

那里正好是个十字路口，二十面相向右跑了。而明智并没有发现，仍然在直行。

"停车！赶紧去追那家伙！"

中村警部大喊，紧接着传来刹车的声音，车停了。警察们迅速打开车门跑出去，小林他们紧随其后。

负责驾驶的警察留在车上，一边在后面开车跟着大家，一边用探照灯为大家照明。

二十面相像奈亚拉托提普[①]一样跑得飞快，警官们怎么也追不上。

就在此时，从街的另一边出现了两束灯光，原来是汽车的前照灯，这是刚刚特地绕路过来的警车。前照灯照见了二十面相的身影，警车立刻停下，警察们从车上蜂拥而下。

二十面相被前后夹击，这下他终于意识到自己已经插翅难飞了，于是停下了逃跑的脚步。

警察们从前后方一齐扑过来，人墙叠了一层又一层，他们抓住"怪物"后给他戴上手铐，又用绳子一圈圈地将他捆上，以防这家伙挣脱。

明智侦探也赶了过来，从马上下来和中村警部碰面，一起庆祝这次抓捕行动圆满收官。

"明智君！"

[①] 奈亚拉托提普：美国小说家霍华德·菲利普·洛夫克拉夫特（1890—1937）所创造的克苏鲁神话中的一个邪恶角色。在克苏鲁神话中，他的形象最接近于传统"恶魔"的概念。

被五花大绑的二十面相用痛苦的声音呼喊明智。

"是我输了，我再没有什么撒手锏了。放心吧，我会老实接受惩罚。不过我还真不知道你用套索也这么厉害，你看，我脖子上都留下这么深的伤口了。"

二十面相的脖子上有个鲜红的印记，看起来确实是用细绳勒出来的。

就这样，怪人二十面相终于被绳之以法。

小林、井上和小野吕三个少年看到这样的结果高兴得不得了，其中调皮的小野吕激动地不停喊着：

"明智先生万岁！明智大侦探万岁！"

他边喊边手舞足蹈。严肃的警官们也绷不住笑了，笑声回荡在静悄悄的街道上。